十二星座女孩
励志言情小说系列

所有被遗忘的，时光会替我们记得

我是水瓶座女孩

君熹 著

I AM

AN

AQUARIUS GIRL

What we forgot remains in time

北京联合出版公司
Beijing United Publishing Co.,Ltd.

目录 / contents

I AM AN AQUARIUS GIRL

楔　子

那场婚礼几乎惊动了半个北京城，大牌捧场、豪车云集、场面盛大。媒体记者蜂拥而至。

她明眸皓齿、面若桃花、高贵妩媚、倾国倾城。

她身穿一件欧洲空运来的 Justin Alexander 品牌婚纱——优雅的蕾丝挂脖设计，宝石点缀；高档鱼骨塑形，使腰身显露得更为纤细；裙摆豪华、纹理精致、面料柔滑细腻——仪态万方地走过红毯。婚礼现场高朋满座、欢声笑语，无数双眼睛聚焦在她的身上，或激动，或羡慕，或嫉妒。

她翘首企盼了很久，新郎却一直到最后都没有出现。

她成了京城当月最大的舆论主角。

第一章　那年十八岁

十八岁的他们，悄然长大。

她叫顾可，水瓶座，Y市凤城一中高三（11）班学生。

记得那是一个夏天，太阳火辣辣地炙烤着大地。虽然是刚过暑假开学没多久，但对于升入高三的他们而言，课业还是相当沉重。教室里没有装空调，只有两台吊扇不辞辛苦地转动着，然而这无异于望梅止渴。对这群汗流浃背的莘莘学子而言，这台电扇吹出来的风，简直是杯水车薪。

顾可上着一件白色T恤，下搭一条蓝色牛仔裤，她的座位靠窗，距离中央的电扇极远，只能靠着窗户外微弱的风度日。她左手拿着扇子，时不时扇动几下，右手还不忘翻看着一本人像素描的书，只见汗水顺着脸颊滑落在纸上，泛起一圈圈水迹。

"我去，老子终于算出来了。"

前桌突然爆发了一阵吼声，振奋地上蹿下跳，立刻便有几个人拥了过去。

"答案是多少？"

"cos 值是 $\sqrt{2}$！"

"我居然蒙对啦！"

"这么变态，我怎么算的是 $\dfrac{\sqrt{2}}{2}$？"

刚才进行了一场摸底考试，每每考完试，前桌李盛阳就会变成一个焦点人物。他是班里的前三名，他算出来的答案备受推崇，于是，他总是会抢先一步算出一套标准答案，引起一波对答案的狂潮。

顾可听着前排一片哗然，心里一阵冷笑，大声说了一句："哎，前排的，你能不能小点声，照顾一下其他同学。"

听她这么一声河东狮吼，李盛阳也并不生气，只说了句："大家先散了吧，待会儿我把算出来的标准答案抄一份给大家。"

"我去！"赵梦婷忍不住也吼了一声，又觉得略有不妥，转而趴在顾可身边小声道，"真是够自恋的，还标准答案，也不怕打脸。"

顾可见难得安静，惬意地伸伸懒腰，眯着眼睛，长而弯曲的睫毛微微抖动，像极了精灵。她在想一个问题，为什么大家都这么喜欢对答案呢？考试已经结束了，对这答案还有什么意思？她撇了撇嘴，有些不屑。

突然广播里传来一个尖细洪亮的女声："林启峰，我喜欢你！"这道声音如同一阵惊雷，轰隆一声，炸响了这个闷热的夏天。

顾可呆愣了一会儿，才反应过来，微微咬着牙，脸蛋因愤恨而涨得通红："脸皮这么厚，怎么不去挂墙上当枪靶？！"

赵梦婷似乎看出了什么，啧啧两声，一脸奸笑地看着她："那么紧张，还说不喜欢！"

"我没有。"顾可急着狡辩。

谈起林启峰，还要从两年前那个飞来的篮球说起，那时，她还是高一。

不管我们承认与否，在那样的青春年岁，总会有那么一个人，他像一阵清风轻轻来过，惊艳了岁月。

那个黄昏，夕阳西斜，顾可背着画板，在学校操场写生，旁边放着一部白色手机，一首舒缓的音乐徐徐飘来，悦耳动听。她的画作马上就要完成了，刚要伸个懒腰舒展一下，挺直了身子，一个篮球突然向她袭来。由于猝不及防，顾可跌倒在地，手机也被甩飞几米远，手上蹭破了皮，溢出鲜红的血液。

"你怎么搞的！"她怒骂。一抬眸，看到了他——林启峰，传说中的篮球一号。

"是你？"她的声音柔缓许多。林启峰见她手上有伤，关切地问候了两句，她便心跳不止，脸颊泛起如晚霞一般的红晕，屏息低首，默默看向脚尖，只轻轻地答了句："没事。"

他捡起手机，见屏幕摔得粉碎，脸上掠过一丝歉意："给你买个新的吧。"

她还没来得及应答，上课铃声已响起，于是摇了摇头，从他手里拿过手机，跑开了。

"哎，同学，你是哪个班的？"

"高一（11）班，顾可。"她没有回头，只是大声答了一句。清脆的声音和着清风，如同银铃一般好听。

夏日的夜晚少不了虫鸣鸟叫，更是少不了燥热。顾可躺在床上，辗转难眠。风扇吹动着蚊帐翩翩起舞，她望着蚊帐愣愣地出神，神思早已飞到了别处，还时不时发出一阵咯咯的笑声。她似是想起了什么，猛然坐起，来不及穿鞋子，光着脚丫跑去开灯，翻箱倒柜地在找什么东西，大约十几分钟，才捣腾出一条白色的连衣裙，嘴角露出一丝满意的笑容。

第二天，她便换上了那条白色长裙，同学们讶异的神情让她有些不自在。夏天穿裙子本是一件很稀松平常的事，可若是放在顾可身上，就有些邪门了，因为她从没穿过裙子，至少，从没有人见过她穿裙子。她总是穿着一条牛仔裤和一件款式再简单不过的T恤，有时斜戴一顶鸭舌帽，总和男孩子打闹在一起，跟文静一点儿不沾边。然而，此刻的她正安安静静地坐在教室里写作业，白裙飘飘，竟完全是一副大家闺秀的样子。

赵梦婷走了进来，见外面有一个帅哥点名要找顾可，便已经明白了七八分。

"顾可，有个大帅哥找你，"她嘴角挂着一丝奸笑，"什么关系，如实招来！"

顾可脸颊飞上一丝红晕，略含薄怒地说："别闹！"便甩开赵梦婷灼热的审问目光，走了出去。只见林启峰倚靠着走廊靠窗的一面墙壁，清风透过窗子吹动他的白色衬衣，挽起的袖口露出白净如玉的手臂，他身材瘦削，笑容恬淡，给人的感觉安静而儒雅。她微微咬了一下嘴唇，心里一阵悸动，似是撞了一树的樱花，整个世界落英缤纷。

那种感觉或许她这辈子都忘不了，顾可狠狠地晃动了一下脑袋，勉强抽回思绪，手上转动着一支黑色碳素笔。她的嘴角勾起一丝坏笑，眼神也变得虚无起来。那个女孩一定是考试受刺激了，要不就是脑袋被门挤了，觉得此生无恋，只有林启峰才是人生的真谛，为了追求所谓的爱情，飞蛾扑火，孤注一掷。这奇怪却也不奇怪，在这压力山大的高三，最易患难生真情，虽然年级主任再三强调禁止早恋，可爱情的小火苗似乎愈战愈勇，正所谓道高一尺魔高一丈，凤城一中的同学们发扬起地道战精神，玩起了躲猫猫，教室里一本正经的革命友谊，放学后就完全成了爱情里的羔羊，跃跃欲试。

下午放学，顾可并没有着急回家，而是透过窗子望向楼下。他们又在操场上打篮球，林启峰穿着一号球衣，夕阳的余晖打在他满是汗液的脸上，泛着昏黄而朦胧的光，让人看不真切。她不明白，为什么有些人经常玩闹，成绩却依然可以这么好，似乎不用学便什么都会，像林启峰、陆哲，这两个尖子班的佼佼者。

林启峰又进了一个三分球，她嘴角微微一笑，那抹笑还没有绽放完全便猛然收住，眉头一紧。他倒在了地上，拼命地咳嗽起来，随后便猛地灌下一瓶矿泉水，却是咳得更加厉害了，看起来痛苦异常。她有些心疼，拿出一张纸，写下了这样一段话：剧烈运动和强劳动后，立即饮水解渴，不利于身体健康。

她下楼，走近他们，陆哲停下来，穿着十号球衣跑了过来："你怎么来了？"

她偷眼看了一下林启峰，微微低着头，脸上有一丝红晕，抬眸望向陆哲，换上一副混世魔王的表情："我等你一起回去，不行啊？"

陆哲冷峻的脸上泛起一丝欣喜，微微挑眉："你看我打球？"

"不，我是想看看球怎么打你。"顾可还没说完，便哈哈大笑起来，怕笑相太丑，慌忙用手捂住嘴，咯咯笑着。

"狗嘴里吐不出来象牙来。"陆哲冷哼。

顾可故作聪明地反驳："狗嘴里当然吐不出象牙，吐的是狗牙好吗？"

这话刚说完，整个球队的人都捧腹大笑起来，她这才突然意识到，自己说错了话，这不是自己骂自己是狗吗？顿时有些懊恼："你们……你们欺负人！"脸一红，气愤难平，眼见陆哲笑得最酣畅，瞬时一脚踢了过去。

"哎，不能乱踢的好吗？"

顾可明明踢的是陆哲的肚子，可他偏偏捂着自己的私处，一副无辜可怜的样子，她立刻面红耳赤，慌忙解释了一通，急得快要掉眼泪。

陆哲见顾可禁不起这玩笑，慌忙扯开话题："赶紧打球吧，看什么热闹啊。"

人群这才散去，重新投入到球场。

他们的书包整齐地排列在石凳上，顾可走近，趁他们打球时不注意，偷偷将那张纸条夹在林启峰的书里。

林启峰看到这张纸条后，呆愣了好久。

他奇怪的样子引起了陆哲的注意。他走到他身后，一把将纸条拿了过来。

在看到字迹的那一瞬间，陆哲也愣在那里。

他当然知道那些字是谁写的。

陆哲将手指攥到掌心里，攥得咯吱作响。

顾可喜欢林启峰！顾可竟然喜欢林启峰！

林启峰被陆哲的偷袭吓醒了过来，他略带尴尬地将纸条又从陆哲手里抽了回来，掩饰地说："不知道是谁的恶作剧。"见陆哲没有反应，他赶紧岔开话题说："对了，今天下午还打球吗？"

"打！"陆哲看了他一眼，淡淡地说："这回，咱俩各约两个人，打三对三的对抗赛。"

放学后，他们在篮球场打球。

三人制篮球对抗赛一开始就激烈异常，似乎这并非一场普通的班内训练赛，而是全市的中学生篮球大赛。慢慢地，看他们打球的人越来越多。

最出风头的自然是两位队长——林启峰和陆哲。既是学霸又是球霸，还长得那么帅，这样的人有一个人人皆知的称呼——男神。

看球的以女生居多，当然，她们主要不是来看球的，而是来看男神的。顾可也在。

林启峰上篮，身子刚刚跳起，便被人撞得飞了出去，球也弹开了。

他坐在地上，看着撞他的陆哲。陆哲没有像往常那样上来友好地拉他起来，跟他说："哥们儿没事吧，来，你来罚球。"而是双手环抱着球，冷冷地看着他。

顾可跑了过来，将他扶起。她手里拿着两瓶矿泉水，递给林启峰和陆哲各一瓶。陆哲一把甩开，将篮球狠狠地掷在地上，冷哼了一句"不打了"，便拎起书包向外走去。

顾可抬眸望向陆哲离开的背影，眸光里似是弥漫了一层浓浓的雾气，搅不开，戳不透，看不清，她迷茫地看着他一点点走远，略有些失神。

"你们吵架了？"林启峰的声音如同清泉一般温柔清爽。

"我们？"顾可听他说"你们"二字时语气有些诡异，"什么'我们吵架'啊，那是我和他，不对，我是我，他是他，明白吗？"

顾可见林启峰嘴角的笑更为诡异，一时有些着急："你到底明不明白？"

他只好笑着点头说明白，顾可看着他的神情，略有些赌气，也不知道是真明白还是假明白。

林启峰举起矿泉水，大口猛灌。

"不要喝得这么急！这么不爱惜自己！"她嗔怪地说，忽然察觉失言，脸上泛起一片绯红。

他微微皱眉："那张纸条？"

"什么纸条啊？"她装作不知。

他的嘴角扯动一丝温柔笑意，也就不再多说。

陆哲一走，所有的人也都失去了打球的兴致，中途退场。围观群众也都纷纷散去。林启峰独自一人站在黄昏里的背影略显孤单和寂寞，他喝完了饮料，将空瓶子扔进了垃圾桶。

"你不回家吗？"

"你可以教我打篮球吗？"她没有回答，反而问出这一句。

他显然也是一怔，转而笑笑："打篮球很辛苦的。"

她迎上他的眼神，眸光透露着十分的坚定："是吗？我最喜欢辛苦了，辛苦可是个好孩子。"

林启峰叹了口气："你还是放了那孩子吧。"

"那好，我就放了那孩子，冲你来。师父，你就教教徒儿吧！"顾可连撒娇带卖萌，樱桃小嘴微微噘起，楚楚动人的眼眸冲他眨巴了几下。

林启峰面红耳赤，表情很不自然地点头答应。

他将篮球传给了她，教她运球、投篮。他在她的身后，她能感受到他汗涔涔的胸膛贴着她的后背，心跳不止，似是有千军万马奔驰而过，耳根通红。

几轮下来，早已累得气喘吁吁，两人顺势坐在球场边的地上。

夜色初上，月朗星稀，他默默看着天际，忽然说："我失恋了，她叫蒋文希，去了美国，所以跟我分手了。"

　　她一愣，感觉心口似是被刀划破一般，有鲜血流过的疼痛感。她望向他，眸子里有几丝亮光，虔诚得像是祈祷一般。

　　"没关系，你还有我……我们。"她的声音很轻，夹杂着些许小心谨慎。

　　"对，我还有你。"他心里一暖，伸手抚上她的秀发。顾可双手微微攥紧，眸子里有些微热。他说的是"你"，不是"你们"！那个少年他竟然说"我还有你"！

　　一个身影走了过来，挺拔的身姿立在静谧的夜里，竟有了一股难以抵挡的刚强，昏黄的灯光打在脸上，更多了一丝邪魅。嘴角噙着那抹魅惑，眼神里隐藏着薄怒，这不是陆哲还能是谁。

　　他冷冷地瞥了一眼顾可，面无表情地说了句"回家"，语气里显然有些不自在。

　　顾可闪过一丝疑惑："你不是走了吗？"

　　他有些不耐烦："我说回家！"

　　"回家就回家，那么凶干吗！"顾可瞪了陆哲一眼，真是个煞星，好不容易有了新进展，就被他给打破，顾可越想越是郁闷，那可是她的峰哥哥呀。

　　林启峰早已站了起来，伸手将顾可从地上拉起，嘴角轻笑："一起吧。"

　　陆哲沉默，转身向学校门口走去。

　　"启峰，你想报考哪所大学？"顾可突然问道。

　　林启峰一愣："嗯，我想考去北京。"

　　"北京？"顾可神色有些黯然，"清华吗？"

　　"这个嘛……"他显然并不想说，成绩越好的人就越是这样，生怕出了一点差错，没有考上，自己丢人。顾可也就不再问下去。

　　"你喜欢吃提拉米苏吗？"

林启峰又一愣："喜欢。"

"那我做给你吃好不好？"

她的声音很轻，跟他并排走在黑夜里，脸上微微有些红晕，他又是一怔，点了点头。陆哲走在前面，只是隐隐约约听到了些，一时之间有些难过。

"提拉米苏？你不会做的。"陆哲没有停下，没有回头，只是说了这一句，听不出心情。

顾可被他戳破，有些慌张，抬眸望向林启峰，笃定道："你相信我，我很聪明的，肯定能学会的，等我学会了，你一定要第一个吃。"

林启峰望了一眼走在前面的陆哲，眸子里有一丝忧色，顿了顿，想说些什么，却只是喉咙滚动了两下，发不出声来。

走到学校门口，他们和林启峰便分道扬镳。她真的搞不懂陆哲是怎么想的，每一次她接近异性，他就会像这样发一通无名火，总而言之就是严禁她早恋。陆哲是她名义上的弟弟，比她小两个月，她在十三岁那年被陆家收养，但是，这个弟弟却是一点都不听话，还总是想反过来管教她。

顾可记得那年，他们初中毕业，毕业典礼那天，好多人都哭了，而她却一直淡淡地微笑。吃完散伙饭后，有个叫萧远的男生追了上来，递给她一封情书，在栀子花下表白。那是她第一次遇到这种情况，脸上满是红晕，紧张得说不出一句话，呆愣在那里。萧远抱住了她，她还沉浸在这种甜蜜中，就被一只手拎了出来。

"她有男朋友！"陆哲对萧远说，冷峻的脸上漫上一层戾气。

萧远吓了一跳，有些难以置信："开什么玩笑！"

"我就是她男朋友！"陆哲说出这句话时，脸色是冰冷的，浑身散发着一股深重的戾气，吓得萧远连连后退了几步。

顾可慌忙解释："别听他瞎说，他是我弟弟。"她还想解释什么，就被陆哲拖走了。

"你弄疼我啦！"顾可使劲儿挣扎了两下，却依旧被他拎着，"放开我呀！"

陆哲终于甩开了她，用一种难以置信的眼神看着她，嘴角满是嘲讽的意味："看男人的品味越来越低了。"

"我觉得挺好的呀，我长得也不是很漂亮，正好嘛。"顾可说罢，傻兮兮地笑，更是惹恼了陆哲，被他一把拽了起来。

"干吗呀！"顾可瞪了他一眼，"你要尊老懂不懂，我是你的姐姐。"顾可继续反抗挣扎。

陆哲最讨厌她拿出一副长姐的姿态教训他，他拽着她的衣领，眼神漫过一丝冰冷，嘴角勾起一丝邪魅的笑意："我不准你早恋听到没有，否则，我就告诉爸妈。"

顾可想到这里，气得攥紧拳头，在陆哲的背后比画了几下，没想到他一回头，尽收眼底。

"怎么，有意见？"他嘴角勾出一丝冰冷。

她温柔一笑，带着几分讨好："没，没意见，"然后从包里掏出一盒巧克力，"你最喜欢的味道，要不要来一块？"

他的嘴角邪魅一笑："贿赂我。"

她的心事被看穿，却还是装作很无辜的样子："哪有，我就是想对你好嘛！"说罢，朝陆哲抛了一个媚眼。

他用手轻轻刮了一下她的鼻子，她恼怒道："不准动我的鼻子，我的鼻子就是被你给按趴下的。"说罢，右手使劲捏了捏鼻梁，想要把它捏得再高一些。

他冲着她的鼻翼又是轻轻一刮，彻底激怒了顾可，她望着他，眼神里满是愤怒，咬牙切齿地喊了一句"陆哲！"拎起旁边的一根木棍，顺势便要打去，陆哲一个飞身躲闪，撒腿便跑。她在后面气势汹汹地喊：

"站住！"突然空气也变得热闹起来，两个人在这样的夜里打打闹闹，欢声笑语。

回到家后，陆刚和田秀芬正坐在客厅，田秀芬看着电视，嘴里嗑着瓜子，见他俩打打闹闹，嘴角勾起一丝清浅的笑。放下手中的瓜子，去厨房端了一盘果蔬走了出来，抬眼望向两人："快别闹了，尝尝我做的水果沙拉。"

正端坐沙发看报纸的陆刚不由得啧啧两声，放下手里的报纸，伸了伸懒腰凑了过来。田秀芬眼见陆刚一副垂涎三尺的样子，顺手将盘子移开，挡住了他伸出的筷子，嘴里冷哼一句："谁让你吃了！"然后便朝这位人民警察连翻几个白眼。

"你这没劲啦！"陆刚埋怨了一句，也并不生气，只是死乞白赖地硬是从盘子里夹出一块香蕉片，洋洋自得。

陆哲神秘兮兮地看了顾可一眼，转头望向陆刚和田秀芬："爸、妈，我有一件天大的事儿需要向老革命汇报，顾可她……"

顾可慌忙咳嗽两下，打断了他，狠狠地瞪了一眼，一副"你要是敢给老娘说出去，打断你狗腿"的嚣张气焰。

陆哲却好似不为所动，瞬时化身不怕锉骨扬灰的光明勇士，嘴角一挑，邪魅一笑，一副"风萧萧兮易水寒，壮士一去兮不复还"的悲壮之貌："顾可还真是让人失望啊。"

顾可心下一紧，却没想到他抿了抿嘴，话锋陡转："她在绘画比赛上拿了第一，真是老天无眼。"他说的是半月前Y市的青少年绘画比赛，她经过一个暑假的奋斗，终于夺冠。

顾可听到这里那颗悬着的心才算落了地，朝陆哲抛出一个算你识相的表情。

陆刚和田秀芬简单夸了几句，看起来并没有想象中的开心。

"可可，现在你都高三啦，应该以学业为重，就先别去整这些歪门邪道了。"田秀芬嘱咐了两句，又看向陆哲，"还有你，别总给我抱着个吉他。老师说了，你努努力是可以考清华的，还不赶紧加把力，我都看着着急。"

"行了，开饭了。"陆刚嫌田秀芬唠叨，连忙打断，"孩子们都长大了，有自己的想法，整天就知道瞎操心。"

吃过晚饭，顾可啃着一块西瓜走进陆哲房间，只见陆哲正抱着那把木吉他，仿佛在与吉他做最后的永别，满是依依不舍。

"舍不得孩子套不住狼，赶紧藏了吧，要是让妈看见，小心脑袋啊。"

他没有说话，眼眸里有一丝失落，抬起头望着她的眼睛："你喜欢林启峰吗？"

她有些慌张，矢口否认："不是，我怎么会喜欢他呢。"

他立刻就像打了鸡血一般，迅速复活："我就说嘛，你怎么可能喜欢他，他长得还没我帅呢。"说罢，右手正了正发型，她扑哧一声笑了出来。

陆哲的确长得很帅，一米八的个子，古铜色肌肤，五官棱角分明，眸光时而高冷，时而带着一丝玩味，隐藏着年少的不羁和聪颖，鼻梁坚挺，嘴唇薄薄的似两片新叶，微微抿起时总会勾勒出一丝邪魅。他在学校里是众多女生心目中的男神，赵梦婷就是那些女生中的一个。

当顾可第一次发现梦婷的心事的时候，她就承诺要帮她追陆哲。为此，她还费心安排了一次约会，买了三张电影票，约梦婷、陆哲一同看电影，结果她自己跑单，故意给梦婷和陆哲制造二人独处的机会。她本是好意，却没想到事与愿违，最后那两人弄得不欢而散。

第二章　即使受伤，也要坚强

那个夏天，接连好几日的高温天气让万千学子苦不堪言，教室里也没有装空调，学生们嫌教室闷热，一有机会便溜出去吹风。

这一日，顾可正在操场溜达，手里拿着一罐冰岛红茶，时不时喝上两口。抬眼望向前方，看到林启峰，只见他穿着一件白色衬衣，眉眼俊秀，玉树临风，正低头对他面前一个女孩说着什么，看不清神色。顾可正要走近，只见林启峰微微低首，薄而性感的唇轻轻亲吻女孩的额头。女孩尖叫着跑开，他的嘴角也勾起一丝笑意，回眸，看见身后僵直身子的顾可，那抹笑便僵在了脸上。

"不是你想的那样。"他想解释什么。

顾可故作爽朗一笑："不需要解释。"

他顿了顿，说了句对不起，顾可眸里闪动着亮光，质问道："为什么要跟我说对不起？"

他没有回答，她也就不再追问，故作满不在意，嘴角挤出一个微笑，推说自己有事，落荒而逃。是啊，她有什么好委屈的，毕竟，他从来都没有说过喜欢她。

她有点想哭，但却笑得更开心了，抬手把泪擦掉，她才不会哭呢，一定是风太大，吹红了眼。她骄傲地昂起头，一副不肯认输的模样。她最看不惯为了爱情死去活来的女人，于是深深地吸了一口气，不再让泪水滑落。她就是这样，越是脆弱，就偏要坚强。

顾可回到教室，拿出书本开始背英语单词。赵梦婷眼睛红肿着，像是熟透了的樱桃。

"梦婷，你这是怎么了？"

赵梦婷微微一笑："没事。"

"你喜欢林启峰！"赵梦婷突然笃定地说道，让顾可大吃一惊。

"不算吧。"

顾可的故作轻松似乎惹恼了赵梦婷，她嘴角勾出一丝阴冷的笑，嘲讽道："口是心非，你不累吗？"

顾可她总是这样，表里不一，喜欢一个人不肯轻易承认，明明内心纠结痛苦，却依旧要装作毫不在乎。赵梦婷作为她的头号闺蜜，自然再清楚不过。

顾可不再说话，转动着手里的钢笔，一圈又一圈，梦婷有些急了，一把夺了过去。

"你难道就要看着他被别人抢走吗？"赵梦婷的嘴角有一丝恨意，"我不能容忍。"她一字一顿地说着，望向窗外。

下午，赵梦婷告诉顾可，林启峰放学后在操场的龙凤厅等她，她有些紧张，手掌微微攥紧。

夕阳的余晖将顾可的身影拉得很长，此时，她正站在龙凤厅前，赵梦婷的话一直在她耳边回荡。有时她也痛恨这样的自己，为什么偏要逞强，内心明明爱得荡气回肠，表面上却装得云淡风轻，不肯低下骄傲的头颅，不肯放下高冷的身段。

"顾可……"

听到身后有人喊她，顾可慌忙打断那个声音。"等等，"她狠狠地咬了一下嘴唇，似是下定了决心，"我好像喜欢上你了。"说完这些，她如释重负，却也忐忑不安，依旧背对着他，闭上眼睛，手掌紧紧地攥着，指甲掐进肉里，隐隐作痛。那一刻，她把自己放进尘埃里，连同她那视若珍宝的骄傲的自尊，只为等他一个回应。

他没有说话，只是走近她，她不敢睁开眼睛，害怕会被他浅褐色的眸光刺痛。突然，他吻了她，他的吻酥酥麻麻，像是四月的清风，激荡起满江春水。她微微张开眼睛，却在看清那张脸的一刹那，天昏地暗。她奋力挣扎，却依旧被他牢牢地箍在怀里，她拼尽全力抽出了手，一巴掌甩在他的脸上。

"陆哲，你怎么可以……"她脸色涨得通红，忍不住哽咽起来，撕心裂肺地吼道"浑蛋！"便跑开了。

"顾可，我他妈喜欢你！"

陆哲略带嘶哑的吼声，似是痛苦至极，顾可心头猛地一痛，却也不曾回头，依旧向远处跑去，想要彻底逃离这里。不想却在拐角处撞上赵梦婷，只见她竟一动不动地看着眼前的一幕，就像看笑话一样。

"你故意的对吗？"顾可目光冰冷，满是寒意。

赵梦婷冷笑一声，嘴角抽动道："没错，我就是故意的，是我故意安排你跟陆哲约会，是我骗了你。"

顾可怒吼："看我出丑很高兴是不是？"

赵梦婷却惨然一笑："出丑？顾可，我倒觉得我才是那个小丑，陆哲明明喜欢的人是你，你他妈往我身上推，很有意思是吗？"

"发生什么事了？"林启峰不知从哪里冒了出来。

顾可眼里闪过一丝亮光，但转瞬便黯淡下去，只剩下冰冷和淡漠。她没有看向他，也没有开口说话，快步离开了校园。

陆哲似乎明白了什么，走过去揪起赵梦婷的衣领："为什么要这么做？"

"陆哲，这就是你拒绝我的原因吗？她可是你的姐姐！"赵梦婷嘴角惨然一笑，嘴唇有些干裂，竟流出了血。

"她不是，我们没有血缘关系。"他捏起她的下巴，神情冰冷，语气狠戾。

"可我喜欢你。"她撕心裂肺地说，似是每个字都牵动着血脉。

"你小子怎么回事？"林启峰似是看不下去，一把推开陆哲。

陆哲冰冷的眸光散发着一丝阴狠："警告你们，不要惹我！"说罢，愤然离开。

赵梦婷蹲坐在操场上，眼神空洞，呆呆地望着远处，像无家可归的流浪猫狗一样无助。怎么会这样，她只是想让陆哲对顾可死心，怎么会变成这种局面。

夜色渐渐昏暗，顾可跑到一个僻静的角落，靠着墙角缩作一团，泪水顺着她的脸颊流下。这到底是怎么了？她不知道，似乎一切都错了，乱作一团，剪不断，理还乱。

她有些头痛，靠着墙角，闭上眼睛，似是快要睡着了。迷迷糊糊中，好像有一双手在轻轻拍着她的脑袋，顾可感到一阵温暖。

"林启峰，是你吗？"

"是我。"

顾可依旧闭着眼睛："又出现幻听了。"

"你睁开眼睛，看看我，真的是我。"顾可慢慢抬起头，看到果然是林启峰，慌张地说："对不起，我刚才……"

她实在找不到理由掩饰自己，只能无奈地笑笑。林启峰揉了揉她的头发，说："跟我回去吧，陆哲找你找得都要疯了。"

顾可听林启峰提到陆哲，眼里刚刚泛起的温柔转瞬即逝，蒙上一层冰冷，只简单地回应了一句："好。"

他们向学校门口走去，顾可看到陆哲，他正落寞地站在路灯下，昏黄的灯光打在他身上，冷峻的脸上满是焦虑和不安。她从没见过这样的陆哲，那样冷峻高傲的他，竟然也会有这样的表情。

"你去哪儿啦？"他的声音有些沙哑。她站在那里，不说话，也不看他。

顾可看向林启峰："你送我！"语气里尽是倔强和任性。

陆哲心里一阵疼痛，也不说话，林启峰笑笑："陆哲不是跟你一起吗？"

顾可眸子里强忍着泪，面无表情，轻轻"哦"了一声，便单腿跳上了陆哲的脚踏车，不再看林启峰。

她从不想勉强任何人，既然他不想，她也就不需要，爱也好，在乎也罢，从来都不是摇尾乞求，而是甘愿。

第三章　假如生活欺骗了你

陆哲骑着脚踏车在柏油马路上穿梭，顾可老老实实地坐在后面，也不言语，听着车子发出的"吱悠"响声，愣愣地出神。路灯昏黄，像是被滚滚红尘掩埋了一样，遮了一层浓密的沙罩，朦胧而模糊。陆哲的眼睛越发干涩起来。

"对不起。"他的声音十分沙哑。

顾可心里一怔，没有说话。

"你的那些话，永远不会说给我听吧？"陆哲嘴角勾出一丝自嘲的笑。

"我们是姐弟，永远都是。"

"姐弟！"他的语气有些无奈。

两人刚走进家门，就见田秀芬含泪夺门而出。

"妈！"顾可喊了一声。她刚想追出去，就被陆刚拦下："明天还要上学，你俩回房休息。"

两人只得顺从地走回房间。

顾可心里有些奇怪，陆爸陆妈是极少吵架的，像这样大动干戈的概率几乎为零，想了一会儿，也猜不出原因，索性不去再想。洗漱完毕便回房躺下，却怎样都睡不着，林启峰、陆哲、赵梦婷，这三人在顾可的脑子里一遍遍闪现，使她脑袋生疼。她起身从包里掏出手机，想要看看明天的星座运势，却发现手机早已耗完电量自动关机。她充上电，重新爬回床上，辗转了几下，才浅浅入睡。夜里被客厅传来的声响吵醒，估计是陆妈回来了，陆爸一个劲儿地道歉，还说不能让顾可知道这个秘密。她迷迷糊糊似梦似醒，听得不大真切，翻了个身，再次睡着了。

第二日，刚打开手机便看到林启峰打来的未接电话，回拨过去，却不在服务区。到了学校，她才知道，林启峰走了，听他们班主任说，他是昨天晚上走的，估计再也不会回来了。

她独自走在操场上，一步、两步、三步……伤心的时候，她不喜欢说话，就喜欢一个人静静地待着。她喜欢数步数，这样子似乎就可以走得很远，把难过的事全都甩在身后。

人生何处不别离，水瓶座对待离别总是很潇洒，可是潇洒并不代表舍得，他们知道，有些人是要离开的。既然注定离别，那么不如潇洒转身，让一切走好。

她的手机响了起来，"小可儿。"电话里传来的声音让她心中一颤，是胡三儿，只有胡三儿才会这样叫她。胡三儿，太久远了，久远得她以为那些不堪回首的曾经只是一场噩梦。那个时候，她还在孤儿院，在九中上初一，胡三儿比她大两岁，是当地尤为嚣张的地痞混混。他喜欢她，几近变态：男生若是跟她说一句话，一定会被手术刀问候；女孩惹了她，娇嫩的脸蛋便会被刻上十指红印。那时候，所有人都离她远远的，她没有朋友，更没有友谊。

"是你？"她的语气冷漠到极致。

"还想见赵梦婷的话，就一个人来过客酒吧，要是让老子知道你报警，别怪我不客气。"

"我怎么相信你？"顾可的语气里依旧是难以自抑的冰冷。

刚说完这句话，电话里便传来赵梦婷的声音："别管我，报警。"只此一句，便再也听不到了。

"好，我马上赶过去，你不要伤害她。"顾可有些慌乱。

梦婷在那种人手上，她怎么会不慌神。好在她还算理智，很快便冷静下来。胡三儿说得出便干得出，他对人心狠手软，从不手软，然而对她，却是不会伤害的。如果她真的报警，只怕会弄巧成拙。

顾可思定，在学校门口匆忙拦下一辆出租车，赶往酒吧。她推门进去的时候，赵梦婷正被人按在椅子上，脸上满是惊恐之色。

"放人！"顾可满脸愤怒。

"等我们走后，兄弟们自然会放人！"胡三儿奸笑。

"你还是一样的卑鄙无耻啊！"顾可靠着吧台，满是轻蔑。

"比起你，不算吧。"胡三儿逼近顾可，冲着她的耳朵，呼出一股白烟。她嫌弃地转过头去，遂又被他用力地捏住下巴，狠狠地扳了过来。

"你就这么讨厌我吗？"他的表情悲伤而狰狞，狠狠地掐灭手里的烟。

"你到底想怎样？"她有些不耐烦，挑眼望向他。

"小可——"胡三儿故意将她的名字拉得很长，逼近顾可的脸。她突然害怕起来，气喘吁吁，她天生患有哮喘病，紧张害怕的时候就会这样，他似乎也看了出来，语气明显温和了许多。

"你别怕，"他脸上闪过一丝心疼，"当年，我就应该带你走，这些年，田秀芬一定让你吃了不少苦。"他的目光突然有了杀机，狠狠一拳打在吧台上，"田秀芬这个浑蛋，总有一天我要打烂这个娘们儿，替你出气。"

胡三儿就是这样，他的爱很可怕，从来只允许自己欺负顾可，其他人谁都不能对她说一个"不"字。

"不用你管！"顾可憎恨他这种变态式的保护，说出这句话时更有咬牙切齿的恨意。她话音未落，便被胡三儿狠狠地抽了一嘴巴，应声倒地，撞落了桌子上的一瓶啤酒，玻璃碎裂了一地，嵌进肉里，火辣辣地疼。

"你这个贱人，我对你这么好，你都视而不见，田秀芬那样对你，你竟然还帮她说话。"他的嘴角勾起一丝阴冷，目光变得极为狠戾，"我今天就让你听听，你心心念念的好妈妈，你所以为的亲情，究竟是什么狗屁东西！"

他一把将她抓起，从怀里掏出一支录音笔，塞在她手里，按下按钮。

陆妈：我要顾可从我眼前消失，不管你用什么办法，立刻带走她。

胡三儿：我不明白，当初是你们要收养她，为什么又千方百计想要赶她走。

陆妈：以前是我糊涂，上了他们的当，她竟然是罗丽那个贱人的女儿，如果不是看到那封信，我永远都像傻子一样被蒙在鼓里，我恨不得将罗丽和顾可碎尸万段。

胡三儿：什么？

陆妈：你不需要知道太多，这是给你的钱，我知道你喜欢她，我们这也叫互惠互利。哦，对了，顺便提醒一句，想要征服一个女人，就要先征服她的身子，必要的时候，用些手段不是更好吗？

"为什么会这样？怎么可能？"顾可目光呆滞，握住录音笔的手不住颤抖。

"告诉我这不是真的！"她猛地冲向胡三儿，抓住他的衣服，如一头母狮般咆哮。

"这就是你所谓的亲情。"他狠狠地推开她，语气轻蔑。

顾可呆愣愣地站在原地，目光空洞，仿佛抽空了灵魂一般。她实在难以相信，她心心念念的好妈妈有一天会恨她入骨。昔日里的柔声细语、无微不至，对她的关爱备至，这些亲情，怎么会一夜之间，凉薄至此。

"你要干什么？"只见胡三儿一点点逼近顾可，眸里带着一股雄性的野蛮，吓得她后退了几步。

"你的好妈妈精心安排了这一切，我怎么能让她失望呢？"他玩味地捏起她的下巴，如同邪恶的魔鬼一般。

她没有求救，她明白，此时此刻不会有人来救她，她就像猎人枪下的羔羊，无力而绝望。

"你这样会坐牢的。"

"你以为老子会怕！"

"你不会，"她的语气平静下来，像是在说一件无关紧要的事。突然间，眼神变得凌厉，她咬牙切齿，"但我不会放过你。"她顿了顿，闭上了眼睛，"开始吧！"

"顾可，是我害了你。"赵梦婷听到这里早已按捺不住，泪水顺着那双漂亮的眸子流下，她的双手仍旧被绑着，一边拼尽全力挣扎着想要甩开两边按着她的男人，一边声嘶力竭地骂道："我要灭你满门，畜生！"

胡三儿抬手，示意将她带下去，包厢里只剩下顾可和胡三儿二人。他没有说话，走近了她，她神态平静，反而使胡三儿怔住。他很不自然地凑近她，吻上了她的唇，顾可没有反抗，如同一具死尸，他继续加深这个吻，手也开始不老实地在她的身上游走。她的上衣被一把撕扯掉，露出里面淡粉色的内衣，胡三儿似是着了迷一般探进了手。

顾可看准时机，趁他不注意，早已将吧台上的水果刀攥在手里，当即在他背后冲着心脏位置刺去，胡三儿反应极快，慌忙闪躲，那柄水果刀便偏离了心脏，狠狠地刺进他的肩膀，鲜血染红了胳膊上的文身。胡三儿怒极，反手又是一巴掌甩去，顾可露出一丝疯狂的笑意，随即站起身，擦掉嘴角的鲜血。

那柄水果刀并不算锋利，伤口也并不深，胡三儿被彻底激怒后的疯狂，让顾可的嘴角勾起一丝嘲讽。他不顾伤口，一把扯住她，将她狠狠地按在墙上。

"你以为这样就可以摆脱我吗？你做梦！"胡三儿语气极为凶残，俯身吻上她光滑白皙的脖颈，动作残暴而凶狠。她的脖颈大片殷红，如同火烧一般疼痛。

"住手！"熟悉的声音。

顾可抬眸，望见陆哲举起酒瓶冲胡三儿的脑袋砸去。胡三儿痛呼一声，鲜血顺着脑袋流下来。胡三儿是黑社会出身，经得起摔打，因此也并不碍事。

"快来人，给我抓住这小子。"

里面喝酒的小弟一齐涌了出来，将顾可和陆哲团团围住。陆哲势单力薄，寡不敌众，最后被一群人围着群殴。

"住手！"无论顾可怎么喊，也不会有人听她的，"你们这样会打死他的！"

一个混混拿着啤酒瓶冲陆哲的脑袋就要砸去，顾可眼看不妙，飞身挡去，"哐当"一声，不偏不倚地砸在她脑袋上。血腥味扑面而来，殷红的颜色有些刺眼，她倒下，被陆哲紧紧拥在怀里。

"从今天起，我不欠你什么了。"她的声音很弱，在他听来，却格外刺耳，让他猛地一震，心里一阵痛楚。她嘴角清浅一笑，闭上眼睛，昏迷过去。

那人见打伤顾可，吓得双腿直打哆嗦，被几个人按在地上，胡三儿举起三个酒瓶，"哐哐"几声摔在他的头上。

"你给老子起来，别他妈的装死！"胡三儿使劲踢他，都没有反应。

众人一看闹出了人命，一哄而散，胡三儿落荒而逃，跑到门口，却突然停下，回首望向倒在血泊里的顾可，神情复杂，最终还是转身离去。

陆哲迅速拨打120，无法自抑地发抖。救护车不久便赶到，她被一个担架抬上车，他坐在身旁，紧紧地攥着她的手，似乎只要他一松开，她就会永远消失一样。

赵梦婷也想跟过去，可警察早已赶到，她被留下录口供，抬眸望着救护车离去的方向，再也忍不住，号啕大哭。警察此时正在对她进行录像取证，见她突然失态大哭，以为是被刚才的血腥场面吓到，柔声安慰了几句。

顾可被送进急救室，手术完成后，整整一夜才醒过来。她做了一个很长很长的梦，梦里一片漆黑，没有光亮，她跌跌撞撞，想要冲破这黑暗，却怎么也逃不掉。眼前突然出现一条巨蟒，死死地勒紧她，将她狠狠抛向空中，她吓得出了一身冷汗，猛然惊醒。

睁开眼，看见陆哲守在她身边，满脸倦容，赵梦婷立在不远处，眼里突然闪着兴奋的光。

"醒了醒了，终于醒了！"赵梦婷声音有些哽咽，"我去叫医生。"说罢，她匆忙跑了出去。

陆爸陆妈此时正在医院大厅缴费，见梦婷说顾可醒了，当即赶了过去。顾可看着两人匆忙赶来的身影，脸上没有一丝笑容，冷漠而麻木。

"好些了吗？"田秀芬走上前去，伸手想要抚摸顾可的脸，被她面无表情地闪躲过去。她并不看田秀芬，眼珠如同死鱼一般，盯着一片空白的墙壁，动也不动。

"想要征服一个女人，就要先征服她的身子，必要时候，用些手段不是更好吗？"她眉头微微拧紧，零碎的记忆袭来，她低沉着脸，内心纠结痛苦，不知道该怎么面对这一切。田秀芬养育了她五年，五年来的悉心呵护，怎么会变成这个局面。

"为什么要这样对我？"她无力地看向前方，喉咙动了动，还没开口，眼泪便已流下。

"你在说什么？"田秀芬一愣。

"你懂我的意思。"她的嘴角泛起一丝冰冷。

"不要胡思乱想。"田秀芬沉默了一下，低声说。

陆刚不明所以地看着她们两个。

"这不是你想要的结果吗？不，还是让你失望了，我没有失身。"顾可冷笑道。

"你这孩子撞坏脑袋了吧，我不懂你在说什么？"田秀芬低声吼了起来。

顾可嘴角的笑更加轻蔑，掏出那只录音笔，按下开关，放出了田秀芬和胡三儿的对话。

田秀芬脸色大变。

"你终究是知道了。"她冷笑两声，伸手按住胸口，脸上掠过一丝痛楚，她只是恨极了罗丽，怨极了陆刚。自己一心疼爱的女儿，突然变成情敌的野种，这种打击可以说是晴天霹雳，将田秀芬打入万劫不复。

她的嘴角勾起一丝邪恶，目光也变得凶残："我恨自己拿命疼的女儿竟然是罗丽的野种，我更恨二十年前她跟我抢陆刚，现在人都死了，还要让她的女儿来跟我抢！"

陆刚一巴掌甩了过去，五指红印火辣辣地刻在田秀芬的脸上，她的嘴角溢出鲜血，哭着跑了出去。陆刚呆立在原地，不知所措，内疚而痛苦，这一切都是他的错，他不该隐瞒顾可的身世，让他们母女反目。

"爸，你送我回去吧。"顾可异常平静。

他没有拒绝，只是轻轻点头。顾可伸手将碎发放至耳后，抬眼望向窗外，白色的栀子花透过窗台伸进屋内，顾可伸手想要摘下一朵，却在即将碰触到的那一刻缩回。

这个家，再也容不下她，与其被扫地出门，不如骄傲离去。一个人说到底，都是孤独一生，孤零零地来，孤零零地去，所有的遇见，都不过是人生的插曲。

她就是这样的瓶子，表面上大大咧咧没心没肺，人情冷暖却看得比谁都清，只是不想说破而已。

一连几天，顾可谁都不见，只有赵梦婷守着她。陆刚去过一次，顾可三言两语便挡了回去，陆刚知道顾可不想见他们，也就不再多来。

"顾可，就算是别人不见，但是陆哲……"梦婷顿了顿，"他知道你不想见他，可依旧每天都会来看你，他只敢在你睡着的时候偷偷看一眼，顾可你……"

"不要说了！"顾可打断她。

"陆哲一直喜欢你，他为你做的远远要比林启峰多得多，你知道这段日子他都为你做了什么吗？他一个人去酒吧弹吉他，每天干到夜里两点，就是为了赚钱给你买一份生日礼物，难道你感受不到他的心吗？"

顾可怎么会感受不到。那天她来大姨妈，他夜里找了整条大街给她买红糖；那天她腿部受伤，他背着她去上课；那天情人节，他偷偷塞在她包里的巧克力。她都知道，却从来不敢说破，更不敢想，他是她的弟弟，她是他的姐姐，即使没有血缘关系，她都不敢爱他。

她记得，有一次陆哲喝醉了酒，推开她的门，倒在她的身边，按住了她，脸上满是痛苦的表情。他说："顾可，我喜欢你，你为什么不能喜欢我？"他一遍遍地问她，声音也越来越沙哑。

"他做再多都没用，不可能的人，最好连想都不要想。"顾可眸光凛冽而决绝。

"你们水瓶座的人都这样吗？这样决绝。"赵梦婷无奈地笑了笑。

"既然注定分别，何不彻底一些，既然注定远去，那就趁早转身，于人于己，都是一桩好事。"顾可嘴角浮起潇洒的笑，可在梦婷看来，却是一种难言的酸楚。因为梦婷知道，这只是她的保护色，笑得越潇洒，心里就越不舍。

一周后，她出院，背着一个简单的挎包，踏上车站月台。没有什么可留恋的，也没有什么可带走的。十八岁的她，又是孑然一身。

她要走了。她说，她永远都不会再回来。火车的鸣笛声在耳边振响，孤儿院院长顾晓红轻拍她的肩膀，以示鼓励，送行的还有赵梦婷。顾可对着她们微微一笑，踏上列车。

她要离开Y市，去顾瑶那里，顾瑶是顾晓红的妹妹，北京阳光孤儿院的院长。她的位置靠窗，却不敢望向窗外，害怕阳光太刺眼，会刺痛那颗敏感的心，怕心太软，会回头。她只能昂首挺胸故作潇洒。

列车缓缓开动，她微微闭上眼睛，眼眶有些湿润。突然一只满是温柔的手抚过她的脸，拭去她的泪水。她猛地睁开眼睛，陆哲那张熟悉俊美的脸映现在眼前。

顾可被他一把抱在怀里。列车上正放着那首《我们都是好孩子》。

推开窗看天边白色的鸟

想起你薄荷味的笑

那时你在操场上奔跑

大声喊我爱你

你知不知道

那时我们什么都不怕

看咖啡色夕阳又要落下

你说要一直爱一直好

就这样永远不分开

他们相拥着，仿佛世界与他们无关。

"你走吧，我不想见你。"突然，她推开了他，眸光已没有了刚才的温柔。

"你让我往哪里走，火车已经开了。"他坐在她身边，脸上浮现一副得逞的坏笑。

"提前送你，生日快乐。"他从包里掏出一串四叶草项链，递给了她。

"你有完没完，我很讨厌你，看不出来吗？"她的眸子有些湿润，却强装着冷漠，推掉了它。

他撇了撇嘴，没有说话，强硬着给她戴上。她终究没能拒绝。又或者，她本身就愿意戴上。

两人别扭地沉默了许久。一车厢的人间烟火，只有他们两人是在另一个世界。

火车即将停靠保定站。很快就到北京了。

顾可说自己不舒服要去厕所，陆哲下意识地站起来，说我陪你去。顾可白了他一眼，他意识到不方便，嘿嘿笑着又坐了下来。

顾可挤过拥挤的过道，消失在车厢的尽头。

五分钟后，火车在保定站停车。

又过了五分钟，火车开始徐徐开动。

陆哲这才发觉不对劲，起身发疯似的寻找顾可。他下意识地跑向车门处，然而为时已晚，他拍打着车窗，懊悔地喊着她的名字。

窗外一片一片青黄相间的麦地掠过。华北大平原正在和这个灼人的夏天告别。

陆哲完全没料到，顾可会以这种方式跟自己再见。

他红了眼眶，狠狠地捶了一下桌子，全然不顾旁人诧异的眼神。

也许，再也不会见了！

顾可给赵梦婷打了个电话，告诉她陆哲的行踪，她嘴角微笑，眸子望向远方，想起了普希金的一首诗《假如生活欺骗了你》。

假如生活欺骗了你

不要悲伤，不要心急

忧郁的日子里需要镇静

相信吧，快乐的日子将会来临

心儿永远向往着未来

现在却常是忧郁

一切都是瞬息

一切都将会过去

而那过去了的

就会成为亲切的怀恋

第四章　再相逢，两重天

七年后，北京。

顾可上着浅蓝色雪纺尖领衬衣，束进白色牛仔裤内，栗色直发刚刚过肩，巴掌大的鹅蛋脸，眼角微微上挑，低头沉思，手里拿着一个笔记本，时不时做一下记录。

这是 2015 年 Cherish 珠宝新品发布会，会场上人山人海，记者们按着照相机，发出"咔嚓咔嚓"的响声。

李欣站在舞台上，身穿一袭草绿色长裙，后衣片长垂至膝部，后中缝开衩到腰围线处，形成两片燕尾，尊贵大方的气质袒露无遗。

"谢谢大家的支持。"李欣对着观众席深深一鞠，后面的屏幕随即亮起。

那是一款 16 克拉 Pt900 铂金戒指，镶嵌一颗无比惊艳的蓝宝石，熠熠生辉。

"好漂亮！"顾可由衷赞赏。

"这款'蓝色星空'采用精选皇室蓝宝石镶嵌，纯粹且深厚的臻美蓝色象征着浩瀚的宇宙，蓝宝石四周采用九颗白钻镶嵌环绕，象征着群星当空，同时也取自'九'与'久'的谐音，寓意天长地久。"说罢，台下响起热烈的掌声，李欣依旧柔和大方地微笑，眼底却有一种说不清道不明的落寞。

李欣粉丝很多，足足排开一大长队等待签名。轮到顾可，她捧着一株四叶草，李欣有些讶异，但还是接了过来。

"这是幸运草，希望可以给你带来好运。"

"谢谢。"李欣抬眸，看了一眼顾可，飞快地在画本上签名。

顾可还想说什么，已被后面的人挤了出来，站在远处，凝神遥望着。总有一天，她也要设计一款瞩目的珠宝。正在想着，手机铃声响了起来，顾可一看是莫桑打来的，心里暗叫糟糕，赶紧接通电话。

"顾可，你在哪儿呢？"

"莫姐，我见到李欣了，蓝色星空这款珠宝太牛了，简直亮瞎了我的 24K 氪合金眼。"顾可有些激动。

"慈善捐款活动马上就要开始啦！本先锋命令你以光速前进，半个小时内赶回来，赛不过宝马就等着喝西北风吧！"莫桑说罢，就挂断了电话。

顾可一脸委屈状，自行车的装备，还想让她遨游太空，上帝看她不顺眼，拿钱砸死她都不现实。她当即戴上墨镜，迅速向外奔去，不小心撞上一位西装男，他手里的那捧郁金香便甩了出去。

"对不起。"她慌忙捡起鲜花，递给了他，飞奔离去。

西装男看着她离去的背影，微微愣神，一种难以名状的熟悉感让他不知所措，可是又想不起来，或许是在哪里见过吧。

"威廉。"李欣向西装男走来，声音依旧甜美温柔。

"祝贺你！"他收回目光，望向李欣，嘴角也勾起一丝微笑，将那捧紫色郁金香递给了她。

她优雅道谢，高贵出众，褐色的眸子温柔似水，皮肤白皙如同璞玉，眉若俏柳，唇若丹朱。威廉看着她，眸光里有些说不清的情绪，他想起了顾可，她现在应该也长成这般美好的样子了吧。

"我今天还要参加一个慈善活动，不能陪你了。"

"那晚上的庆功宴，你会来吗？"

"会的。"他应道，转身走进车内。

"会完情人了吧？"他正开着车，接到孟宇的电话。

"老孟！"威廉声音里夹杂着几分无奈，"都说了是朋友。"

"李欣那么漂亮的女人，你都不喜欢，难不成你喜欢男人。"

威廉与孟宇是在美国认识的，两人是大学同学。威廉在美国攻读音乐，在当地小有名气，后来回国发展，成功与天艺娱乐传媒公司签约。作为威廉的死党，孟宇义不容辞回国。他本是奇珍矿产集团的二少爷，却毅然放弃了得天独厚的商业之路，为了共同的音乐梦想，屈身天艺集团，做了一名小小的经纪人。孟宇经常调侃："我可是为了你这个美人，放弃了江山，你可不能负我啊！"一副好基友的口吻频频招致威廉的白眼。

"你丫到底有没有正事！"

"Cherish集团邀请你为他们的新品珠宝'蓝色星空'拍一期微电影，"孟宇顿了顿，补充一句，"这是一个很好的机会"

"我老爹要是知道我为Cherish做广告非得带着他们一个警局来炸我！"威廉说。

"至于吗？"孟宇一副玩世不恭的口吻，"该不会你是蒋董事长的私生子吧！"

"想象力可真丰富，"威廉冷哼一句，"我还是一门心思唱歌吧，暂时不要接了。"

"可这是李欣设计的产品，这么回绝，恐怕不好。"

"李欣那边我去解释。"

威廉不明白，陆刚与Cherish究竟有着怎样的渊源，以至于他如此仇恨Cherish。他记得自己还是陆哲的时候，母亲田秀芬给陆刚买过一个带有Cherish商标的玉观音项链，结果被他摔得粉碎。他不准家里人跟Cherish有一丝半点的关联。

"陆哲"想起这个名字，他的嘴角抽动出一丝冰冷。已经很久没有听到过人这么叫他了，自高考那年，他瞒着父母，以超群的音乐天赋考入美国罗彻斯特大学，威廉这个名字便成了他的唯一代号，甚至没有人知道，他究竟是谁。

"抱歉，威廉档期很满。"工作室内，老孟一脸无奈地看着Cherish总裁蒋文希赔笑道。

"蒋家和孟家也算是世交，我跟你大哥更是有婚约在身，难道，你就是这么对待你未来的嫂子的吗？"蒋文希一身蓝色西服，目光锐利地盯着孟宇。

"二少爷，我想，你还是把这个交给威廉，让他重新考虑一下我的提议。"她把文件拍在桌子上，冲他嫣然一笑，踩着高跟鞋离开。不愧是Cherish集团的接班人，气场逼人。

不到半个小时，威廉便赶到"阳光孤儿院"，他走出车子，深蓝色的墨镜遮盖住那双邪魅的丹凤眼，抬眸，望向会场。只见活动已经开始，会场上人山人海。他是讨厌这种热闹的，转身向僻静的地方走去。他抽起一支香烟，穿过幽静的羊肠小道，抬眸环视这所孤儿院，低矮的房屋，几棵柳树，院落里奔跑的孩童。当年，顾可便是生活在这种环境下，他无法想象，她14岁之前的生活是怎样的，她也像这些孩子一样，每年指望着那些微薄的捐款度日，没有好看的新衣，没有人关爱，永远都是一个人。

他走进一间教室，里面星星点点坐着几个孩子，他们瞪大眼睛望着这个突然来造访的人。只有一个小女孩没有抬头，她低垂着脑袋，双手抚摸着一个画板，那个样子，专注而认真。他走近她，猛地一愣，她是一个盲童，她手里的那幅画，是几株四叶草。它们迎着阳光拼尽全力生长，四个叶瓣迎风抖动，绿意盎然，不屈服于命运，永远向上。顾可也是这样爱着四叶草的，小女孩看四叶草的眼神简直跟她一模一样。

"你叫什么名字？"威廉开口说话。

"我叫丫丫。"小女孩似是受到惊吓，小手慌忙收回，躲在桌下。

"这个四叶草是谁给你画的？"

　　"是顾老师。"她的声音压得很低。

　　"你的老师姓顾？"他激动的声音有些颤抖，"那她是不是叫顾可？"

　　"我不知道。"小女孩摇了摇头。

　　"你们老师在哪里？"

　　小女孩又是摇摇头。

　　"谢谢你，小朋友。"他拍拍她的脑袋，迅速离开。

　　他跑到慈善捐款会场，想来可能会在这里遇见她。约半个小时左右，他看到那个先前撞到的女孩，她背对着他，鼓捣着迎宾标牌，他望着她的背影，有些失神。一个男人从身后拍了一下她，她转身，威廉愣在那里。她摘掉了先前的墨镜，精致的五官清晰地展露出来，那双月牙状的眼睛，扑闪扑闪的睫毛，一双永远无辜却又不失灵气的眼睛，化成灰他都认得。他的嘴角勾起一丝冷笑，她的这双眼睛总是会骗人，看似单纯友善的眸子，可以让你坠入无法自拔，也可以决绝到把你碾压得体无完肤，毫无情分可言。

　　那天，她把他丢在火车上就是这样，连挽留的机会都不给他，他不明白，为什么她绝情起来，可以六亲不认。他明白，如果，她知道他是陆哲的话，一定还会无情到底。而事实上，她永远都不会知道。

　　他的脸早已不是他的脸，那是一张陌生的脸，他耗费很长一段时间才接受这个事实。

　　这一切，还是拜她所赐。当初她把他扔在火车上，到达高邑站的时候，他下了车，在车站徘徊了很久很久，最终买上一张回程的车票。回到Y市已是凌晨一点钟，他漫无目的地走在马路上，心不在焉，赵梦婷给他打电话，他也没接。经过一个十字路口的时候，一辆汽车急速驶来，刺眼的灯光，像是来自另一个世界，他想躲，却完全没有那个力气，"砰"的一声，耳边再也听不到任何声音，似是做了一个很长很长的梦，梦到顾可一个劲儿地对着他笑，他跑向了她，想要紧紧抱住她，可是她却消失了，他吓得惊醒。

外界的光有些刺眼，他略有艰难地睁开眼睛，看到守在一旁哭肿眼睛的陆爸和陆妈，才知道自己出了车祸，他的脸毁了，包扎着绷带。

陆妈告诉他不要担心，他们请来了美国最专业的医生给他做面部修复手术，他会好起来的。那一刻，他第一次恨她。拆纱布的那天，他面无表情地看着镜子里那张陌生的脸，一句话也不说，拿出一包烟，坐在镜子前，一根一根地抽，抽到满屋子乌烟瘴气，满地都是烟头。

他从回忆里抽回，抬眼见她正在和一个20多岁的帅气西服男亲密交谈，她的嘴角依旧带着熟悉的笑意，男人伸手帮她拿掉沾在衣服上的一根发丝，她也丝毫不拒绝。威廉眉头微微拧紧，疑惑地观察着他们的一举一动。

说些什么好呢？"请问厕所在哪里？"不成，她只会用手指指远处，不会与他深入交谈；"你能跟我说说话吗？"更是傻气，她会觉得他很奇怪；"我想认识你。"没准她会说："抱歉，我并不想认识你。"似乎说什么都有些突兀。

突然，他想到了什么，展眉一笑。

他走近。

"先生，这款腕表是百达翡丽古典系列4897/300G-001吧？"

"你对表也有研究？"西服男眸里闪过一丝兴奋。

"还好。"

威廉随意应了一句，眸光转向顾可，停留了几秒。

"你女朋友很漂亮。"

"你误会了，我们只是朋友。"西服男尴尬一笑。

威廉听后，不动声色，转向顾可，浅浅一笑，递给她一张名片："很高兴认识你。"

顾可接过，只见上面写着天艺集团艺人威廉，她眸子里闪过一丝惊讶："你是威廉？"

他点点头。

顾可并不追星，只是听莫北提起过。莫北是莫桑的亲妹妹。莫桑今年28岁，是一家上市公司的市场部经理，行事刚毅果断。她的妹妹莫北，刚过23岁生日，在北京上大学，是个十足的星迷，对眼前这个名叫威廉的男人更是推崇至极。

顾可于是兴高采烈地和他聊了起来，想着如果拿到威廉的签名，莫北该多开心啊。

"不过，聊了这么久，都不知道你的情况。"威廉显然将谈话的重心转到了顾可身上。

"你猜？"顾可似乎也看出了他的来意。

"猜对了，有什么奖励？"

"猜对了，就告诉你。"她眼眸顾盼，盈盈如水，满是调皮之色。

这又算是什么奖励，猜对了还用她告诉吗？她还是一样的狡猾，总是喜欢耍点小机灵。

"你叫顾可，25岁，如果我没猜错的话，你应该在这里上班，从事艺术行业，很可能是一名美术老师。"他本来是不想猜的，因为心里早已有了答案，但见她神情可爱，眸光楚楚，一副女儿情怀，一时来了兴致。

"你查过我？"这下换顾可目瞪口呆。

"没有。"他挑眉望向她，神色有些神秘。

"不可能。"她笃定一般。

"可能。"

"为什么可能？"

"你猜。"他故意卖关子。

"那你猜我猜不猜？"顾可以牙还牙。

　　他没有接下去这个无聊的文字游戏，一副小人得势的嘴脸，总之就是不肯告诉她。

　　顾可好奇心很重，最忍受不了别人吊胃口，别人越是不肯说，她便越是要搞明白。他似乎是算准了这一点，得意地等着她哀求。

　　"随你喽，再见。"她嘴角勾起一丝冰冷，随即笑笑，转身便离开。

　　"你电话多少？"他叫住了她。

　　"你掐指一算不就知道了。"她回眸，眼底尽是玩闹挑逗，嘚瑟离去。

　　这种男生，她见多了，但他却是最聪明的那个。从始至终，他就是想搭讪她，却做得天衣无缝，无迹可寻。

　　首先，他跟西服男搭讪就大大降低了难度，其次套问他们之间的关系，确定无关之后，转而温和包围猎物，心思缜密可见一斑。顾可笑笑，棋逢敌手，岂能让他占尽便宜。

　　顾可正在为自己的聪明才智沾沾自喜，突然电话响起，是院长打来的，让她去办公室一趟。她暗自推测，院长是不是又要表扬她？是不是又要给她发红包？想到这里，她不禁一笑，加快了脚步。

　　推开门的一刹那，顾可惊呆了。只见威廉坐在宾客席位，对她邪魅一笑，似乎在说："小样，你逃不出我如来佛的手掌心。"

　　"院长，会场实在是太忙了，离不开我，要是没啥事，我就先忙了。"她瞬间明白了这其中的原因，转身便要闪人。

　　"等等！"院长叫住了她，走到她面前，"威廉先生想要四处走走，了解一下情况，这项任务重大，非你不可。"

　　"好。"顾可只好答应。

　　"那就麻烦顾小姐了。"威廉点头致谢。

　　"哪里的话，不麻烦！"那句"不麻烦"咬字极为用力，恨不得将眼前的人锉骨扬灰。

　　顾可只自顾自地走着，根本不肯搭理他，威廉在后面跟随，看着她的背影，嘴角忍不住轻轻上扬。突然，她一脚踩进一个水坑，正慌忙撤身，结果另一只脚也踏进一个陷阱，身体向后倒去。威廉手疾眼快，手上一用力，便将她拉入怀中，刹那间，两人的唇，不期而遇。香软的红唇，几乎让他失去理智，他没有放开她，反而加深了那个吻，沉醉红颜。

"流氓！"她双手将他推开，怒目而视，转身跑开。

他站在原地，伸手抚向唇边，依然有着她残留的香味，他嘴角勾起一丝魅惑的笑，喃喃自语："流氓？这个称谓可真不大好。"

第五章 那么近那么远

威廉这几日，有些心不在焉，看着眼前的茶杯，却也不喝一口，时而浅笑，时而发呆，时而眉头紧锁。

威廉的助理是一个20多岁的年轻女孩，名叫Lisa，长得尤为俊俏，也曾对这位大明星暗送秋波，怎奈他是座千年冰山，总是一副冷漠的样子。今天，她觉得简直撞鬼，威廉竟然也会有这种表情。

"干什么呢？"孟宇从后面拍了一下发呆的Lisa，Lisa吓了一跳。

孟宇顺着Lisa的眼神，看到神情异常的威廉，脸上露出一丝惊疑之色。

"威廉，"孟宇走近，"今天这太阳是打西边出来啦。"

威廉有些脸红，还好有着古铜色的肌肤，并不怎么看得出来。

"老孟，"威廉欲言又止，最后还是没能忍住，"要怎样才能追到一个女孩？"

孟宇刚喝进嘴里的水"噗"的一声喷了出来，用打量外星人的眼光看着威廉，使劲揉了揉耳朵："我没听错吧？"

"正经点。"威廉冷色道。

"这个……女人嘛，无非喜欢两样，一个是钱，一个就是花。"

"等等。"威廉打断他，从抽屉里拿出一个笔记本，一本正经地记笔记。

"威廉，我怎么有些瘆得慌，你该不会中邪了吧！"

"你小子才中邪呢！"威廉正色道，"继续。"

孟宇像是被什么力量震慑住一般，"哦"了一声，继续讲道："要想撩妹，就要懂得一定的技巧，首先应该摸准她的喜好……"

Lisa 看着两人关于如何撩妹这个话题讨论得一本正经，不禁晃了晃脑袋，意味深长地叹了口气，这还是她认识的威廉吗？

电话铃声响起，Lisa 接过，转身对威廉浅浅一笑："有位小姐说她认识您，让她上来吗？"

威廉忙着跟老孟学习，没有应答，只是微微点头。

顾可有些尴尬，觉得自己可能误会威廉了，他给孤儿院捐了十万元的款项，她竟然骂他流氓。顾可正想着要怎么跟他道歉，走至门前，听见一个声音传来："想要征服一个女人，就要先征服她的身子，必要时刻热吻那个女孩，直接把她扔到床上。"说罢，便传来一声阴阳怪气的坏笑。

说话的人正是孟宇，顾可猛地愣在那里，一个声音在脑子里轰鸣："想要征服一个女人，就要先征服她的身子，必要时候，用些手段不是更好吗？"

那一晚的屈辱席卷全身，她开始喘息，许久才调整好情绪，推门而入："打扰了。"

"是你！"威廉没想到是顾可，既惊讶又兴奋，"真是太欢迎了。"

"Lisa，给顾小姐来杯咖啡。"

"谢谢，我不喝。"她浅笑着拒绝，并将手里的康乃馨和一封感谢信递给他，"谢谢您为我们孤儿院捐款。"

"不客气，应该做的。"威廉很有绅士风度地礼貌微笑。

顾可看在眼里，心里一阵感慨，人果然不能只看表面，有时候表面越美好的东西，越是经不起推敲，就像威廉。

"顾小姐好，初次见面，我叫孟宇。"孟宇注意到威廉望向顾可时眸子里散发着的亮光，早已猜得八九不离十，当即装回好人。

"你好。"顾可心里有些反感，表面上却是波澜不惊，伸手浅浅一握。

三人寒暄了几句，临走时威廉要送她，她却执拗地不肯答应，走至门口，她突然停住，回眸望向孟宇："孟先生对女人的见解果然独到，"转而又看向威廉，清浅一笑，"你们还真是兴趣相投。"说罢，嘴角勾勒出一丝意味深长的笑意，转身离开。

淡漠与仗义，平和与尖锐，这看似是水火不相容的矛盾，恰恰共存于她的性格里。对于别人的事，她漠不关心，但遇到不平也会仗义执言，外表平和避免争执，内心却尖锐无比，爱憎分明。这就是她，既可以做到波澜不惊，也可以针锋相对、一针见血。

"这姑娘属玫瑰的，看着挺温柔，怎么浑身带刺儿。"

威廉冷冷地瞥了孟宇一眼，他便做了一个封嘴的动作，不再说话。这下更难解释了，陆哲眉头紧蹙，顾可向来不喜欢听人解释，你越是拼命解释，她越会觉得可笑至极。他在她心里的流氓形象估计一时半会儿是赶不走了。

顾可上了一辆出租车，走到半路，她一摸口袋，发现自己竟忘了拿钱包，身上一分钱也没有，真是倒霉，她狠狠地咬了一下嘴唇："那个，师傅，咱们这里可以打欠条吗？"

三分钟不到的工夫，她就被扔下了出租车。随即，身后一辆黑色轿车在她面前停下，威廉一脸云淡风轻地从车里走了出来。

"天气不错啊！"他故作一副好巧的样子，"顾小姐也很喜欢这里的风景吗？"

顾可懒得跟他说话，直直地向前走去。

"我送你。"

"谁稀罕你。"顾可低声哼了一句，没想到竟被威廉听到。

"什么？喜欢我？"威廉故意曲解，脸上露出一抹痞痞的坏笑。

顾可懒得跟这种人争论。威廉见她不说话，拉开车门，强行让她坐上车。

"中餐还是西餐？"

"我不饿，谢谢。"顾可礼貌推辞。

手机铃声响了起来，她接听了电话。

"可可，我有个海归的老同学，是个大律师，人长得帅不说，关键是年轻有为，这一次无论如何你都给我见一面，待会儿我们一起吃个饭。"

"喂，你说什么？莫姐，我这里信号不好，我先挂了。"顾可说完，赶紧挂断了电话。

她无奈地看向前方，25岁的年纪的确不小了吧，她曾努力地抓住青春的尾巴，却也难逃岁月的匆匆而逝。七年间，有过不少的追求者，她也努力地想要试试看，可就是过不去心里的那道坎，总觉得谁都没有他好。每每夜深人静，内心便会一阵空虚，看着眼前人，总会时不时想起另一个人，这种感觉让她窒息，以至于她没办法去谈一场恋爱。她明白，他扎根在她的心里，逃不掉，忘不了，她不明白自己为什么会这么死心眼，执着地不肯放手。有人说水瓶座痴情起来很要命，也有人说，只是因为缘分未到，未必见得多么念念不忘，她也说不清是什么原因，总之，就这样稀里糊涂单身到现在。

不到半个小时的时间，车子停在一家中餐厅门口，顾可跟着威廉走进去，他轻声问她吃些什么，她礼貌婉拒，威廉只好作罢。他明白，此刻的她已对他提高警惕，却也无可奈何。等到饭菜都上来的时候，顾可又是一惊，糖醋鲤鱼、春笋烧排骨、鲜虾香菇盏、茶树菇炖柴鸡……满满一桌子都是她爱吃的菜，她忍不出咽起口水，满脸惊讶。

"顾小姐确定不吃吗？"威廉一脸坏笑地看着顾可。

"谢谢，我真的不饿。"她就是这样，面对不熟悉的人，喜怒不行于色。

突然，顾可听到身后一个熟悉的声音传来："我们顾可就想找个像你这样的，礼貌，周到，关键是懂得疼人，又是青年才俊，这么优秀的人往哪儿找。"

顾可听出这是莫桑的声音，回眸，看到莫桑正巧坐在她后面的餐桌旁，跟她坐在一起的还有一个男子。真是冤家路窄，顾可对威廉做了一个告辞的手势，想要偷偷溜走。

"你又打算逃走吗？"威廉并不知道发生了什么，大声叫住了她，声音里有些失落。

顾可加紧脚步，却被莫桑一眼发现。

"顾可。"

唉，威廉这家伙果然成事不足败事有余，顾可无奈地回头，换上一脸明媚的笑容，走了过去。

"莫姐。"

"顾小姐，你好，我叫董博。"男子向她伸手问好。

"你好。"顾可浅浅盈笑，刚要伸手握住，被一旁的威廉抢先一步握住："你好，我叫威廉，顾可的男朋友。"

他说出这句话时，所有人都目瞪口呆，顾可嫌弃地看了他一眼，果然流氓。

"他不是。"她一口否认。然而，他们似乎都不相信她的话，她知道自己百口莫辩，也就不解释，索性沉默。

"你就是歌手威廉？"莫桑看了威廉一眼，面无表情道，"真是奇怪，一个妹妹整天把你当作偶像，一个妹妹跟你谈恋爱，你是施了什么法术了吗？"她抬眼看向他，语气有些警告的意味，"我不反对你们恋爱，但你如果有一点儿对不起我妹妹，我一定不会放过你。"

"莫姐。"顾可眼眶有些温热。

董博一脸蒙圈模样，完全没有搞清楚状况，莫桑拉起他转身离开。

"很好玩，是吗？"顾可眼神冰冷，面色愠怒。

威廉昂着脑袋，没有一丝道歉的意思，理直气壮，看得顾可更加来气。

"耍我很有意思是吗？"

"是。"威廉答道。

"哪里有意思了？"

"哪里都有意思。"

"你是不是就喜欢我生气？"

他摇了摇头："是，也不全是。"

顾可百般无奈："什么？"

"我看你生气喜欢，看你开心也喜欢，看你怎样都喜欢。"他嘴角勾起一丝清浅笑意，眼神虔诚而认真，一改往日油嘴滑舌。

顾可一时不知所措，脸上泛起一抹红晕。

"又想要我？只可惜我跟你认识的女人不同，我不是傻白甜。"她定神，嘴角勾起一丝淡漠。

他没有说话，眸光望向别处，许久才说道："嗯，可万一我是傻子呢？"

他这句话有些无厘头，她一愣："什么？"

"我只是开个玩笑，你不会当真了吧。"他的面色恢复了以往吊儿郎当的模样。

"玩笑？"顾可冷哼一句，狠狠白了他一眼，转而温柔一笑看向餐桌，"这顿饭就算是惩罚。"她毫不客气地坐了下去，随手倒了一杯茶水，悠闲地看着茶叶起起伏伏，对他微微一笑，"我们扯平了。"

他以为这么简单就获得了她的原谅，看着那双透亮的眼神，不禁沉醉在感动里，却不想她冷冷飘来了一句："以后，我们就各走各的。"

什么？分道扬镳？正当威廉内心愁苦、百转千回、绞尽脑汁想要挽回时，她悠闲地喝了口茶，嘴角浅笑："逗你的。"

他的心在一分钟之内活活被 360 度无死角虐遍，她是故意耍他的，以牙还牙，还真是有个性到没朋友。顾可看到威廉中枪，心里乐得人仰马翻，小样，不是喜欢开玩笑嘛，姐姐让你玩个够。她眨巴着那双明亮的眼睛，长长的睫毛随之舞动，任性而可爱。

正在此时，李欣打来电话。

"晚会还有半个小时就要开始了，你什么时候过来？"

"半个小时？"威廉看了一下手表，有些为难，"我这边还有些事情需要处理，可能会晚些。"

李欣笑说没关系，内心却是一阵失落。威廉挂断电话，抬眸望向顾可。

"能借我打车费吗？放心，我一定会还的。"顾可放下碗筷，拿过餐巾纸擦擦嘴角。

"我送你。"

"不用了，你还要参加晚会，我自己回去就可以。"顾可不愿打扰他。

"你跟我一起参加晚会吧！"

"啊？"她满脸惊讶。

"这次晚会的来宾大部分都是珠宝界的大亨，我觉得你可以去长长见识。"

顾可虽然极力忍着，但还是露出了难以抑制的笑意："这怎么好意思，会不会不太方便啊。"她只是想客气一下，想着威廉肯定会告诉她没什么不方便的，然后她再去也不迟。

没想到威廉不按常理出牌，嘴角勾起一丝坏笑："的确，我刚才没考虑到。"说罢，完全不顾顾可那双惊呆了的小眼神，转身就要离去。顾可心里暗骂自己装个毛线啊，给了台阶就马不停蹄地往上爬呗，只留下那双可怜兮兮的眼神凌乱风中。

他回眸看向她，嘴角勾起一丝邪魅："愣着干吗，还想让我背你啊。"

"威廉，你真是太帅了！"她激动地失声惊呼。

威廉似乎有些不大习惯，整理了一下西装，微微挺起胸膛，嘴角的笑显露无疑。他伸手敲了一下她的额头："以后还客气吗？"

顾可摇摇头："小的可真不敢了。"

他用手揉了揉她的头发，她嫌弃的眼神直射而来："别惹我，不然我就用散魂铁爪，把你挠成粽子。"

"这样就对了。"他不但不生气，反而极其开心，顾可差点当场吐血，这人还真是病得不轻啊！

顾可有一个梦想，那就是有朝一日可以设计瞩目的珠宝，因此只要遇到可以接近梦想的机会，她都不会放过。有人说，水瓶座的梦想源于他们不甘平庸的心，每个瓶子都不能忍受与别人相同，所以他们挣扎，他们奋进，他们想要一个完全不同于别人的人生，这个人生一定精彩无比。这样的梦想闪耀着夺目的光芒，让他们在无尽的黑夜和迷茫中，始终坚定着方向。

威廉带顾可走进一家高档服装店，挑选了一件礼服，顾可从试衣间走出来的那一刹那，威廉整个人都呆在那里。这是一条纯白色的长裙，白得宛若冬天的初雪，精致的双肩设计，露出白皙漂亮的锁骨和纤细的脖颈，衣服上点缀着亮片和亮钻，仙逸璀璨，尽显高贵。贴合人体曲线黄金比例的收腰设计，更加突出 S 曲线，性感而不失庄重，贵气而不失纯真。她像是遗世独立的美人，纯粹清澈的眸光，熠熠生辉，宛若精灵一般，眨动着长长的睫毛，灵气十足。

"好看吗？"她有些忐忑。

他没有回答，只是将眸光移到别处，走了出去，顾可紧随其后。许久，他才不好意思地说："好看。"

顾可发现眼前的这个男人，竟像十七八岁的少年一般，微微红了脸，表情羞涩，略有些不自然。

车子很快便到达目的地，威廉从车里走了出来，转到另一侧，为顾可打开车门。她走了下来，威廉身子微微前倾，凑近顾可那张精致的小脸。她下意识低头闪躲。他那张英俊的脸凑近她的耳朵，薄唇微启，一股温热潮湿的暖流吹向耳朵，她心跳不止，似是有成千上万的蚂蚁在叮咬耳畔，酥酥麻麻的，让人心里一阵痒。

"你紧张什么？"威廉邪魅的声音，夹杂着些许挑逗。

"鬼才紧张。"顾可抬眸望向他，眸光满是倔强，一副不服气的口吻。她怎么会紧张，怎么可能？！威廉眼神流转，注意到她双手死死地攥着衣角，心里一阵好笑，明明紧张得厉害，却偏偏伪装得像是从没有这回事。

顾可注意到他的眸光，慌忙将双手放下，有些尴尬："晚会就要开始了，你打算在这里站多久？"

他没有说话，走了进去，她紧跟其后，他似乎可以一眼看穿她的所有，这种感觉，让她有种隐隐的不安，让她有些想要逃离。

顾可微微偏着脑袋去看威廉，只见他五官雕刻般俊美，睿智深邃的眸光中透露着一丝不羁，嘴角带着一抹桀骜的坏笑，笔挺的黑色西服衬托出卓尔不群的身姿。眉目如剑，肤色古铜，狂野不拘，邪魅性感。这样的男人无论放到哪里，都会是一个瞩目的存在，所以，她刚才突然的慌乱也说明不了什么吧。她有些懊恼，他明明就是故意的，故意去挑逗她，这点心思，她一看就明白，可是偏偏还是会脸红心跳。

他似乎感受到了她的目光，邪魅之色更为明显，嘴角勾起的那丝笑意更为暧昧："看够了没？"

她慌忙收回目光，想要狡辩，却自知一切的狡辩只会越描越黑，也就当即不再说话。

走进会场，李欣迎面走来，看到顾可的那一刹有些慌神，但很快平静下来，盈盈一笑："威廉，这位是？"

威廉嘴角勾起一丝坏笑，伸手搂住顾可的腰肢："她是我的朋友，当然不排除会发展为男女朋友。"

顾可嫌弃地看了一眼威廉，甩开他的手，对着李欣清浅一笑："我叫顾可，很高兴再次见到您。"

她伸手向李欣问好，李欣嘴角扬起一丝笑意，伸手握住。

威廉看向顾可的目光里闪烁着亮光，李欣看在眼里，有些失落，心口似是被什么拉扯一般，疼痛难忍。她努力控制好情绪，表面上依旧淡定优雅，微微一笑："顾小姐也是珠宝从业者吗？"

"不是，我是一名美术老师。"她并不认为这个职业低人一等，嘴角依旧保持着灿烂的笑容。

"那也挺好，艺术本就是相通的。"李欣心里泛起一丝不屑，但并没有表现出来。

"我就是想学学珠宝设计，以后还需要欣姐指点。"顾可眸子里有些许亮光。

李欣点了点头，满口答应。

"我说，你什么时候对我也可以这样热情啊。"威廉眸光里有一丝挑逗意味，伸手拍了拍顾可的脑袋，俯身故意在她耳边吹风。

顾可装作一不小心没站稳的样子，高跟鞋狠狠踩在威廉的脚上，痛得他龇牙咧嘴。

"真是不好意思。"顾可阴阳怪气道。

威廉笑笑，这还真是她，让人既恨又爱，绝不会逆来顺受，遇到不平，便会愤然反抗，骨子里自有一股正气，倔强眸子里不失调皮，大大咧咧可以什么都不在乎，却也可以看得无比清晰。

"顾小姐最近喜欢上珠宝了吗？"孟宇不知何时走了过来，望见顾可，礼貌问好。

"不知道孟先生是不是依旧喜欢研究女人。"顾可笑着调侃。

"这你就不懂了，这个世上唯女人与自由值得向往。"孟宇听她话中有话，更是欢笑不止。

"可女人往往会限制你的自由。"顾可笑笑，月牙般的眸子里透出一丝不羁。

"不错，所以，聪明人宁可为了自由抛弃女人。"

"所以你的女人一星期一换，比过周末都要准时。"威廉不忘在旁边插一句。

"看来，你这花心的毛病是无可救药了。"李欣笑着补刀。

没想到一向善辩的孟宇沉默了。他低着头，转动着手里的香槟，良久才说："那是因为不是对的人。"他猛地灌下一杯酒水，转身离开，弄得大家都很诧异。他的背影是落寞的，夹杂着些许悲伤，李欣望着他离开的背影，愣在那里发呆。

一个高个子的男人走了过来，淡淡的神情里，有些许的冷漠和骄傲。举手投足，满是绅士风范，他抬眸，看了一眼顾可，面无表情，随后，望向李欣，清浅一笑："蓝色星空很成功，祝贺你！"

"谢谢。"李欣盈盈一笑。

"文希没有来吗？"男人柔声询问。

"她还有些事需要处理，应该不会过来。"

蒋文希此时正在机场接一个名叫林启峰的人，自然不会出席。只可惜，一个是落花有情流水无意，一个是萧郎有情神女无意。

"哦。"男人似乎知道了什么，有些失望，跟威廉互相寒暄了几句，就端着酒杯离去。

威廉俯身小声在顾可耳边说着什么，顾可不禁大笑，李欣看着有些心痛，找了个由头，抽身离开。

顾可很好奇刚才的那个男人是谁，一看便不是平常人，却也不好意思问出口，怕会被误会花痴，只是循着他的身影望去，却不想威廉自行交代："他叫孟杰，是 Cherish 集团的乘龙快婿，想都不要想。"

顾可一愣，天哪，她会想什么？她嘴角勾起一丝不屑："你当我花痴啊，单纯欣赏。"

"欣赏也不行。"威廉霸道地挡住了她的视线。

"你又不是我男朋友，管得着吗？"

威廉双手抱在胸前，低头俯视着她，逼近她的脸，她毫不退却地迎上，怎么，还能把她吃了不成。他却依旧逼近，他的鼻子触上了她的鼻翼，她猛地一惊，慌忙倒退，差点摔倒。威廉单手扶住了她，她懊恼羞愧得满脸涨红，他却笑得更开心了，一脸胜利后的嘚瑟表情，顾可恨不得把他碾碎，朝他翻了一个深恶痛绝的白眼。

"再翻两次，都可以发射导弹了。"他邪魅一笑。

"那样更好，炸平你的小宇宙，别以为没有奥特曼你就可以嘚瑟，地球上还有一种生物叫咸蛋超人。"说罢，她突然来了兴致，嬉笑着，"朕再赐你两枚，赶快接旨。"

"臣接旨。"

"公公平身，不必这么客气。"

两人以前一向互相贬损，乐此不疲，觉得斗嘴乃是人生一大乐趣，不但锻炼了嘴皮，最关键的是可以激发大脑的无限可能，寻常的生活不再无聊。

宴会散后，客人都已离席，只剩下杯盘狼藉。李欣手里端着一杯白兰地，一杯接着一杯，感觉到浑身酥麻，她喝得更加起劲了。

"你怎么啦？干吗喝这么多？"孟宇夺过她的酒杯。

"没什么，只是心里难受，你让我喝几杯吧。"她说着又要夺酒杯。

孟宇制止了她。

"孟宇，你知道吗？我特别喜欢他，喜欢了他三年，可是他为什么就不能喜欢我？"孟宇自然知道，她说的这个人便是威廉，可威廉喜欢的是顾可。他有些难受，想要去夺她的酒杯，却被她一把推开。

他搀扶着她，走进车里，依旧听到她嘴里囔囔地喊着威廉的名字。

爱情这场风花雪月，向来不讲道理，他自以为可以游戏人生，却在遇见她的时候，再也无法潇洒，心里多了一丝挂念。人人都说他花心，遇到对的人，却也深情得可怕。

夜风习习，顾可打开车窗，看向窗外。路灯散发着昏暗的灯光，照射在她的睫毛上，她微微闭上眼睛，她喜欢这样静谧的夜，像是从古老的远方而来，带着历经沧桑后的坦然。车子停在了孤儿院，顾可打开车门想要下车，却被陆哲一把拽住。

"你就这样走，没有什么奖励吗？"

"朕不是奖励你送朕回家了嘛。"顾可嘴角勾起一丝坏笑，"要不朕把这秀丽江山送给公公？"

　　她拿起背包下车。他跟着下车，走到她的面前，深褐色的眸子晕上一丝邪魅："贵妃又跟朕开玩笑。"

　　"谁是贵妃，我有喜欢的人，别胡说行吗？"

　　"还真是无情。"威廉嘴角勾起一丝冷意。

　　"所以，聪明人都懂得远离我。"

　　"很不巧，你越是冷漠，我就越是喜欢。"威廉依旧摆出一副欠扁的神情。

　　突然，威廉像是想到了什么，逼近她，嘴角勾起一丝挑逗："你明知道男人最喜欢挑战，越得不到的就越是要得到，所以才故作冷漠，其实心里乐意得很，欲擒故纵。"

　　"呵呵，随你怎么想。"顾可懒得解释，随他怎么想，她概不负责。她没有道别，大踏步向孤儿院走去，他看着她的背影，有些失落。他知道，她就是这样，不喜欢解释，他想探知一下她的内心，她却总可以躲过，只需要轻描淡写的一句"随你"，便摘得干干净净。热情起来像太阳，冷起来像个谜，永远猜不透，那么近，却又那么远。

第六章　霄壤之别

威廉不安地坐在电脑前，眉头微皱。林启峰要回来了，担任 Cherish 总经理，Cherish 集团将由林启峰主导，开展一季设计新人选拔。他躺在床上辗转难眠，最终披上一件外套，开车去了阳光孤儿院，站在顾可楼下等她。

第二天，顾可从房内出来，看到站在楼下的威廉，大吃一惊："你怎么会在这里？"

"我是来还这个的。"说着威廉递过来一个粉色的钱包，顾可接过，道谢，检查了一下里面的物品。

"是不是少了一些东西？"顾可失神道。

"什么？"

"我说，少了一颗话梅。"顾可有些失落，眼神里有一丝惶恐和不安。

威廉却愣在原地，顾可初次到他家，哮喘复发，他记得，那是夜里一点左右，他上厕所的时候，发现了晕倒在大厅里的她，慌忙送进医院，等她醒来的时候，需要吃一种很苦很苦的药，他从兜里掏出了一颗话梅给她，她当时没有吃，是那颗吗？

"是不是一个粉色包装。"

顾可眼睛立刻闪现出一丝亮光："你见过？"

威廉眼睛有些微热："我猜的。"

他打电话给孟宇："老孟，你昨天捡到的钱包，里面是不是有一颗话梅？"

"是啊，看着挺新的样子，谁知道早就过了生产日期十几年啦，你这姑娘也真逗，有收藏癖吧！"

挂断电话后，威廉道歉，顾可却盈盈一笑："没关系，早就该丢掉的东西，我还应该谢谢你。"

一时所有的炙热冷冻成冰："是吗？"他的笑容僵在脸上，嘴角抽动了几下。转身离开，却在不远处停住，回眸，眼神里有一丝纠结，似乎是有什么重大的事情犹豫难决。

"发生什么事了吗？"顾可感觉到威廉的奇怪。

他依旧是不说话，只那样静静地立着，眼神定在一片空白处，有些失落。他不知道是不是应该把 Cherish 招新的消息告诉她，他知道她的梦想是珠宝设计师，而 Cherish 是世界五百强，对于顾可来讲，这是一个千载难逢的机会，可是偏偏林启峰是 Cherish 的高管，这无疑是为两人创造条件。他想起昨天顾可谈及珠宝时那热烈的眼神，有些动摇，最终还是把那张报纸递给了她。

她接了过来，看到报纸上赫然出现的人，呆愣住。林启峰回国了，担任 Cherish 珠宝集团总经理，还将举办新人设计选拔赛。她激动的心情难以自抑，一把抱住威廉："你真是太好了，我该怎么感谢你？"

威廉没有说话，冷峻的脸上勉强挤过一丝笑意："以身相许就不错。"

顾可懊恼地打了他一拳，他只是笑笑，便推说工作很忙，匆匆离去。看到她开心，他很高兴，可是倘若知道她的开心有一半是因为另一个男人，对他来讲却是极其残酷。

Cherish 在当天下午召开记者招待会，顾可也去了现场。她看见了他，高高的个子，站在舞台中央，穿着一身黑色西装，打着一条褐色领带，脚下皮鞋锃亮，成熟稳重，眸光睿智深邃，自信而干练。他侃侃而谈，嘴角时而会有一丝微笑，手上戴着一款贵重珠宝，看起来像是祖母绿，这样的他怎样都难以让顾可联想到曾经的少年。她看着舞台上的他，陌生而遥远，他们之间已经不止隔着遥远的七年，还有这个硕大的舞台，七年里的物是人非。

她要怎样才能融入他的世界，只有不断追逐，变得优秀才能配得上他，这一点，顾可从来都相信。电视剧里那种霸道总裁爱上白痴女的情节只是一个童话，灰姑娘如果没有水晶鞋一样不会吸引到王子。这个世界是讲求平衡的，爱情也一样，互相欣赏，才会心生仰慕，有了仰慕才生出爱意，爱慕的基础便是你足够优秀到让对方欣赏。

她决定要参加 Cherish 珠宝赛，她要无比精彩地站在他的面前说一句："嗨，好久不见。"

她的嘴角荡漾起一丝微笑，对一个人坚持了那么多年的喜欢，会不会有些可怕，可是有的人的确只需要一眼，便会让你念念不忘，仿佛冥冥中早已认识了多年，从此只想站在他的身边，哪怕有万分之一的可能，都会义无反顾。

人这一生，总会为某些东西奔跑，爱上一个优秀的人，便注定要不停地奔跑，她嘴角笑笑，转身离开。

林启峰在人群里拼命搜寻一个身影，他刚才好像看到了她，可是一闪就不见了。

"启峰，你怎么啦？"蒋文希走了过来，见林启峰在人群中找些什么，便问道。

"没事。"林启峰浅笑。

"那就好，董事会马上就要开始了，我们走吧。"

蒋文希是 Cherish 公司副总，她是董事长蒋辉的亲侄女，从小被蒋辉收养，蒋辉没有一儿半女，所以她是 Cherish 唯一的接班人。

她和林启峰很早就认识了，林启峰是林氏集团董事长的儿子，两家是世交，他们算得上是青梅竹马。直到七年前的一场车祸，林氏夫妇丧生，林氏集团被 Cherish 公司收购，蒋辉为了避免蒋文希和林启峰纠缠，把她送到了美国，两个人也从此分手，直到四年前，两人在美国相遇，旧情重燃。

林启峰走到门口顿了顿："文希，你说有个女孩送给李欣一盆四叶草是吗？"

"是啊，你也觉得很奇怪吗？"

"的确，很奇怪。"他干笑两声钻进车内，顾可尤其珍视四叶草，或许……不，怎么会有这么巧的事，可能是他想多了。

董事会很成功，大家对于林启峰这个总经理的位置很满意，珠宝设计新人大选的案子也已全票通过。林启峰微笑致谢，刚要走出会议室，却被蒋文希叫住。

会议室里只剩下了他们两人。

"对不起，我还是和奇珍矿产集团的大少爷订了婚。"她面露尴尬和愧疚。

"没关系。"林启峰嘴角抽出一丝冷笑，转身就要离开。

"我这么做也是迫不得已，你知道，我叔叔他对我有恩情，我不能辜负他。"蒋文希伸手拉住了他。

林启峰回眸，冲她笑笑，抽手离开。

第七章　我所要的坚强

顾可离开陆家来到北京之后，本来想着报考美术专业，怎奈孤儿院根本没有足够的经费让她学艺术，她只好放弃，选择了电子商务专业。大学毕业后，干了一年的商务，发现自己内心对美术的渴望与日俱增，于是又自学了一段时间的手绘，加上自己本身就有天赋，不久便拿到了美术专业教师资格证，回孤儿院做了一名美术老师。

由于她并非珠宝设计专业，心里没有多少底气，想要报一个珠宝设计培训班，身上又没有足够的钱，于是便把目光投放到酒吧这一行当。酒吧的薪资一向很高，想要短时间内筹足学费，那里是最合适的去处。她每天上完美术课，就去"靡皇"酒吧卖酒水，然后胡乱睡下，第二天5点起床做两个小时的设计。

她在这家酒吧打工的第五天，由于实在太困了，收拾餐桌时不小心打翻了一旁的热水壶，滚烫的茶水浇到了客人身上。

那位客人长得五大三粗，浑身都是刺青，他的身边还跟着几个小弟，顾可吓得后退几步，慌忙道歉："对不起，对不起。"

"对不起，对不起就算完了吗？"那位大哥拽起顾可的衣领，突然一脸坏笑，用手抚摸上她的脸。

"你干什么！"她怒目而视。

"还挺厉害啊，够味儿，老子喜欢。"

"放手！"她拼命挣扎着。

对方却笑得更开心了："放了你可以，除非你陪老子乐一个。"

说罢，男人便要对她欲行不轨，她拿起热水壶冲他砸去，趁乱逃跑，却被一个人一把揪住。就在千钧一发之时，威廉走了过来，依旧戴着一副墨镜，语气冰冷："放手。"

几个混混看了他一眼，有一个人认出了他，小声在大哥面前嘀咕了两声，大哥似乎并不在意，反而很不屑："明星了不起呀，我们黑道不会吃这一套。"

威廉冷笑："是吗？"

双方打了起来，威廉趁乱把顾可拉走，塞进车里，极速前进，直到后面没有了追兵。不过话说，威廉救人的时候真是太 man 啦，顾可在心里狠狠白了自己一眼：花痴，在想什么啊。

他一路上都没有说话，面色冷峻，她也沉默。良久，她才开口："我自己回去就可以。"

他听后，踩了刹车，车子突然停下，顾可的身子微微向前倾倒，他转过头望向她，眸子里泛起一层冰冷："为什么在这里打工？"

"钱。"

"需要多少，我给你。"

"我自己可以挣，不过还是要谢谢你。"顾可嘴角浅笑。

他看着她，似乎并不相信，她故作坚强道："我可是黄金圣斗士，这点小麻烦难不倒我。"

"撒谎。"他的语气很决绝，笃定地说道。

不知怎的，听他说出这句话时，她的鼻子竟有些酸酸的，眼角有些湿润，慌忙望向车窗外。那一刻她所有伪装的坚强被他一语道破，她才突然发现，自己本是一个柔弱的女人，她有一颗比任何人都柔软的心，只是伪装得久了，所有人都以为她无坚不摧，甚至连她自己都这样以为。

她心里是感动的，仿佛走过漫漫长路，终于有一个人读懂了她。眸子里泪光闪现，眼圈也微微发红。

"这么容易感动。"

"谁感动了，我只是有些困了。"顾可笑笑，擦掉眼角的泪，故作轻松。

"哦，是吗？"威廉一脸坏笑地看着顾可，阴阳怪气，"我这还没做什么呢，就感动成这样，我要是做点什么，你不得以身相许呀。"

顾可用胳膊肘狠狠地打向威廉的胸口，他闷声呻吟起来。她看向他，他的脸色有些苍白，她隐约感觉到不对劲，天气并不算冷，他坐在车里，却故意披上了一件外套，她伸手去动他的衣服，他抓住她的胳膊，眼角眉梢满是挑逗："怎么，想要非礼我。"

顾可冷冷地瞥了他一眼，转而柔声道："你是不是受伤了？"

他嘴角浅笑："没有。"

她不信，抓住他的衣服不放手，非要检查他是否受了伤，他只好无奈撒手，还不忘调侃几句："你要对我负责，以后，我就是你的人了。"

顾可笑笑道："好"。

他便不再反抗，像个孩子一般顺从，她脱下他的外衣，看到里面的衬衣早已被鲜血染红，她小心翼翼地帮他脱掉衬衣，便看到胸口处有一道很深的伤口，血肉模糊。

"怎么会这样？"她眉头微皱。

"不碍事的。"

"我们现在就去医院，让医生给你包扎一下。"顾可抬眸，发现威廉正失神地看着她，他惊慌失措地收回眼神，望向窗外。

"没关系，我自己处理一下就可以了，如果去了医院，明天新闻头条还不知道写成什么呢。"

顾可没有说话，许久才道："你怎么会知道我在这里。"

"我，我……"威廉一时之间不知道该怎么说，说他两天不见很想她，放心不下，所以让孟宇调查她的去向。如果不是孟宇告诉他，她在酒吧打零工的话，他简直不敢想今天会发生什么事。为什么她就不能好好保护自己呢？想到这里他就生气，面色阴沉，“以后不准去那种地方知道吗？”

顾可没有回答，继续逼问。威廉见逃不掉只好胡诌个理由：“我刚好路过。”

“路过？”顾可半信半疑。

威廉看着顾可疑惑的眼神，轻轻刮了一下她的鼻子，顾可猛地愣在那里，失声道：“你真的很像他。”

“谁？”威廉嘴角抽动了一下。

“他叫陆哲，”她盯着车上放着的一个摆件，愣愣地出神，“就连刮鼻子的动作都那么像。”

顾可记得，陆哲最爱刮她的鼻子，她生气，她闯祸，她不理他，她噘起嘴，她受委屈……他总是会轻轻刮着她的鼻子，宠溺地说：“没事，还有小哥我呢！”

“其实我就是陆哲。”

听到这句话，顾可感觉双耳一声轰鸣，头脑一片空白，看向他的眸光纠结而复杂。

“顾可，我爱你，你可以接受我吗？”

顾可望着威廉，他们真的很像，他看她的眼神简直跟陆哲一模一样，她的眼神满是慌乱，显然是受到了惊吓，只想慌忙逃窜。

威廉见顾可神情，已经明白，她无法接受身为陆哲的他，心里一阵抽痛，脸上却笑了起来：“怎么样，演技是不是可以过关。”

顾可怒视着他，语气冰冷：“无聊。”

威廉按照顾可指定的路线，走到一片极为破旧、荒废的地带。昏黄的路灯下，有一所破旧的自建房，总共三层楼，顾可住在二层。

她解下安全带下车。

“你就住在这里吗？”他低声问道，言语中透露着一种疼惜。

“是啊，”顾可冲着他笑笑，“进去吧，我给你包扎一下伤口。”

他跟着她走进其中一间屋子，顾可打开房间里的灯，只见只有十平方米的地方，摆满了画作。墙上还贴着一张李欣的照片，写满了奇奇怪怪的文字："加油""你可以""珠宝设计师"。还有一个便利贴，上面写的是"林启峰"，威廉似是被赤裸裸丢进了寒窟，冰冷至极。

顾可从抽屉里找来医用纱布，让威廉坐下，帮他包扎伤口："你忍着点。"

她见他微微皱起眉毛，柔声道："很疼吗？"

威廉没有回答，一把将她按在床上，一点点逼近她的脸。

顾可瞪着那双月牙一般弯弯的眼睛，笑着看向他："又演戏。"

他没有说话，放开了她，良久，问道："你认识林启峰吗？"

"认识啊，我们以前是好朋友。"

"那你进 Cherish 是为了他，对吗？"

顾可一时之间不知道该怎么回答，想了一会儿，说："也不是，我很喜欢设计，一直梦想着可以设计属于自己的珠宝，只是没有这样的机会。"

突然灯光熄灭，顾可从抽屉里摸出一个手电筒，她走出房外，只见别的房间都亮着灯，想是灯泡烧坏了。

她走回房间，威廉却有些愣神："你不怕黑吗？"

顾可一愣："怎么这么问？"

他说没什么。他记得，顾可是怕黑的，一个人睡觉必须要开着灯，走到黑暗处，总爱拉紧他的袖子，如今，却是什么都不怕，她真的长大了。顾可从抽屉里拿出一个灯泡，搬过来一个凳子。

"你要做什么？"他显然一愣。

"当然是换灯泡了。"她回答得理所当然，似乎一个人换灯泡已经是家常便饭，没有什么大惊小怪的。说罢，踩上板凳，三分钟不到的工夫，便换好了，房间亮堂了起来。

"我特别佩服你。"

顾可一脸惊讶："佩服我？"

"我感觉你就跟蚊子似的。"

顾可听他说完，撇了撇嘴："这算是夸我吗？"

威廉啧啧两声："必须呀，这不是夸你生存能力强嘛！"

顾可呵呵两声："第一次听见有这么夸人的，还好没说是像苍蝇，要不然，恶心得我都吃不下饭了。"

顾可倒了一杯茉莉花茶递给威廉，走至窗台处，望向那一盆四叶草，她的眸光变得深沉而幽静。

"因为我知道，我不坚强，就会毁灭；我不乐观，就会痛苦。我想要更好的活，就必须这样。"

"像个蚊子，不，是苍蝇，而且还必须是绿头的，那样多有王者气质，关键是有高大上的绿帽子戴。"威廉见她表情沉重，想要逗她笑笑。

"你大爷，狗嘴里就不指望你能吐象牙了，狗牙都不给，真是小气。"

威廉突然神色凝重起来，认真地说："其实，你不必这样坚强，或许，有一个人可以为你坚强，替你挡风遮雨。"

她笑笑，看向威廉的眸子深邃异常："那就不是我要的坚强了。"

的确，那就不是她所要的坚强了，或许正如那首歌曲所唱的：我所要的坚强，不是谁的肩膀，怀抱是个不能停留的地方。这世界多拥挤就有多匆忙，用所有的寂寞时光给自己鼓掌。

第八章　勇敢的心

第二天一大早，顾可便收到 Cherish 打来的电话，他们说她的报名信息填写不清晰，让她重新提交一张。她走进 Cherish 大楼，将那张表格交给人事部。刚走出大门，便听到一个低沉而富有磁性的声音传来，"顾可？"

她转身，看到了他，林启峰。他穿着一身黑色西服，袖口微微挽起，白色衬衣配上黑色条纹领带，更加映衬出他的成熟稳重。他眸光睿智，有着脉脉柔情，肤色白皙，姿态绅士。她微微愣神，发现他曾经清爽透彻的双眼，已变得深不可测，声音也多了几分稳重，不似先前一般爽朗。她不知道，要如何攀谈，久别重逢，她以为她会欢喜得不知所以，却未料想，惶恐与不知所措占据了心头。隔阂与陌生感让她有些语塞，她只是点了点头，感觉鼻子一阵酸涩。

"好久不见。"他伸出了手。

她轻轻握上："好久不见。"

林启峰勾起一丝温暖的笑意，嘴角处泛起一对好看的酒窝，顾可有些失神，这个酒窝，还跟当年的一样好看，她记得，自己当年就是醉倒在这对屁大点的酒窝里，多么万恶的酒窝啊。

他性感的薄唇一张一合："这些年还好吗？"

这些年还好吗？果然，他们之间已经过了这么些年，应该从何谈起呢。她过得不好不坏，他走之后，她念念不忘，独自一人在孤儿院时，经常会想起他，回忆里的他还是个十七八岁的少年，那个喜欢穿白衬衣，立在柳树下等她放学的翩翩少年，那个喜欢陈奕迅的少年。她记得，当年自己还买了一张陈奕迅的专辑偷偷塞在他的包里，不敢让他知道，如今想起，恍如昨日。

"挺好的，你怎么样？"

"还好。"他笑笑，做了同样的回答，客气得有些疏远。

然而七年前的一幕幕还是如此清晰——

"林启峰是你的名字吗？"

"你说话眼睛为什么不看着我呀？"

"你害羞了吗？哈哈，你一定是害羞了。"

"你回家正好顺路，能不能也带我一程啊！"

"我的饭菜不好吃，就喜欢吃你的。"

她总是调皮嬉笑，在他身边叽叽喳喳，而他永远都是微笑，他的回答也是简单明了的一个字："好。"

印象中，他很少会拒绝她，永远都在说"好"，可是，他对任何人都说好，他是每个女生心目中的知心暖男，绅士优雅，温文君子，或许，他从来都不是她一个人的，而是属于大家的。

想起往事，顾可嘴角晕上一丝笑意。

"你越来越漂亮啦。"林启峰夸赞道。

"你也更帅了，不知道字是不是也变得帅气了呢？"顾可浅浅盈笑，有意打破这该死的客套。林启峰上学时成绩虽然优异，但字却写得歪七扭八，因此一到过节需要写贺卡时，他总是买上一堆零食给她，说是代笔费，她替他写了两年的贺卡，花样百出，有时还要画上一些手绘，而他送的零食则万年不变：火腿、瓜子、口香糖。

"又来黑我是吧，我的字现在可漂亮多了，不信哥给你露两手。"

"我信，我信，您还是放了那纸吧。"顾可大笑。

她的笑是真的，她望着他，眸子里升起一丝亮光，他的眸子在那一刻丢了睿智，脉脉柔情，清澈而透明。一阵清风吹过，吹起她的秀发，他走近她，很近很近，近到脚尖只有一厘米的距离，她的脸上晕上一层红晕，心底翻腾起层层巨浪，他伸手抚上她耳边的碎发，面色温柔。

此时威廉正在 Cherish 大楼和蒋文希谈合作的微电影。

"今天早上，爆出了一条你在酒吧打架的新闻，你就不怕自己的形象受损吗？"蒋文希手里捧着一杯咖啡，悠悠道。

"我想，你不会因为一时的舆论就放弃合作吧。"威廉冷冷地直视她。

"究竟是什么让你改变了想法？"蒋文希不解。

"一个人。"威廉嘴角上挑，勾起一个邪魅的笑。蒋文希以为他说的是李欣，只有威廉心里明白，如果有一个人可以让他改变心意，那人只会是顾可。她不是要进 Cherish 吗？他就陪她一起。

威廉走到窗台前，向下望去，看到顾可和林启峰有说有笑。他嘴角勾起一丝冷笑，只是看了一秒，便挪开视线，转身望向蒋文希："文件呢？"

蒋文希将签约文件递给他，他拿起钢笔，笔走龙蛇，洋洋洒洒地签上自己的大名。

他离开办公室，走出 Cherish 大楼，伸手在背后拍了一下顾可的肩膀。

她回眸，有些惊讶："你怎么在这里？"

威廉嘴角邪魅一笑，没有答话，却伸手向林启峰问候："你好，我是威廉，很高兴认识你。"

林启峰伸手回握，礼貌寒暄，打量着威廉，只见他下着一条墨绿色斜纹裤，上着一件灰白色小西装，里面是一件白色衬衣，搭配着彩色针织领带，既不失庄重，又有个性。留着经典板寸头，两边修剪干净，发顶多留出来一些头发，使得本就棱角分明的五官更为立体。睿智精明的眸子里透露着一股桀骜不羁，如此高贵的气质，强大的气场，带着王者风范，难怪会被 Cherish 集团看上。

威廉将手搭在顾可肩上，眼角流露出一丝笑意："怎么，千里迢迢来看为夫。"

她恼怒地瞪了他一眼："你胡说什么！"

顾可眼神慌乱地看向林启峰，他面色却是异常平静，没有一丝讶异，她心里却有些失落，他没有吃醋，她不禁苦笑。

"昨天晚上，你可是答应要对我负责的。"威廉俯身，在她耳畔低语，一副无辜模样，好像他俩真有什么似的。

顾可送他一个深恶痛绝的白眼，威廉怕惹怒顾可不好收场，转向林启峰补充了一句："只是玩笑而已，你千万不要当真。"

林启峰只是微笑，看了一下表："不好意思，我还有事，快来不及了，以后有时间再聚。"说罢，转身离开。

顾可望着林启峰离开的背影，有些失落，有些难过，还有些心酸，一时之间不觉眼眶湿润，但还是强忍着情绪，憋回心里。

"你搞什么！"顾可转身冷冷地瞥了一眼威廉。

威廉笑笑："你该不会喜欢他吧。"

"要你管。"顾可白了他一眼，说罢，就要离开。

"中午吃点儿什么？为夫请客。"他叫住了她。

"不必了，你别这样称呼我就谢天谢地了，大爷。"她语气颇是无奈。

他突然捂着胸口，脸上显出疼痛难忍的表情，顾可略微有些迟疑，他知道顾可心软，如果他装作伤势复发，她怎样都不会无动于衷。

却不想她嬉皮一笑，走了过来，上下打量着他："演技不错，继续。"然后径直离开，头都不带回的。真是一个人精，这么逼真，都没有相信。

顾可今天有几节美术课，她现在必须赶去，她骑着一辆脚踏车，一路狂奔，回到教室的时候，时间刚刚好。一节课下来，早已口渴难耐，回到办公室便狂喝水。莫北在首都师范大学读书，这天正好没课，便跑到孤儿院找顾可。

"哎，你和我偶像发展到哪一步了？"莫北神秘兮兮地凑近顾可，一副对八卦垂涎欲滴的表情。

"我俩没什么。"

"怎么可能，我姐跟我说，是威廉亲口承认的，说你是他女朋友。"莫北那双晶亮的眼睛死死盯着顾可。

顾可立刻捂住眼睛："小北，快移开你那双24K纯钛合金眼吧，太亮了，刺得姐眼疼。"

"快如实招来，"她气势汹汹地看着顾可，"别妄想逃过我的火眼金睛。"

顾可也就不再解释什么，总之，莫北是宁愿相信她跟威廉是情侣的。

"你觉得是，那就是吧。"顾可冲着莫北微微一笑。

"我就说嘛，我阅人无数，怎么会看走眼。"莫北一副终于了解真相的样子，看得顾可心里默默飘过"呵呵"二字。

突然，莫北像是发现什么新大陆似的，尖叫起来，顾可赶紧捂住耳朵，对其他老师微微一笑："不要介意，杀猪就是这个声音，习惯就好。"

"出大事了！"莫北大叫。

顾可云淡风轻："什么大事，奥巴马倒台了，还是菲律宾出现海啸了，难不成，是火星要撞地球了。"

"呸呸呸，乌鸦嘴，是你家老公，我家帅哥，这么帅的小伙儿被骂得这么惨，你于心何忍。"

"什么？"顾可一脸诧异，拿过手机，看到娱乐新闻头条："天艺集团放纵艺人欺负良民百姓。"再往下看，正是当时威廉与几个混混打架的照片。

"怎么会这样。"顾可轻咬嘴唇，给威廉打电话，谁知却是关机。

"小北，这边的事情就交给你了，我现在必须过去一趟。"

莫北激动地握紧拳头："加油，去吧，拯救美男的重任就交给你了。"

顾可匆匆离开时，莫北看着她的背影，脸上露出花痴一般的神情，喃喃自语："又一场惊天地泣鬼神的爱情故事，太感人了！"

她来到天艺传媒，Lisa 直接把她带到威廉办公室，让她稍等片刻，说威廉正在开会。

"现在情况怎样？"

Lisa 表示一筹莫展："很不乐观，这件事显然是有人故意挑动，贴吧里的帖子层出不穷，相信请了不少网络推手，估计是有人针对威廉和天艺传媒，事情不好解决。"

情况紧急，已是分秒必争，顾可等不了："Lisa，我可以进去讲几句话吗？威廉是因为救我才惹上麻烦，或许，我可以帮得上忙。"

Lisa 有些为难："我不能做主。"

Lisa 太懂威廉了，他对顾可那么在意，是宁愿自己背黑锅，也绝不会让她出面的。任何人沾手娱乐圈，都很难全身而退，何况，背后操纵者的底细还不清楚，他是不会让她冒险的。

此时威廉正在会议室，天艺集团董事长赵伟鹏把一份报纸狠狠甩在地上，怒道："看看你做的好事，现在媒体都在指责我们公司，不只是你，就连我们公司都被贴上了放纵艺人欺负良民百姓的帽子，公司的脸都让你丢尽了。"他顿了顿继续道，"现在唯一的办法就是公开道歉。"

孟宇反对："这件事情一定另有隐情，这个女人我认识，威廉一定是为了保护她才去打架的。"

威廉瞪了孟宇一眼，示意他不要再说下去，可是孟宇不会让威廉去背这个黑锅的。

"现在最好的办法就是让这个女孩站出来澄清这件事情，这样既可以挽回威廉和公司的形象，又有了仗义救人的美言。"孟宇继续讲道。

赵伟鹏冷冷看了孟宇一眼："我同意孟宇的看法。"

威廉却站了起来，道："我不会同意的。"语气决绝，似是下定决心袒护顾可。

Lisa 不肯带顾可去会议室，可是也并没有说不可以去；Lisa 说自己不能做主，却并没有说让她等着。这句话还有另一层深意，就是她自己可以进去，但是不能由 Lisa 参与。

顾可嘴角勾起一丝笑意："Lisa，会议室在哪里？"

她正在桌前整理文件，面色淡定从容："从这里出去，楼道尽头左拐第一间。"

顾可走出去，Lisa 装作没有看到，依旧整理文件，时不时撩起耳边碎发。以前她以为顾可只是一个花瓶，如今看来却是个聪明人，像她这样既聪明又有情义的漂亮女人，也难怪会让威廉痴迷。

她走进会议室，并不清楚里面的情况，也不好贸然进去，直到听见威廉说不同意，才敢敲门。

"进来。"一个声音传来，顾可推门而入，她说："我同意。"

所有人都面露疑惑，看着这个突然闯进来的女孩。只见她目光坚定地看着在场所有人："我就是这张照片上的女孩，这件事因我而起，我愿意站出来澄清。"

威廉眸光冰冷："谁让你进来的，出去！"

顾可知道他不想连累她，可她不能坐视不管："这件事情，就请让我出面澄清吧。"

"我说过我不同意。"威廉依旧反对。

"我同意。"赵伟鹏严厉的眸光看了威廉一眼，转而望向孟宇，"孟宇，这件事就交给你安排。"

威廉还想说些什么，赵伟鹏已经宣布了散会。

孟宇似乎终于松了一口气，转身走出会议室。三两分钟后，会议室里便只剩下顾可和威廉两人，他望着她，眸光复杂，让她看不清。

"你知道这意味着什么吗？"

"不就是唾沫星子嘛，我才懒得去理。"顾可似乎并不在意。

威廉邪魅一笑："你该不会是喜欢上我了吧？"

"不错嘛，想象力还蛮丰富。"她嘴角勾出一丝怪笑。

"不要不承认。"威廉逼近顾可，四目相望，距离她的脸那么近，似乎要贴上她的红唇，语气里尽是暧昧，害得顾可心里一阵酥麻，面红耳赤。

"警告你，我有喜欢的人，你要是敢进一步，我就退十步，信不信。"顾可一把推开他，郑重其事地警告道。

威廉的脸瞬间密布上一层阴冷，顾可调皮一笑："你不会真的喜欢我吧？"

"你猜猜看。"

"根据我的观察，有征兆。"她吐了吐舌头，"不过也难怪，败在我大水瓶手里不丢人，喜欢就是喜欢，也不算丢人，顶多就是被拒绝。"

威廉摆出一副难以忍受的神情，俯身在她耳畔说道："下辈子吧。"

顾可不屑地瞥了他一眼："切，谁稀罕。"

两人一前一后走进威廉办公室，却没想到李欣竟然也在。

"威廉，情况怎么样？"李欣面露担忧之色。

"还好。"威廉笑笑。

"是因为她吗？"李欣眸里似有泪光闪动，只是强忍着不肯流下。

"嗯。"威廉如实回答。

顾可看出李欣对威廉的过分担心，心里早已明白，说："欣姐，这件事情我会处理好的。"

"那就好。"李欣看着远处，有些愣神，顿了顿又道，"那我就不打扰了，你们聊。"说罢，转身便要离开。

"我送送你。"孟宇对李欣说。

李欣点了点头，孟宇看了顾可和威廉一眼，知道李欣现在一定很难过，他又何尝不是。

过了十几分钟，孟宇走了上来："这是你要说的稿子，半个小时之后，召开记者招待会，不该说的不要说。"

顾可点头答应，威廉冷冷地站在一旁，不说话，孟宇知道，威廉还在为他拉顾可下水的事情生气，做了一个致敬的动作，乖乖出去。

"你现在选择退出还来得及。"威廉站在顾可身后柔声道。

"不就是个记者招待会嘛，放心，我应付得来。"顾可冲他笑笑，摆出一副坚强模样。

威廉扶上她的肩，说了声"谢谢"，却故意在她耳畔呼气，害得顾可像是触电一般，耳根酥麻，心跳加快，四肢加软。这个人，还真是讨厌。

下午一点的时候，准时召开记者招待会。顾可走了进去，和威廉并肩，剧烈的闪光灯，咔嚓作响的相机。她有些紧张，手心开始冒冷汗，威廉伸手紧紧攥住了她，顾可才慢慢平复心绪。

"我就是报纸上的女孩，威廉他是个很好的人，我，那天，我……"

顾可一紧张便头脑空白，刚才背过的东西，竟一句也想不出来，索性，豁了出去。

"威廉这个人有时候真的很坏，"她对着媒体微笑，周围的人都愣住了，孟宇急得满头大汗，顾可继续道，"他总喜欢为了别人自我牺牲，总让关心他的人担心。我和威廉先生是在孤儿院认识的，他为我们孤儿院捐了 50 万。其实，我从小就被父母遗弃，在孤儿院长大，从来都没有人关心我。为了挣钱生活，我去酒吧打了一份零工，却不小心得罪了客人。他们一群人围住了我，欲行不轨……"顾可说到这里，眼里蓄满了泪水。

"别说了。"威廉伸手拍在她的肩上。

顾可擦干了眼泪，微笑道："在场那么多人，没有一个人肯救我，只有威廉，会为受欺负的人打抱不平。他的胸部被碎裂的啤酒瓶割伤，那么长的一条口子，浑身是血，可是他却坚持不去医院，他说，他只是不想这件事情曝光，没想到，却被大家误解。我诚心希望，所有喜欢他的人，能够相信他，就像相信家人一样，要不然，怎么能算作喜欢。"

她刚讲完，台下就响起掌声，各大媒体的记者，更是对威廉赞不绝口。

"请问两位是什么关系？"

"是不是在交往？"

"顾小姐为什么会去酒吧工作？是卖艺还是卖身？"

"顾小姐跟威廉先生在一起是出于爱情还是金钱？"

记者的声浪越来越高，顾可站在中央，惊慌失措，威廉挡开记者，护送她离开。

"抱歉，让你失望了。"她眼圈有些发红。

"没有，你做得很好。"

她只轻轻靠在他的肩上，没有说话，她想哭，可是她不能哭，她要做一个不动声色的大人。

孟宇不知何时走了进来，咳嗽了两声，顾可慌忙抽身。

"还算不错，以后要是有记者为难你，你就闭口不谈，不吐一个字，明白吗？"孟宇吩咐了几句。

她微笑点头："放心吧，保证完成任务，以我的智商，小菜一碟。"

孟宇原想顾可怎样都会埋怨他，却不想她一如往常，毫不记恨，一时有些愧疚，清清嗓子道："晚上我请大家吃大闸蟹，咱们好好庆祝庆祝。"

"不用破费了，既然问题已经解决了，我也该走了。"顾可挎上那个纯黑色的斜挎包想要离开。那黑色小包极其精致，上面有几串银白色的拉链，配在一起倒是十分好看。

孟宇仔细打量着顾可，只见她上衣穿着一条纯白色 T 恤，下着一条黑色牛仔裤，上衣塞在牛仔裤内，映衬着那双修长的腿更为挺拔，脚下一双耐克白色球鞋，干净得没有一丝污点，浑身散发着干脆利索、雷厉风行的女侠风范。尤其是她为威廉挺身而出的时候，让他刮目相看。

孟宇有些失神，叫住了她："那个，很高兴认识你。"

威廉听到这句话，一怔，顾可回眸笑笑，没有说话，离开。

她刚回到家，便接到莫北打来的电话："小可姐，赵阳今天给我邮来了一大包零食，全是肉，他还说，让我多吃点，胖一点没关系。"

"没想到赵阳还这么体贴。"顾可嘴角浅笑。

"他还给我写了一封情书呢，我给你念念。"莫北顿了顿念到，"如果我是你眼中的一颗泪珠，我会顺着你的脸庞滑落在你的双唇之间，因为我真的好想吻你，如果你是我眼中的一颗泪珠，我今生都不会哭，因为我怕失去你。多么感人。"

顾可愣了几秒，这个台词好耳熟，她记得上高中的时候，收到过一封情书，里面就有这么一句话，想来应该是抄袭的。但怕说出来莫北会伤心，就没有点破。

莫北依旧兴奋异常："我真是太幸福了！"

顾可无奈地干笑两声："不过，我还是要提醒你一句，女人一旦陷入爱情，就会变成瞎子聋子傻子，你可千万别丢了自己。"

莫北笑道："放心吧。对了，威廉的事情处理得怎么样了？"

"挺好的，我一出手，一个顶俩，分秒解决。"

莫北坏笑了两声说道："有没有擦出一些火花，惊天地泣鬼神的那种？"

"你是童话故事看多了吧。"

莫北似乎并不服气："你难道没听过吗？男人就喜欢天真单纯的女人。像你这样精明能干，一副天塌下来都不怕的女汉子，根本就满足不了男人的保护欲和成就感。"

顾可不屑地切了一声："老娘我也不稀罕。"

"好了，不跟你说了，我得跟我们家赵阳打情骂俏去了，跪安吧！"

"重色轻友，挂了。"顾可没好气道。

恋爱中的女人，往往智商为零，这句话，也不是没有考证。女人是感性动物，在爱情中总是选择性记忆，只愿意看到那些美好的，甚至自欺欺人，到最后迷失自己的比比皆是。她的嘴角勾起一丝冷笑，问世间情为何物，就连她自己也是难逃情网，迷恋林启峰这么多年。

她晃动了几下脑袋，不让自己去想，打开电脑，搜寻珠宝设计系列网上课程，可是内容过于小白和浅显。页面顶层，她发现一条最新消息，珠宝设计界大师于文弘老前辈创办了一个高级宝石设计进阶课堂，就在北京望京 SOHO 大厦，但报名费高达 3 万元，她哪里能出得起，不免有些泄气。她又熬夜学习珠宝知识，宝石分类、特性、外表、功效以及市面上的价格，她现在已经掌握得差不多了。她看了看表，已经是夜里两点了，伸展了一下腰肢，躺在床上，脑袋一阵阵发疼，困得厉害，却是怎样都睡不着。这样下去，单凭网上学到的东西，远远不够，要想在大赛上胜出，她必须经过系统的学习。她又想起了于文弘老前辈，绞尽脑汁琢磨怎样才能听到那期课程。突然，她灵光一现，爬了起来，她可以帮着打下手，做义务劳工，或者做清洁工都可以，这样就可以听到他的课了，她不要钱，免费劳动，应该不会有人拒绝吧。想到这里，她似乎又重新燃起了希望，眸子里散发着兴奋的光，心里有了方向。

第九章　不肯屈服的梦想

第二天，她被5点的闹铃惊醒，接了一盆冷水，洗了把脸，又狠狠地在手背上咬了一口才算清醒。打开电脑，查看珠宝设计流行趋势，一抬眼，看到窗台上养着的几株四叶草，眼前一亮，脑子里便有了设计的雏形，在草纸上匆忙画下。突然感觉胃里一阵酸痛，鼻子也一阵阵难受，她慌忙跑进厕所，扶着马桶吐了好久，用纸擦了一下鼻涕，却没想到竟流起了鼻血，当即用卫生纸塞住鼻孔，躲在卫生间里，埋头痛哭。

哭完之后擦干眼泪，清洗完卫生间，回房继续拿起画板一遍遍修改。她告诉自己，顾可，你要坚持，如果是你想要的，跪着也要去争取，遍体鳞伤都不能说一个"不"字。

七点的闹铃响起，顾可赶紧换了一身衣服，拿起包包便匆忙赶出家门，孩子们还在等她上课，她不能迟到。

她一进门，发现竟然有一位新老师在上课，顾可怀疑自己走错了教室，疑惑地跑去找院长。

"今天不是我的课吗？怎么是另一个人？"

院长放下手中的笔，摘掉老花眼镜，向她走来："从今天起，你就不用来上课了。"

"为什么？"

院长对她浅浅一笑："昨天，威廉为我们学校找了一个美术老师顶替你，费用他出。"

"院长，就看在我在孤儿院土生土长的分上，不要赶我走，我不要离开孩子们。"顾可苦苦哀求道。

"威廉跟我说，你正在为 Cherish 公司的珠宝设计赛拼命，每天只睡三个小时，我们也很心疼你，所以，你就放下这一切，去追求你想要的东西吧。"院长意味深长地看着她，眸光温暖柔和。

顾可虽然知道，威廉做这一切是为她好，可是难免还是会生气：这么大的事儿，如何抉择，应该由她自己说了算，威廉没有权力决定她的去留。她想要找他理论，来到天艺娱乐传媒集团，却被保安拦下。

Lisa 走了过来："你来了，威廉已经等了很久啦！"已经等了很久了？他料定她会来。

顾可跟着 Lisa 走了进去，威廉正靠着窗台眺望楼下，手里端着一杯咖啡。顾可没有敲门就进去了，他嘴角勾起一丝坏笑："不敲门可是很不礼貌的。"

"礼貌，也要看对方是谁。"顾可嘴里冷哼一句。

威廉指了指桌子上已经泡好的一杯咖啡："为你准备的。"

听到这句话，她刚才的火气已经消了大半，只是有些不服气地质问："孤儿院的去留是我的事，你凭什么决定？"

威廉看着她，眸光坚定而霸道："商量之后依旧会是这个结果，我只是提高效率。"

顾可突然就被气到，冷冷看向他："你还真是个狂妄的家伙。"

"彼此彼此。"威廉端着咖啡，悠悠地喝了起来。

顾可霸占了威廉的电脑，从包里掏出今天早上的画纸："有画板吗？"

威廉笑笑，拿出手机就要打电话，顾可猜到他一定是打给 Lisa，慌忙拦住，告诉他没有就算了，不要去麻烦 Lisa。她把画纸垫在桌子上，专注地画了起来。威廉没有说话，走了出去，半盏茶不到的工夫，就背着一堆画板上来。不同款式、不同大小，总共十个，累得气喘吁吁，顾可刚喝进去的咖啡差点儿吐出来。

"My God，你是要把整个店搬来吗？"

"不知道你喜欢哪个。"威廉挠挠头，冷峻的脸上闪过一丝尴尬。

"所以，你就全买下了？"

威廉只是傻傻点头，顾可心里有些感动，转念一想，觉得有些奢侈，这足够她用一年了吧，不，她要摆个地摊把它们卖掉挣外快。

"总共 517 元，现金还是刷卡？"

"什么？"顾可一脸蒙圈，现金还是刷卡？这个小子是想宰她吗？

"我不懂威廉先生在说什么，这些东西又不是我买的，我不需要，你爱找谁付钱找谁付钱喽。"她笑笑，一副事不关己的样子，嘚瑟地跷着二郎腿。

"快选一个吧，老板还在等我送回去呢。"

"你又耍我！"顾可嗔怒。

"谁让你笨呢！"

顾可气得简直要炸掉，她才不笨呢，在遇到他之前，所有的人都夸她聪明、漂亮、有才华，如果再女人一点儿就完美了。

她选了一件素描双肩写生速写板，既可以做画夹，又可以背在身上，方便实用。威廉打了一个响亮的响指，吃力地搬起那堆画板，顾可捂着嘴狂笑："这个样子好傻呀！"

威廉逼近她："要不，你搭把手？"

顾可轻咳一声："哦，我刚才画哪儿来着？"转身便又开始画了起来。威廉气得恨不得给她一拳，忘恩负义的家伙。他只好独自一人给老板娘送去，他可是个大明星欸，竟然被当作苦力使，简直不能忍。

威廉回来后，见顾可放下了手中的画，用手机在跟谁聊天，还很开心的样子，当即便有一股无名火飞蹿。他轻声走到她的身后，她并没有发现。

林启峰不知在哪儿查到她的 QQ 号，加了进去，她激动得心潮澎湃，这么多年的喜欢在心里积压得太久，终于可以重见天日，她兴奋地冲着手背咬了两口。

顾可正沉浸在甜蜜中，被威廉一把夺去手机，顾可怒道："你干吗呀？"

威廉一看，聊天人的备注是 Only，疑惑道："Only 是谁呀？"

"就是一个朋友。"

"朋友？什么朋友？"威廉继续追问。

"就是一个普通朋友，你管那么多干吗呀。"

顾可有些不好意思，神态略微有些扭捏，要抢回手机。威廉看到个人资料是"男"，更为生气。他眸子阴沉，冰冷异常，强烈抑制住内心想要删掉这个人的冲动，因为他知道那样做只会雪上加霜，把她推得更远，他把手机还给了她。

"不要聊太久。"

顾可难以置信，威廉什么时候变得这么通情达理了。

正在说话间，林启峰打来了电话，说晚上要约顾可吃饭，她犹豫了一下，最终却拒绝了："我也很想去，可是，晚上我没有时间。"

"那就现在。"

"啊？"顾可惊讶得下巴都要掉了，威廉的脸色有些不耐烦，插兜靠在桌子边缘。

"把地址发过来，我去接你。"林启峰似乎非见她不可。

顾可兴奋得恨不得窜到天上，她稳定了一下情绪，保持镇定，说道："好。"

"谁呀？"威廉没好气地问。

"你猜？"顾可故意卖关子。

威廉嘴里冷哼一句："我才懒得猜。"

"那就别猜，反正你也不知道。"顾可有些得意之色。

威廉眸光冰冷，剑眉微皱地说出"林启峰"三字。顾可微微一愣，随即笑笑："哎哟，你小子知道得不少啊。"

"如果我不想你去呢？"他望向她，眸子清澈如水，却又深不见底。她看不出，那究竟是怎样的一种目光，包含着怎样的心情，只是心里突然有些酸涩。

正在此时，孟宇走了过来，催促威廉去录音室试用设备，他看了顾可一眼，她良久才说："我们是好朋友对吧？"威廉并没有回答，嘴角扯动一丝不明的微笑，那个笑包含了太多内容，她看不透，猜不透。他从她身边擦肩而过，她怔怔地立着，说不出是什么感觉。

林启峰的电话又打了过来，他已经到了楼下，顾可当即下去。只见一辆宝马 M6 停在楼下，车身呈银灰色，外观造型动感流畅，材质看起来更是细腻入微。林启峰身穿蓝灰色西服裤子，上衣着一件白色衬衫，配上红色领带，不似先前一般稳重沉闷。

他看到她出来，挥了挥手，她快步走近："久等了。"

"等美女什么时候都不算晚。"说罢，为顾可打开车门。

她坐了进去，林启峰回到座位，俯身帮她系好安全带，他的身体离她很近，她微微有些不适，脸色微红地说了声"谢谢"，林启峰回了一句"不客气"。

威廉站在楼上望着，脸上密布一层阴霾，忍不住攥紧拳头。

顾可和林启峰走进一家酒馆。

"真是女大十八变，没想到当年的小丫头一转眼就变成了大姑娘。"林启峰感慨道。

"应该是变老了。"顾可开玩笑道。

"哪有，是成熟了。"他笑笑，"像你这样年纪的女孩刚刚好。"

她眨动着睫毛，抬眸望向他，眸子里尽是调皮与玩味："那男人若是到这个年纪呢？"

"臭狗屎一个。"

她"扑哧"一声笑了："为什么这么说？"

这时服务员过来点餐，林启峰让顾可先点，她随意点了一些，将菜单递给林启峰。他合上菜单，笑笑："我和她一样，每样两份。"

林启峰转眼望向顾可："你喝点什么？"

"跟你一样。"两人相视一笑。

"给我们来一瓶法国拉菲。"林启峰对服务员说。

顾可的笑容还未绽放完全，不经意间便瞄到菜单上的报价，法国拉菲，5900 元一瓶，她微微咽了几口唾沫，早知道就应该说要一杯饮料。

餐齐后，他拿起刀叉开始切盘子里的牛排，性感的薄唇映着浪漫的灯光，显得更为诱惑。

他继续刚才未完的话题："男人到了这个年纪往往一无所有，所以我说是臭狗屎。"

"那是别人，像你，不应该会有这种想法。"

他倒了一杯红酒，摇晃着酒杯，嘴角苦笑："或许吧，成功的人往往人前风光，人后受罪。"

林启峰为顾可斟满酒杯，她接过来，只是微笑不语。她明白，一切都是公平的，鸟儿为了飞翔长上了翅膀，就势必不能潜水，鱼儿有了鳍和尾就势必不能飞翔。富人与穷人，成功者与平庸者，有所得就必然会有所失，想要轻松过活的，一般就是平凡一辈子，想要成功，必然要历经风雪，两者没有可比较的，只是选择而已。

那她呢，她始终都知道自己是一只鹰，注定一生都要追求远方，不会停留，即使付出再多的代价，也绝不放弃。或许，这就是她的选择。

她切了一块牛肉在嘴里咀嚼，摇晃着酒杯，微微品味起来："不愧是法国酒，果然好喝。"

他的身子突然穿过桌子微微前倾，脸颊凑了过来，她可以清楚地看到他那双温柔如水的眸子，还有那性感的唇，她喉咙一阵阵干燥，手紧紧攥着衣角。他是要亲她吗？他的鼻尖距离她的鼻尖只有一厘米的距离，他嘴角一笑，清澈的眸光望向她的双眸，她面红耳赤，吓得闭上了眼。他果然要吻她吗？怎么一点征兆都没有，她深呼吸，等待他的吻，她无数次梦想的吻，究竟会是怎样的感觉？只感觉一个温度触在她的唇角，她电击一般睁开眼睛，他的脸已经挪开，指尖上有一块肉粒。

"没想到，你吃饭还是这么高调啊。"

她笑笑，有些尴尬，脸色更红了，像是夕阳下的红霞，羞涩艳丽。

林启峰喜欢这样的顾可，虽历经岁月，却依旧保留一颗少女心，像是含苞未放的花骨朵，稚嫩可爱，天真单纯。这样的女人，对任何事情都怀揣着一颗赤子之心，楚楚动人，然而男人，普遍便是喜欢这样的女人的。

顾可很少去吃西餐，不太会用刀叉，拼命地想要切断一根牛排，可是它却好像故意跟她作对一样，怎样都切不断。林启峰微笑，娴熟地切断牛排，放进顾可盘子，又给她切了一片比萨。顾可偷眼看向他，他的眸光温柔中带着几分灼热，隐隐发亮。林启峰注意到她的眼神，笑了笑却没有说话。顾可慌忙掩饰，低头插进一块牛排，放进嘴里用力咀嚼，真丢人。

他却好像一直在盯着她，带着那抹浅浅的笑意。顾可把头埋得更低，紧张得满脸涨红，身子微微有些颤抖，抬眸看向了他："怎么了？"

"你很紧张吗？"

"没有，开什么玩笑。"她故作淡定，一副无所谓的样子。

"餐巾纸都被你揉烂了。"

顾可这才猛然发现，她手里攥着一张餐巾纸，两只手不断地绞着，纸巾早已面目全非，她故作潇洒地一笑："哈哈，还挺好玩的。"随即尴尬地扔掉。

她的脸上染上一抹绯红，像是秋天的枫叶一般妖娆。林启峰恍惚间有些迷醉，心驰神往，竟痴痴地看着她。顾可抬眸，撞上了他失神望向她的眼睛，眼神交会的一刹那，慌忙躲闪。

此时林启峰手机响起，他接通电话，是蒋文希："我想找你谈谈，启峰。"

林启峰语气里有一丝冰冷："谈什么？如果是公事的话，我们可以在公司谈，如果是私事，那就不必了。"

"难道你就那么恨我吗？"

"抱歉，我正在约会，希望你不要打扰。"林启峰心里有些烦躁，挂断电话。

"约会"这个词顾可是听得清清楚楚，他是在约会她，简直不敢相信，是不是幸福来得太快了些，她还没有做好心理准备呢。

顾可的手机铃声紧接着响起，是莫北打来的电话，她冲林启峰微微一笑："不好意思接个电话。"

他耸耸肩说了句"OK"，顾可便走到别处，接起电话。

"小可姐，赵阳他要约我见面。"

"什么？你网恋的那个小男友？"顾可提醒道，"你听我说，俗话讲，害人之心不可有，防人之心不可无，你听我的，约一个公共场合，像咖啡馆、肯德基之类的，先看看是什么样的人，懂吗？"

"嗯，我懂，我跟他约在和平西桥地铁站口一个咖啡厅。我好紧张啊，我害怕会说错话。"

"那这样，咱俩都别挂电话，一会儿有什么事情，我也能听到，好赶过去灭火。"

"你真是太好了，小可姐。"莫北赶紧拍马屁。

"少来这一套。"顾可慌忙打住，这个小丫头嘴最甜，再说两句，没准自己就会心软，放下一切赶过去的。

顾可戴上蓝牙耳机，头发正好遮盖住，看不出来，她走回去，坐下来继续品酒。手机里有一些杂音，不到十分钟，便传了一个男声，低沉浑厚，虽算不上很好听，但也不差："你是莫北吧。"

接着便是莫北的声音："你是赵阳？"

"嗯，很高兴认识你，你长得比照片还要漂亮。"

"你比照片也要帅好多。"

两人一见面先称颂一般，顾可听到这里忍不住笑出了声，真是人小鬼大。

林启峰一愣："怎么了？"

"没有，这酒真是太好喝了。"顾可慌忙掩饰道。

"你喜欢法国吗？"林启峰问道。

顾可一愣："法国？挺喜欢的。而且我听说法国那边的姑娘既浪漫多情又性感漂亮，估计是中国男人都会喜欢的类型。"

林启峰笑着摇头。

顾可挑眉："你不喜欢么？"

"美女谁不喜欢。"

"那我就是说对了。"听到林启峰那样的回答，顾可虽知道这是事实，可难免还是有些失落。

"中国女人也很好，比如说像你这样的。"

顾可浅笑不语，电话里恰好传来赵阳的声音，他说："不知道你是不是第一次做爱？"

"流氓！"顾可恶狠狠地骂出来，吓得林启峰一愣，慌忙解释："我没有别的意思，我只是……抱歉。"

顾可此时才反应过来，林启峰误以为她的那句"流氓"是对他说的，也不知该怎么解释，只是说自己口误，再去细听，电话里早已没了声响，回拨过去，却是关机。

她面露难色，对林启峰道歉："不好意思，我有点事，需要马上过去一趟。"

"没关系，我送你好了。"

"不用，我一个人可以的。"说罢，她就要离开，刚走几步，却又折了回来。她说："启峰，你也是一个让女人为之着迷的男人。"说出这句话，她的脸烫得厉害，涨得通红，倔强地转身跑开。留下他愣愣地伫立在原地，他的眼神是迷醉的，像是喝醉了酒一般。那句话就像梦境，一遍遍在耳畔响起，让他痴迷。她的确是一个让人难以捉摸、难以自拔的女孩。他的嘴角勾起一丝笑意，他似乎有些喜欢她了。

幸好顾可穿的是一双耐克球鞋，她飞快地跑了起来，若是换成高跟鞋估计早就跑不动了。她打了一辆出租车，赶到和平西桥，手里拿着一根木棍，害怕会斗不过那个臭小子。走到咖啡馆前，她挽起袖子，气势汹汹地冲了过去，只见二人依旧在慢条斯理地喝咖啡，赵阳正在吟咏诗句："有美人兮，见之不忘。一日不见兮，思之如狂。凤飞翱翔兮，四海求凰。"

"小可姐，你怎么来了？"莫北很是惊讶。

顾可有些蒙圈："你们没怎么样吧？"

"什么怎么样啊？你怎么拿着一个棍子呀？"莫北觉得更加奇怪，就连赵阳也奇怪地打量着顾可。

顾可微微有些尴尬，随即笑笑："那个，路上碰到一只大狗，老冲我乱叫。没事儿了，你们聊吧！"

赵阳却说："既然来了，那就一起坐下来聊聊吧！"

"好。"顾可听罢，不客气地坐下。

顾可望了一眼眼前的男孩，只见他眉毛浓密，眸光多情，一张红艳桃花嘴，嘴角有一颗多情痣，从面相上来讲，应该是一个风流多情的人。

"我听小北说，您特别有才华，是一个诗人，不知道您最喜欢的是哪首诗啊？"

"不是尊前爱惜身，佯狂难免假成真，曾因酒醉鞭名马，生怕情多累美人。"他笑着吟诵出这一句。

"郁达夫的诗句。"顾可嘴角浅笑，"今天这么开心，要不你作一首诗助助兴呗，我老喜欢听别人作诗啦，哈哈。"

他长着一双凤眼，肤若凝脂，眸若桃杏，顾盼风流。只见他嘴角浅浅一笑："好吧，那我就随便作一首，不要笑话我。"

他清清嗓子，沉思片刻，道："雪作肌肤玉为骨，红粉女儿侨娇娘，山若有木送青鸟，只叫此生不相思。"

莫北眸光亮得如同星辰一般，崇拜地看着眼前的男人，爱情让她双颊绯红，让她比往日更加美丽漂亮。难怪说，爱情里的女人是最美的，因为幸福感和爱情的滋润，让女人的姿态和神色都更为有魅力。其实在科学上来讲，也是有一定道理的，据说恋爱可以促进大脑皮层发出多种指令促进身体各部位和器官的发育，每天的甜蜜柔情，也会使女人从内到外变得优秀。当然，这里所说的是美好的爱情，若是不好的爱情，估计会让人面容枯槁，拾之痛苦，弃之不舍，整日惶惶度过，又怎会美丽青春。

顾可对赵阳印象不错，心里也放心许多，见两人两厢情悦，不好打扰，便要离开。临走时对着莫北抛出一个意味深长的笑。

走出咖啡馆已经是下午5点，顾可赶紧打车去望京SOHO，由于交通堵塞，一个小时过去了，出租车才走了两公里，走走停停，让她抓狂，到达那里已经是晚上8点。

望京SOHO大厦，像是三块巨大的鹅卵石立在中央，光从外面看就让人向往，她鼓起勇气走了进去。教室在11楼，电梯却停在23层，等了好久都不见下来，于是顾可走到楼梯口，望了一眼，二话没说爬了起来。

走至教室门口，学生们都在记着笔记，台上于文弘教授在授课，她气喘吁吁，后背靠着墙壁，屏息听着，"电气石，俗称碧玺、碧茜，又译为托玛琳、具石英等，所拥有的压电效应……"她拿着笔记本，逐字逐句记下来。

她正记得起劲，于文弘教授不知何时走了出来，吓了顾可一跳，本子没有拿稳，摔在了地上。

"你很喜欢珠宝？"他俯身捡起，看到上面密密麻麻记着的笔记。

她点了点头，他没有说话，准备离开，她却叫住了他："于教授，我可不可以在这里听您的课，我可以给您打扫卫生，我可以给您当助理，我不要工资。"

他停下，有些为难："我不能坏了规矩，如果都像你这样，那还有谁肯掏钱听我讲课？"

顾可自知失言，慌忙道歉："对不起，我没有想那么多。"

"我只管得住教室里面。"他嘴角微笑，顾可听懂了他的言外之意，深深鞠躬致谢。

她一直深信，当你决心去做一件事情的时候，全世界都会为你让路。一切的阻碍和困难，都可以克服，只要你有克服一切的勇气和决心，只要你的渴望足够强烈。有些人总是在抱怨，其实只是因为没有用尽全力，只是为不成功找借口，根本原因只是你没有那么渴望。

课程结束后，学生们陆续离开，顾可正要走，听到身后有人叫她，回眸见是李欣，有些窘迫。

"你怎么在这儿？我怎么在课堂上没见着你？"李欣故作疑惑状。

她嘴角苦笑，尴尬异常："我……我没在里面。"

"咦？那你在哪里？"李欣有意刁难。

顾可咬牙，不知该如何开口，说不出一句话。正在此时，手机铃声响起，她像是抓住了救命稻草一般，慌忙闪人，躲在了楼梯口。

电话是莫北打来的，她说："姐，你觉得赵阳怎么样？"

"之前我从电话里听到他问你，是不是第一次做爱。这是怎么回事？"

莫北哈哈大笑起来："所以，你今天不是遇到大狗了，你是打算打他来了吧？"

顾可训斥："别笑，到底怎么回事？"

"他之前说喜欢吃鱼香肉丝，我就寻思着为他亲自下厨，当作礼物，结果实在是黑暗料理，他才会问，我是不是第一次做菜。"莫北尽力忍住不笑，但最后还是失声笑了出来。

顾可这时才恍然大悟，这场误会居然害得她在林启峰面前丢脸。

"赵阳到底怎么样？"莫北再次追问。

"送你一句箴言：拥有时，尽情享受，离去时，莫要抱怨。"顾可一副文绉绉的语气。

莫北说："太深奥，听不懂。姐，你可不可以说得稍微浅显一些，不，是尽量浅显一些？"

"赵阳是个多情才子，爱你时，你可以是风是雨是朝阳是星辰，是人间的四月天。但是自古才子多风流，但我并不是说他一定风流，从他喜欢的诗来看，应是相当有气节的一个人。"

莫北急了："那我还跟他继续下去吗？"

顾可语气突然严肃起来："我说小北，如果有一天，他和你分手了，你会怎样？会骄傲地离开吗？"

"会啊！"莫北很坚定地说。

顾可便嘴角浅笑道："莫要因为花会落便拒绝开放，莫要惧怕结束而不敢开始。"

莫北叹了口气："唉，又是文绉绉的，不过，我听懂了。你现在在哪儿呢？"

"我……我在外面溜达呢，一会儿就回去。"

"噢，早点回家。"

莫北的电话挂断后，顾可像是被抽空了灵魂一般，瘫软在地，没有泪水，竟一滴都流不出。她想要大哭一场，却怎样都哭不出，像是有一块胶水黏在心里，死死纠缠，让她喘不过气。那一刻所有的坚强和骄傲，被击得粉碎。她抱着头，眼神空洞无力地看着远方。忽而眼中又多了一丝光亮，眸子里蓄满了倔强。她是绝对不会认输的，她要做一只弹簧，别人越是瞧不起，她就越要努力，现实越是残酷，她就越要证明，那些所谓的坎坷和荆棘，不过尔尔。

第十章　有爱的地方就有方向

时间过得飞快，转眼便是一周后。

这一夜，顾可正在研究于教授布置的作业题，许久都静不下心，只因隔壁姑娘，又带了些狐朋狗友在家办 Party。音乐的 DJ 声太过吵闹，像是夜店、酒吧一般，欢呼声与起哄声更是不绝于耳。她走出，敲了敲门，想是听不到，便使足了力气，狂拍几下，大吼道："他妈的给老娘开门！"

一个彪形大汉走了出来，足足有两米高，强壮粗犷，毛发旺盛，满脸胡须，光着膀子，刺着青色文身，足足高出她两个头。他凶神恶煞的眸光只瞥了她一眼，她连咽几口唾沫，刚才盛怒的气焰早已消失无影："大哥，咱能不能小点声？"

他转身，"哐当"一声甩门而去，顾可只得无奈离开。早知道，就应该学习一下中国武术，去少林寺潜水一年半载，那就不用受这些窝囊气了，看不顺眼，随时都有底气给对方俩嘴巴子。

她回到房间，将化妆用的卫生棉球，塞进耳朵里，却依旧是震耳欲聋。她狠狠地跺了两脚，拿起电话，决定找莫北排解一下愤怒。

"小北，干吗呢？"

"小可姐，我初吻没了，呜呜……"莫北佯装哭了两声，转而哈哈大笑。

顾可叹了口气："好吧，没把你乐死吧。"

"差那么一点，我还没吻够呢，要是再多吻会儿，没准现在已经成功在天堂占座了呢。"莫北一副意犹未尽的感觉。

"出息点行不，赶紧擦擦口水，真丢人。"顾可一副嫌弃表情。

"你也该抓紧了，威廉跟你……你俩有没有……"莫北坏笑。

"想什么呢？我俩啥也没有。"顾可义正辞严道。

"好吧，那么凶干吗？我跟你说啊，我家赵阳果然有才，他今天还写了一首诗，我念给你听。"她清了清嗓子，一本正经地念道，"几处鲜花正浓，谁家美人娇艳，一团团均难入眼，唯爱门前小菊正轻舞，惹人怜，爱不厌。"

"哎哟，果然有才情。"顾可阴阳怪气。

正说话间，便听到门外一阵急促凶狠的敲门声："开门，快开门！"

顾可没来得及挂断电话，让莫北稍等，她打开房门，看到是楼下的租户张敏，这个女人35岁左右，脸上敷满黄瓜片，一头卷发乱糟糟地卡在头顶。

"干吗呢！你是不是跺脚了，还让不让人睡觉了，不想活了你？"

顾可每日只要稍有一丁点儿的声响，她必定会找上门来，就连走路声音重了，也会被训斥一通。本想不跟她一般见识，她却变本加厉，隔壁无论怎么闹腾，她也不敢放一个屁，典型的欺软怕硬，比隔壁家那位矫情蛮横的姑娘更为可气。

顾可嘴角冷哼："有本事冲那屋发飙去。"

"我跟你说，你知道我哥是谁吗？说出来吓死你，你要是再出声，我弄死你！"

"有本事你叫他出来，我先弄死他。"

"你个小贱货，你敢骂我哥？！"

"像你这种人就是活着浪费空气，死了浪费土地，不死不活浪费人民币。"顾可忍她很久了，像她这种人，你不治治她，她还以为你懦弱无能好欺负。

两个人骂得越来越凶，越来越不堪入耳。顾可本就喜欢跟朋友调侃斗嘴，更是练就了铁齿铜牙，能说得过她的人寥寥无几。只见顾可嘴里一套一套的，骂人绝不带脏字："上帝造你的时候，一定是用马桶刻的模子，才让你这么臭不可闻""蟑螂活的都比你有尊严""某些人贱出了人类新高度，如果不要脸也可以挣钱，那你一定是百万富翁。"

人不犯我，我不犯人，人若犯我，我必犯人。她那样骄傲的人，怎能容得下别人在她头上胡作非为。

只见那人气极，飞身就想给顾可一脚，还好顾可手疾眼快，抓住她的脚，猛地向上一抬，她便蹲坐在地。顾可猛地一推，又把她推倒在外面，关上了门，那人却是骂骂咧咧，顾可懒得理她这种泼妇，认为她是自掉身价。

"你给我等着，我找人弄死你个小贱人。"那人随即又是骂骂咧咧道。

顾可做了一个鬼脸："我等着呢。"

反正她不吃亏，刚才那个女人摔的那跤，简直大快人心，想想她气急的样子都解恨。顾可的腿部在刚才的拉扯中，狠狠地撞在了墙上，蹭破了一道皮，溢出了血，她连忙拿起酒精棉擦干净伤口。

突然楼道内一片嘈杂，有人敲门，她从猫眼看到是一个穿着制服的警察，心里一惊，打开了房门。

"请问是顾小姐吗？"

"是。"顾可略带疑惑地答应。

"有人报警，说你殴打邻居，把人打进了医院。"

顾可嘴角浅笑："警察同志，我能先去医院看看她吗？"

那位年轻警察点头答应，顾可跟着进了医院，只见张敏躺在床上，右腿打着石膏，顾可一碰，她就痛得嗷嗷乱叫。

"阿姨，我这脑袋现在有些糊涂，记不清是怎么伤着您啦，还得请您帮我捋捋。"说罢，顾可嘴角浅笑。

张敏一听顾可喊她阿姨，更是气得牙根痒痒，只是强忍着不发作，也不肯接话。

"我记得您来我房间，一直都是站在门外，而我是站在门内。咱们虽开着门，却是隔着门槛儿说话，您从始至终，都没有进我家打我骂我是吗？"

张姐一听当然说是，她就是进了她的屋起争执，也不会承认。

顾可继而又笑笑："那我是怎么弄伤您的呢？"

"你先打我，后来，我就想要逃，可是你拉着不让，又冲着我的胸口打了一拳，狠狠地踹了我一脚，我就趴在地上，摔断了腿。"张敏简直说得绘声绘色，惨不忍睹，似乎真有其事。

顾可啧啧两下："不对吧，阿姨，我要是在您胸口给您一拳，首先您得对着我，其后我再给您一脚，您应该是一屁股坐在地上，怎么屁股没开花，倒是腿骨折了，您是在练乾坤大挪移吗？"

此时，那位年轻帅气的警察，似乎也是听出了破绽，看出了端倪，却也不点破，想要看看这个小姑娘如何继续说下去。

只见张姐慌忙改口："不，是我扭过身子，你在背后踹的我。"

顾可又是啧啧两声，转而望向警察："警察先生，请问诬告良民故意栽赃是什么罪名？"

警察义正辞严："根据我国刑法第二百四十三条，捏造事实诬告陷害他人，意图使他人受刑事追究，情节严重的，处三年以下有期徒刑、拘役或者管制；造成严重后果的，处三年以上十年以下有期徒刑。"

顾可笑了笑，看向张敏，发现张敏头上已冒冷汗，面部紧张，便说："阿姨呀，您别紧张，没人说您诬告，不过，咱们家房东太抠，楼道建设得连一平方米都不到，根据惯性，您此时受力很大，应该是全身心向前冲锋才是，您的脑袋没有撞到墙吗？您是戴着头盔了呢，还是早就练就了威震武林的铁头功？"

张敏语塞，支支吾吾说不出一句完整的话，警察见顾可如此幽默伶俐，忍不住笑了出来。

"如果我没猜错的话，您应该是下楼梯的时候，被楼下不知道谁那么缺德放的一块大石头绊倒的吧。"

张敏却是一惊："你怎么知道？"

"都刮地上那么一道白灰，谁看不到啊？阿姨，以后再想讹人，拜托先做好功课行吗？好歹尊重一下我的智商。"顾可冷哼一句，随即打了一个哈欠，嫌弃地看了她一眼，"真是扰民。"说罢，径直走开。

小警察追了出来："真是太厉害了，你学过侦探吗？"

顾可挑眉一笑："新手吧？"他点了点头，算是回应。

"这不用学，只是最基本的推理，是她太笨了，还有，楼道多宽，其实我也没量过，我哪知道，不过哄她罢了。"说罢，邪魅一笑，更多了几分韵味，竟把警察看痴了。

小警察坚持要送顾可回去，她只好应允，问道："你叫什么名字？"

"夏正炎。"

"夏天一定很难熬吧。"

他却是一愣，良久才发现她在跟他说笑，回到家里，已经是夜里1点，她一下车，便看到了威廉和莫北。两人在楼下焦急地等着，这才想起方才争吵声已经惊动了莫北，她和夏正炎道别，转身走出警车。莫北和威廉一惊，慌忙问她怎么样，顾可才将来龙去脉告诉他们。

"真是太可恨了。"莫北咬牙切齿。

威廉却很淡定，眸光晕着一层独有的邪魅："你倒是很聪明。"

顾可笑笑："是她太笨。"

"那你以后怎么办？"莫北弱弱地问道。

顾可眉头微微皱起，随即潇洒一笑："以后就再说以后吧。"

"小可姐，你别在这里住了，再找个房子吧。"

顾可沉默，威廉眸光一亮："我家保姆刚好请假，要不就先到我家住一段时间，你要是过意不去，正好可以帮我打扫卫生，我就将就聘用你了。"

顾可冷哼一句："将就？看不起人。"

"那我们就这么定了。"威廉见机拍板。

"真不需要麻烦。"顾可笑着推辞，重重地咳嗽了两声，开始大口大口地喘气了，想是刚才吵得太过动气了。

"你的药呢？"威廉柔声问道。

"用完了。"

威廉不再说话，转身不知道去了哪里。

正说话间，只见房东走了过来："顾可，你怎么搞的，把警察都带了过来，不知道的还以为我家是出了什么大事呢，叫我还怎么做生意。"

顾可没有说话，莫北却呛了一句："什么意思？这是别人报的警，诬陷我们，你不找她找我们干吗？"

房东气焰更盛："什么别人报的警，你要是老实本分，谁告你们？上个月的房租还没交，净给我惹是生非，如果今天交不了房租，趁早给我滚蛋。"

顾可气得一时之间也不知该说些什么，威廉走了过来，恰好听到这句话，眸光冰冷而凶狠地望着眼前这个飞扬跋扈的包租婆："她欠你多少？"

包租婆一眼认出了威廉，惊讶道："你是……你是大明星威廉！"

顾可鄙夷地看了一眼包租婆谄媚的目光，忍不住想吐，只见包租婆立刻换了一副嘴脸，点头哈腰道："我不知道她是你朋友，要是知道是你朋友，借我三个胆儿都不敢凶她呀。"

威廉眸光满是轻蔑，从包里掏出一千块钱甩给了包租婆，转身拍了拍顾可，声音轻柔："收拾一下东西，跟我回家。"

顾可还想说些什么，他命令式的眼神望着她，突然，心里便像有了依靠一般，稳稳着陆。她没再拒绝，轻声说："好。"威廉此时从衣服兜里拿出一盒哮喘药，递给顾可，估计刚才他是去药铺买药了。顾可心里感动不已，眼眶微热，叫了一声："威廉……"便再也说不出话来。

三人迅速收拾了一下，将东西抬进车里，离去。

"你们先去我家将就一晚吧。"威廉提议。

莫北犹豫了一下："你把我送回学校吧，明天一大早赵阳要来。"

"赵阳又是谁？"

顾可开玩笑道："某人新交的男朋友，是一个大诗人呢，可有才华啦。"

莫北脸色微红："这件事千万不要告诉我姐。"

顾可点头答应："放心吧，姐姐我这张嘴结实得很，莫桑是撬不开的。"

莫桑脾气暴躁，保护欲强，恨不得把莫北像个粽子一样层层包裹，被她知道了，一定会小题大做，惹一身麻烦。

威廉将莫北送回学校，车里便只剩下威廉和顾可。

"谢谢你。"

"我做这一切可不是为了你的谢谢。"

"那你为什么？"顾可嘴角略带笑意。

"为了我的心。"他眼神满是柔情，顾可一惊，本以为他又要说些什么浑话耍贫，不想他却如此深情地说出这句话，一时有些无措，车内气氛也变得有些诡异，两人都不再说话。

她走进他家，只见厅内一片富丽堂皇，家里的装修采用北欧风格，典雅高贵，简单质朴。客厅左侧靠窗位置，有一个木质吧台，木材质感厚重深沉，一看便是上好材质。吧台一侧有一排同样材质打造的酒架，上面放着各式各样的美酒和酒具。

顾可啧啧两声："哇，想不到，你还这么有情怀。"

他嘴角含笑，带她去了一个书房，只见木质书架上，整齐地排放着各种书籍：艺术、心理、科学、经管、文学，顾可不禁张大了嘴巴："这些书你都看？"

他不好意思笑笑："偶尔看看。"

两人将东西搬至卧室，又是收拾了一番，顾可睡意早已全无。这些日子在于教授的指点下，她的设计感早已突飞猛进，Cherish大赛将至，这一周以来，她白天四处奔波各种珠宝展和珠宝店寻找灵感，夜里便埋头作画到凌晨两点，导致黑眼圈日益明显，也难怪莫北会说她升值快，转眼便跃身一级保护动物熊猫行列。或许，她真的是太拼了吧，可她并不觉得累。灵感爆棚时，便如同获得洪荒之力，若是没有灵感才是最痛苦的，往往绞尽脑汁，头昏脑涨，也没有一个结果，伤神费心。

她重新整理了一下设计稿，将完整的稿件检查了一遍又一遍。

威廉洗完了澡，穿着一件肥大的白色睡衣，倚靠着门，嘴角闪现出一丝坏笑："怎么，还在改稿？"

"那是，为了梦想，姐姐我简直使出了洪荒之力。"

他走了过来，伸手抚上她的满头黑发，她慌忙躲闪开，他的手略尴尬地停在半空。

顾可把设计图递给了威廉。这是一款以四叶草为原型的设计。采用四个不同大小的心形组合成一个四叶草的形状，外框采用铂金打造，叶子用祖母绿宝石镶嵌，项链的链条更是采用铂金打造的心形框环扣，展现出心心相印、白头偕老的爱情主题。

顾可有意转移注意力，将画板递给威廉："你知道我为什么会偏爱四叶草吗？"

威廉嘴角微抿，凤眼微挑，饶有兴致地听她继续讲。她说："传说四叶草是夏娃从天国伊甸园带到大地上，为了纪念与亚当两人的爱情。所以，有人说，拥有四叶草的人会得到爱神的眷顾。我曾经还对着它许过一辈子在一起这样的誓言。"

威廉听到这里，心里猛地一颤，一辈子的誓言，是她许给他的，她还记得吗？威廉的眼神有些模糊，失声问道："那后来呢？"

"后来，消失在彼此的世界。或许，这辈子都不会再见了。"顾可嘴角抽动一丝苦笑，声音有些沙哑，闷闷地砸在威廉的胸口，只见她是那样落寞与失望，眸子里有泪光闪烁。他很想告诉她，他就是陆哲，可是他不能，因为她不爱陆哲，他只能期待着有一天，她能爱上眼前的威廉。

威廉想到这里，不免有些伤心，他目光悲怆地看着远方，定格在一片空白中，顾可察觉到威廉的异样，笑道："你怎么了？看起来比我还伤心。"

"你喜欢过那个人吗？"威廉回过神来，认真问她。

顾可显然一愣，随即笑笑："那不过是小的时候玩过家家，不算数。"

顾可将设计作品发到 Cherish 参赛网站主页，这次的珠宝设计与以往大不相同。Cherish 推出全民票选，全民投票的结果将占选手最后得分的 60%，而专家最后的评定为 40%。选手将设计作品自行上传到主页，通过 Cherish 后台审查便可显现，这可是一箭三雕的做法，既可以吸引合作伙伴的关注，又可以造势吸引消费者围观，当然也可以更客观地选出好的设计师，提高 Cherish 品牌在市场上的销量以及在业内的知名度。顾可嘴角浅浅一笑，不禁佩服林启峰的睿智。

她提交了作品，总算长舒一口气，现在唯一能做的就是等一周后的结果公布了。她伸了伸懒腰，重重地躺在床上，凝神看向天花板，白色天花板，蓝色吊灯，看起来那样好看，就像在童话里一样。她想起威廉的话，她喜欢过陆哲吗？她不知道，她一直把他当作弟弟，当他告诉她他喜欢她的时候，她唯一的反应就是逃，逃掉这份不能承受的感情。

面对陆哲的爱，她是懦弱的，总是逃避，不敢正视。可面对林启峰，她又是那么勇敢，爱得义无反顾，在他毫不知情的情况下，偷偷刻在心里，没有一丝迟疑。即使进 Cherish，也有很大一部分是因为林启峰，他们之间差距太大了，她只有拼命奔跑才有希望追上他。这一辈子她认定他，虽然她知道认定一个人是很可怕的，但是却难以管住自己的心，毕竟，女人一旦陷入爱情，所有的理性和逻辑思考便会统统归零。

顾可不再去想，胡乱地用手缠绕着头发，她忽然站了起来，走到镜子前。每当她的头发又长了一些，她总是固执地将它剪短，不想承认时间匆匆而过，而她，却依旧没能等来林启峰。小的时候，总是盼望着长大，长大之后，却总会有一个理由，拒绝成长，可能是一份抹不掉的青春记忆，也可能是一个等不来的人，总怕自己会离他们越来越远。

她不敢让自己想那么多，这么多年过去了，她已经学会了让自己不去想他。她打算去泡个热水澡，拿上洗浴用品进了洗澡间。

洗澡间内云雾缭绕，蒸汽熏得视线模糊，看不大真实，顾可随手关上了门，开始细细揉搓身体。看着自己朦朦胧胧的身体，嘴角浅笑。她还算是丰满吧，胸脯高高耸立，肌肤也柔滑透亮、娇嫩白皙。花洒冲着头顶，清水倾泻而下，黑亮的直发湿漉漉地垂至双肩。都说，25岁的女人就要走下坡路了，她还能年轻多久？想到这里，心里难免会一阵悲怆，怎么可以这样，她还没等到那个人便先老了，他会不会喜欢更年轻的呢？顾可叹了一口气，伸手去够摆在架子上的沐浴露，结果脚下一滑，摔倒在地，似乎是压到了什么东西，只听一声狗吠，吓得顾可踹门而出。

"救命啊！"她几乎用尽全身力气呼救。

那只大狗跟在她的后面狂吠不已，威廉听到动静闻声而来，看到了，哦，罪孽，一丝不挂的出浴美人。

他瞠目结舌地看着逃到他怀里的顾可，她湿漉漉的身体和头发紧紧地贴着他，他感觉自己的肾上腺素直线飙升，有一种流鼻血的冲动。

狗狗看到威廉，安静下来，卧在不远处摇着尾巴，顾可这才放下心，用手去拍自己的心脏，才骤然发现，我去，什么鬼，竟然裸奔。再看将她抱在怀里的威廉，眼睛正不自觉地在她身体上游走。顾可慌忙抽起一旁的床单裹上，一巴掌抽在威廉脸上，转身跑进房间。

她蹲在房门下面，脸色羞得通红，突然眼泪就不争气地流下来。她怎么总是这么笨，让那个浑蛋占足便宜。

"林启峰，我对不起你。"顾可大叫一声，哇哇哭了起来。

威廉听到她这一声叫喊，面色阴冷。他深呼一口气，嘴角冷笑，她到底要怎样才能忘掉林启峰，他在她心里，为什么就是这么没有分量。

他呆呆地站在她的门前，举起的敲门的手停在半空，再也落不下。他没有说话，转身离开。不到十分钟，又忍不住折了回来，敲了敲她的门，顾可"啪"的一声关上了灯，威廉嘴角浮现一丝苦笑，站在门外道："我知道你没睡，能开一下门吗？"

"你走吧，我不想见你。"她有些委屈，声音带着些哭腔，抽噎着。

"你哭了？"威廉柔声询问，"你知道，我最不舍得你哭。"

"不舍得，你真的不舍得吗？可是你害我哭得还少吗？现在你一定在等着看我笑话，我这辈子都不想理你了。"

"怎么会，你这么漂亮、这么可爱，我怎么会笑话你呢？"威廉轻声安慰。

顾可没有回答，擦了擦眼角的泪水："你可不可以帮我保守这个秘密，不准告诉别人，特别是……特别是林启峰，他知道了，一定会讨厌我的。"顾可说到这里，更是低声哭了出来。

威廉听到林启峰这个名字，心里一紧，但还是答应道："好，好，不告诉他。"

"你也不准记得！"她任性道。

"好，我不记得，就算记得，也要努力忘了，可以了吗？"威廉觉得现在的顾可简直可爱至极，他真想进去抱抱她，哪怕见见也是开心的，她现在的模样，一定十分可爱。

"你骗人，你们男人都是一样的，都喜欢骗人，我不要相信你。"顾可咬牙说出这句话。

"那你的林启峰呢？他也是男人啊。"

"那……那不一样。"顾可说这句话的声音并不大，可在威廉听来，却像是一把尖刀，刺得胸口生疼。是啊，林启峰在她的心里，永远都是不一样的。

他不再说话，转身就要离开，顾可似是听到他的脚步声，慌忙道："你要走了吗？"

　　威廉叹了口气："是啊，我知道，你是不会让我进去的。"他的语气里满是失落与无奈，竟是那样悲伤，听得顾可心里有些不忍。

　　他笑笑，转身离开的背影总是有些失落的，在年少懵懂的季节，在还不知道爱是什么的时候，他偷偷地尝了一口，那样苦涩，像是青苹果。他一直希望这颗苹果有一天会成熟，会变得可口，但是直到他们都已长大，这一天依旧没有来，或许永远不会来。他就像是生活在一团浓重的白色里，什么都看不到，希望和绝望交叉上演，白天与黑夜，没了界限，但有爱的地方，总会看到希望，是吧。

第十一章　梦想与阴谋

此时，顾可正在这偌大的房子里来回转悠，自从那天洗澡的尴尬事件之后，那条狗消失了，连同威廉一起。她原本还想着第二天应该如何躲避威廉，没想到他竟消失得无影无踪。

顾可试着找了几处房子，房租太贵，便宜的也早就租了出去，她已经独自一人在这间房子里住了整整三天，白天去一家肯德基做小时工，补贴生活开支。

顾可听到一串急促的门铃声，一定是威廉回来了，她慌忙穿上拖鞋，向门口奔去。

"威廉。"顾可无限欣喜的声音，在门打开的那一刹那彻底收尾，"对不起，李欣姐。"她慌忙鞠躬致意。

"你怎么会在这里？"

"您别误会，我只是在这里暂住。"顾可有些尴尬。

"我相信你。"李欣微微一笑，顿了顿又道，"参赛作品准备得怎么样了？"

"谢谢欣姐关心，已经完成了。"

李欣手里提着一大袋子保健品，她嘴角一笑："李嫂走了之后，这房子一直以来都是我帮他打理。我这阵子忙，没有时间过来，以为他的房子会乱成什么样子，幸亏有你。"

"欣姐，我……"顾可更为尴尬。

"我跟威廉认识了四年，我俩感情一直很好，他从不许我做这些，怕我累着。"李欣说罢，又是一笑。

"嗯，"顾可大约想到了她要说什么，抬眸望向李欣，"欣姐，我明白。"

李欣笑笑，推说自己有事要忙，转而离去。顾可看出李欣喜欢威廉，但是威廉却并不喜欢李欣，李欣之所以跟她说这些，无非是向她示威，变相地想要她离开。这本是人之常情，顾可也可以理解。当即更加觉得不能久留，尽早找个房子搬出去才好。

她打开电脑，查看Cherish设计大赛近况，还好，时至今日，她的名次和票数都是遥遥领先。今天晚上公布的大赛录取名单一定会有她，她顿时心情舒畅了许多，走进厨房冲了一杯咖啡，优哉游哉地喝了起来。打开QQ，看到林启峰的头像在线，她嘴角微微一笑，躺在沙发上，敲下："在吗？干吗呢？"

他立刻回复了她："刚吃完饭，有点儿困，你呢？吃了吗？"

顾可敲下："刚吃完，正在喝咖啡，一个人有点无聊。"

"怎么会无聊呢，生活这么美好。"

顾可听他这么说有些气馁，叹了口气，心想，呆瓜，她是想让他约她呀，可依旧不甘心，继续暗示："没，就是想出去玩了。"

过了许久他才发来消息："晚上，我有些私事需要处理，周末我带你去游玩，怎么样？"

顾可开心得手舞足蹈，做了一个"耶"的动作，大战告捷。

可是，今天的漫漫长夜啊，她还是一个人熬煎，但愿时间如流水，快快到周末吧。顾可胡乱地穿了一件衣服，下去买了一兜子零食，还买了汽水，准备好好迎接一下今晚珠宝大赛的胜利。

大赛结果将在下午4点公布，她一早便聚精会神地守在电脑前。4点一到，迅速点开获奖名单入口，红色的背景，充满了喜气，只见上面写了三个人的名字：张秀丽，郝萌萌，赵坤。竟然没有她，怎么可能？

她明明是第一名的，观众投票数她遥遥领先，甩下第二名好大一截，为什么录取名单没有她？除非评委团直接 pass 掉了她。

她想要弄清事情真相，当即去了 Cherish，门卫根本不让她进，她拿起电话想要打给林启峰，可却是忙音。此时，林启峰正站在 Cherish 大楼窗台前，静静地望着她，他想帮她，可惜力不能及，这是蒋文希的决定，没有人能够扭转。

顾可蹲坐在 Cherish 门口，强忍着泪水，她要在这里等着，她不信见不到人，她一定要进 Cherish，为了梦想，为了林启峰，也为了自己。她要站在他的身边，让他看见她，让他爱上她，为了他，她愿意奋不顾身一次。她虽然很不想麻烦威廉，可是，他是唯一一个可以帮自己的人了，顾可拨通了电话，却也是一阵忙音，真是该死。

此时，蒋文希的办公室内，有一个特别的人——威廉，他看到顾可的来电，挂断。

只见他摘下墨镜，冷冷地望向蒋文希，嘴角邪魅一笑："我要让顾可进 Cherish。"他的眸光坚定冰冷，语气更是不容置疑。

蒋文希冷冷一笑："果然，那个小丫头是你的软肋。"

"你强顶着评委团的压力，坚决不让顾可入选，不就是想要我为你做事吗？什么条件，你开口吧！"

蒋文希抬眸望向威廉："我曾承诺董事会将'蓝色星空'的销售额提至以前新品的两倍，可是现在行情并不怎么看好，如果，有你的加入的话，我相信这个数字不会是问题。"蒋文希双眼绽放着刺眼的亮光，如同鹰眼一般，尖锐精明。

威廉嘴角勾起一丝奸邪的笑意，双眸对视上她的那双鹰眼，没有丝毫怯懦，充满了挑衅。如果说蒋文希的眼睛是一双鹰眼，那么现在威廉的眼神便如同猎人一般，瞅准了猎物，一枪命中。蒋文希被他看得有些毛骨悚然，威廉却突然爽朗一笑："让我猜猜，你该不会想利用我制造花边绯闻吧，好把你们公司的产品炒大。"

"果然，跟聪明人讲话无须拐弯抹角。"她对着他满意一笑。

"这个绯闻女友，我大概也猜到了，应该就是你们的设计总监李欣对吧？"威廉冷笑。

"没错，你跟她闹绯闻最合适不过，她是我们公司的设计总监，大部分产品出自她手，同时她还是'蓝色星空'的主设计师，你们两个人一定不会让我失望的。"

威廉嘴角轻轻扬起，打了一个响亮的响指，转身出门。

顾可一直坐在Cherish楼下，看到威廉从里面走出来，慌忙跑了过去："你怎么在里面？"

威廉没有说话，冷冷地看了她一眼。四目交会时，顾可突然有些脸红，慌忙低下了头，她还记得被他看光的事情。他却没有理她的意思，转身打开车门就要走，顾可慌忙拦下："哎，我刚才给你打电话，你为什么不接？"

他面色阴冷："我很忙。"

"有件事想求你帮忙，我想找Cherish评委团谈谈，你……可不可以帮我引荐一下？"

威廉冰冷的眸光瞥向她攥着他的手，不耐烦地打断："我说，我很忙。"

顾可赶紧放开，神色黯然："我明白了，我以后不会麻烦你了。"她转身离开。

威廉看着顾可落寞的身影慢慢远离，心里似是有刀剑刺过，隐隐作痛，转身坐回车里，飞速离去。

威廉手机响起，是孟宇打来的，电话里孟宇长舒一口气："祖宗，你可算是接电话了。"

"那边有什么问题吗？"

孟宇几乎是喊了出来："咱能不能把那个'吗'字去掉，你戏拍到半截跑掉了，整个剧组等你一个人，导演都要气疯了。"这是威廉最近新接的一部电影叫作《神秘男友》，也是自己涉足电影界的处女作，因此公司方面对这次的合作尤为重视。

"马上赶过去。"威廉说罢挂断电话。他的心情差到极点，回到拍戏现场，怎样都找不到感觉，竟然被叫"卡"了 n 多次。

到了六点，顾可终于守株待兔成功，她看到蒋文希从里面走了出来，慌忙拦下："您好，我想请您帮忙带我进去，我有很重要的事情需要搞清楚，拜托。"

蒋文希打量了顾可一眼："你就是顾可吧，恭喜你，你已经成为 Cherish 公司一员，明天就来办入职手续吧。"

顾可有些难以相信，继续确认："你说，我被录取了？"

蒋文希从文件包里拿出一封录取信，交给顾可："拿着这份东西报道就可以了。"说罢，踩着高跟鞋离开。

天哪，简直不敢想，她竟然被录取了，这么戏剧化。

那天夜里，顾可叫上林启峰，两人喝了一些酒，她有些喝醉，迷迷糊糊的，被林启峰带回了家。

威廉晚上回去，见顾可这么晚依旧没有回来，有些担心，打电话也没人接，还好，他偷偷在她手机里安装了定位系统，他开着车，按照导航，来到一个豪华别墅门前。按了几下门铃，许久，主人才打开房门。

威廉面色冰冷："是你？"

林启峰含笑点头，邀请威廉进来，威廉走进屋内，看到横躺在沙发上，喝得烂醉如泥的顾可，怒火便冲了上来。她竟然敢在他不在的时候喝这么多酒，好大的胆子。

他走近她，拍了拍她："醒醒，喂，醒醒。"

顾可迷醉地睁开眼睛，将威廉看成了林启峰，抓住他的胳膊道："启峰，你……你怎么有两个脑袋啊，两个……"说罢，便呵呵傻笑。

威廉听到她喊林启峰，心里更不是滋味，一把横抱起她转身就要走，却被林启峰拦下。

"威廉，据我了解，你现在应该关心的人是李欣吧。"林启峰口气中带着些许警告意味。

"看来，林总消息果然灵通。"威廉冷冷看了林启峰一眼。

"明天就会召开记者会，你和李欣的关系一旦明确下来，就必须离顾可远一点，如果顾可被狗仔队拍到或怎样，他们会怎么说她？第三者，还是什么？你跟她在一起，只会害了她。"

威廉没有说话，抱着她离开，他把她放到车后座，将座位调到一个舒适的角度。他静静地看着她，疼惜和怜爱充斥在他的眼眸中，他无力地坐回驾驶位，缓缓开动车子。林启峰的话不断在耳边响起："你跟她在一起只会害了她。"他无力地握紧方向盘，为什么，连爱她这点儿权利也要剥夺吗？

回到家，威廉把顾可放到床上，转身准备离开，却被她一把抱住："你不要走，不要离开我。"

"好，我不走，我陪着你好不好。"威廉安抚道。

顾可迷迷糊糊间，问他："你喜不喜欢我？"

威廉一愣："喜欢。"

顾可吃吃一笑，捏了捏威廉的鼻子："我也好喜欢你，特别特别喜欢。"顾可的红唇吻上了威廉，威廉瞬间便呆愣在了那里，嘴角露出一抹灿烂的笑，却在听到顾可最后叫了一声"林启峰"后，愣愣地定格在那里。对呀，那些话，她是只对林启峰说的。威廉嘴角苦笑，把顾可重新放到床上，盖上被子，关灯，离开。

爱我的人对我痴心不悔，我却为我爱的人甘心一生伤悲，在乎的人始终不对。没有珍惜与不珍惜，更没有对错，它只是来的太不巧。一个在冬天肝肠寸断，一个在夏日烈火焚身，阴差阳错。

第十二章 刁 难

Cherish 大楼内，只见顾可上身穿着浅蓝色雪纺尖领衬衣，束进白色牛仔裤内，栗色直发刚刚过肩，巴掌大的鹅蛋脸，眼角微微上挑，精致的妆容一丝不苟，再配上脚下的白色高跟鞋，颇有职业白领风范。办完手续后，由前台小梅领着去设计部报道。

李欣看到顾可，浅浅一笑："欢迎加入。"

"谢谢。"顾可回以笑意。

李欣带着顾可走去，指着靠走廊的一个座位："以后，你就在这里办公，如果有需要公司的设计资料，可以去找赵欢拿。"

赵欢坐在顾可的旁边，顾可慌忙伸手礼貌示好，可是赵欢只是用下眼皮扫了她一眼，她尴尬地抽回了手，自嘲一笑。

李欣交代完事情之后，便离开了。她是设计总监，有自己的独立办公室，而他们这些设计师大概有 10 多个人就需要共挤一片办公区域了。

顾可看向赵欢，她是一个二十多岁的年轻女人，长得还算漂亮，一头亚麻黄卷发，长长地披在肩上，一套包身短裙，显露出前凸后翘的婀娜身姿。

"你好！"顾可向她微微一笑致意，可赵欢仍旧不去看她，顾可喉咙滚动了两下，俯身轻声道，"不好意思，拜托你可不可以给我一份公司的设计资料。"

她冷冷回视顾可一眼："没看到我正在忙吗？"

"对不起。"顾可慌忙致歉。

赵欢依旧是不说话，等她做完了那份设计稿，放下手中的笔，顾可再次凑近："打扰了，可以给我一份公司的资料和以前的设计产品图吗？"

她愣愣地看了顾可一眼："哦，那个东西啊，好像不在我这儿，你还是去问一下李总监或者是别的同事吧。你也知道，这个东西不是谁的专有资产，它是公司的，它是流动的。"说罢，冲着顾可笑笑。

这不就是明摆着耍她吗？顾可很想发脾气，可这是公司，毕竟不是自己的家，她有什么理由抱怨、生气？她笑了笑，不再纠缠，她就挨个问了，它还能长翅膀飞了不成？

就在顾可满脸笑意对设计部的同事询问，却被呛得满脸尴尬时，林启峰恰好经过，看到这一幕。

"顾可，"他叫住了她，柔声一笑，"来我办公室一趟。"

她抬眸望向他，心里美滋滋的，却并不外漏，淡定地跟在他身后，走进办公室。

她站在他的面前，略微有些拘谨，毕竟他是她的上司的上司，整个Cherish集团的总经理，她不敢僭越规矩。

林启峰似乎是看出了她的刻意拘谨，指了指面前的椅子笑道："不用这样，这里没有外人，坐吧。"

顾可才算松了口气，坐在他面前，林启峰替她泡了一杯咖啡："怎么，遇到什么事情了吗？"

顾可脸上浮现出一丝失落和委屈："我想查看一下公司以前的产品设计图和相关资料，可是，他们却推来推去，都说不在自己那里。"

她叹了口气，拿起手里的咖啡，细细品尝，却总觉得满嘴苦味，没有一丝香甜。

林启峰浅浅一笑，从抽屉里拿出一份文件递给了她："这份资料可是我的，记得看完后还我。"

"谢谢，谢谢！"

"你跟我谢什么，咱俩之间还至于这样吗？"林启峰敲了敲她脑袋。

顾可心里一阵欢喜，他说"咱俩"，这么来讲，他们的关系是不是又近了一步？看来进 Cherish 的决定是正确的，总有一天，她会让林启峰买上 9999 朵玫瑰和一枚钻戒，他会说："亲爱的，没有你，我不能活，我爱你，嫁给我吧。"顾可这样想着，忍不住笑了起来。

她拿着资料走出办公室，却碰到了李欣，她的身边还站着威廉，只见她换上了一身白色的珍珠镂空连衣裙，头发微微盘起，做了一个很好看的发型，看起来优雅尊贵。威廉也是一身正装，白色的西服将他帅气的脸衬托得更加俊美。

"威廉。"顾可失声喊了一句，他却像是没有听见一般，挽着李欣走了过去。

"哎，听说今天威廉要在咱们公司召开记者发布会，公开李欣和他的恋情呢。"

"真的吗？李欣好幸福啊。"

"威廉和李欣真的是郎才女貌啊。"

人群中议论纷纷，顾可看着威廉离开的身影，竟然有几分失落，怎么会这样？那个家伙找到幸福，她应该开心啊。

顾可走去洗手间，用冷水好好洗了一把脸，好让自己头脑清醒一些。她深吸一口气，尽力平复心情。

Cherish 的员工们统统放下手里的工作，去了召开记者发布会的三楼大厅，顾可也跟了去。

威廉站在人群中央，对着来访的记者和观众微笑道："首先，谢谢大家对我的关注，今天，我……"他突然停下，看到人群中向他走来的顾可，猛地怔住，李欣觉察到他的眼神，慌忙拽了一下他的衣角，威廉晃过神来，"我……我向大家正式公布我和李欣小姐的恋情，我愿意一直守护她，不离不弃。"

只见闪光灯下的威廉虽然是在笑着，但却像是被抽干了灵魂一般，只是一个躯壳存在。顾可静静地看着他，嘴角带笑，这一对才是真正的金童玉女。她在台下对着威廉做了一个加油的手势，威廉心里一酸，更加难过起来，冷冷地看着顾可，眼神变得冰冷而缥缈。

顾可一愣，失神站在原地，她感觉到他似乎并不开心。林启峰见顾可面色不好，轻轻拍了拍她的肩膀，她的嘴角立刻扬起一抹灿烂的笑意，痴痴地看着他，这种画面有些刺眼，威廉慌忙扭过脸去。

林启峰和顾可双双离开记者发布会。他敲了敲她的脑袋，轻声询问："你不开心吗？"

"不开心？为什么？"

"喜欢的人被别人抢走了，不会不开心吗？"林启峰神色有些黯然。

顾可一愣，眸子里闪过一丝疑惑："你是说威廉？我们只是朋友。"

林启峰却似乎并不相信："是吗？"

"林启峰，我……我……"她多想说，我喜欢你，喜欢了那么多年，可是终究没有了当年的勇气，继而叹了口气道，"算了。"

顾可嘴角勾起一丝苦笑。林启峰更加确定，她喜欢的人是威廉，那句长叹便说明了一切，而他却并不知，她的那句长叹是为了一个叫林启峰的人，为了一个她暗恋了七年的人，不，还有高中两年，差不多九年了吧。好长啊，真的好漫长，似乎已经到了生命的尽头一般，几乎占尽了她的整个青春。

林启峰拿起咖啡，一饮而尽，他说："别懊恼了，今天下午开启新一轮的新品设计计划，会交给你们新人来做，好好准备一下。"

顾可眸子里满是兴奋："真的？"

威廉点点头道："真的。"

她回到座位上，认真查看 Cherish 近两年的设计风格走向以及最近市场的流行趋势，细心做笔录。下午的时候，他们设计小组开了一个会议，果然是针对新人，开启新一轮的新品设计，顾可心里暗叫一声万岁。

可是，为什么其他三位新人都有主设计的项目，而唯独没有她的？

当李欣宣布了这一期设计计划时，顾可还是没忍住站了起来："欣姐，我也想参加这一期的新品设计计划。"

"顾可，我这样做也是为你好，毕竟，你不是珠宝设计专业出身，也没有相应的工作经验，这一次，你只需要好好看着别人是怎么完成设计的，学习一下经验。"

顾可还想说些什么，却被李欣打断："散会。"说罢，她便转身离开了。

顾可虽然有些失落，但并不表现，她早就学会了掩饰情绪，尤其是面对陌生环境里的陌生人，面对不熟悉的人，她永远都是博大而宽容的，知性而通情达理，智商情商都在人上。她明白多说已是无益，李欣或许从一开始便没打算让她插手，她只能用实力说话，一切的抱怨只不过是因为自己懦弱。她回到座位上，开始研究起公司的设计风格，正好可以利用这段时间韬光养晦，摸清公司和市场的路数，厚积薄发。

第十三章 机 遇

顾可已经连续一周都在加班。这一日，所有人都走光了，她依旧在熬夜奋战。桌子上摆着一杯咖啡，她端了起来，喝了几口，揉揉眼睛，继续做功课。虽然新品设计并没有让她参与，但是她已经决心自己单独设计一款，以证明自己的实力。她不甘心，别人能做到的，她不会差。

她的设计已经有了雏形，是以动物为主题的钻戒——两只天鹅紧紧依偎，水乳交融，脑袋紧贴，翅膀连成一片，形成一个好看的心形，翅膀上点缀着星星白钻，眼睛饰以红宝石，尊贵而奢华。

Cherish 董事长蒋辉想要利用李欣的设计"蓝色星空"拉到投资，可是显然并没有达到预期的效果，所以，他才会义无反顾地支持林启峰开启新人培养计划，他们公司需要新的活力注入。想到这里，蒋辉才松了口气，合上了资料，准备下班。此时已是晚上9点，员工们都已经打卡下班，也只有他这个董事长会这般劳心。站得高，肩上的担子也就越重。

当他走下楼时，发现顾可依旧在伏案加班，他的嘴角欣慰一笑，走了过去，敲了敲桌子，顾可抬眸，蒋辉却猛地一惊，这个女孩，跟当年的罗丽简直如出一辙，那倔强不肯认输的眼神、那清秀明朗的音容。他有些晃神，想起当年，那时他还只是蒋氏的大少爷、Cherish 总经理，而她只是他手下的一名小小的设计师，她工作很努力，每天都会加班到很晚，而他，总是会等她下班才离开。

顾可并不知道他就是董事长蒋辉，很随意地叫了一声"叔叔"，蒋辉才从回忆里抽离。

"这么晚了，怎么还在加班？"

"我之前不是珠宝行业的，很多地方还需要学习，打算好好研究一下这次的设计。"

蒋辉脸上有欣慰之色，思量片刻问道："你家里可有什么人吗？父母是做什么的？"

顾可眼神黯淡下来，目光里有些悲怆，狠狠地咬着嘴角，似是有几分恨意："我……我是个孤儿，无父无母。"

蒋辉也就不便再问，现在仔细看来，她和罗丽也只是有七分相像，可能，是他想多了吧。

蒋辉看到顾可桌子上的设计图，拿起来翻看，又拿起她记满笔记的本子，细细翻阅一番，冲顾可赞许一笑："不错。"

顾可嘴角浅笑："那我就放心了。"

"立意很好，设计感也很强，再稍微精致一些，会更好。"蒋辉补充道。

"我没有参加新品设计，只是设计着玩玩，所以粗糙了些。"

蒋辉却是一惊："这是为什么？我看你完全有这个能力。"

"我没有接触过珠宝设计，可能大家都觉得我没有经验吧。"她没有说李欣，因为她知道公然谈论领导的决定，本身就不妥，所以便委婉地用了"大家"这个词汇。蒋辉却没有答话，只是说要送她回家，顾可也就不便提起。

他把顾可送到楼下，她冲着蒋辉挥手："谢谢叔叔，再见。"

车子扬长而去。顾可转过身，猛然发现威廉站在她身后，吓了一大跳："你要吓死我呀，什么时候站在我后面的？"

威廉面色冷峻，眸子里弥漫了一丝阴邪："叔叔？你是真天真，还是假天真？"

"你猜？"见威廉更是丈二和尚摸不着头脑，顾可笑笑，"我不知道他什么身份，但是看他的模样在公司里定然是一个元老，再加上加班这么晚，一定是个大人物。"

威廉不可思议地看着顾可，刮了一下她的鼻翼："你还挺能算。"

顾可吐了吐舌头："他到底是谁呀？"

威廉假装掐指一算的样子，然后突然吃惊地瞪大双眼："天皇老子。"

顾可眉头微皱："你是说，他是董事长？"

威廉点了点头，顾可痴愣住："天哪，上班第一天，我竟跟董事长交哥们儿，哇！我是天才吗？"

威廉冷冷瞥了她一眼："公司无兄弟，同事不朋友。"

"我懂。"顾可嘴角浅笑，一副完全可以掌控分寸的样子。

顾可不得不承认，她初见蒋辉，是有意拉近距离，但是对他尊重亦是真情。

电梯里，顾可一脸八卦的表情凑近威廉："哎，你跟李欣什么时候在一起的呀？竟然神不知鬼不觉，把我们瞒得好惨。"威廉的脸上似是迷蒙了一层冰霜，冷冷地瞥了她一眼，她就很不服气地冷哼一句："不说就不说呗，凶什么凶！"

她顿了顿又道："我明天再去看看房子，现在，我就更不能打扰你了。"

他也并不说话，顾可跟着威廉上了楼，却被威廉一把关在门外，随即便把她的东西打包两个拉杆箱拉了出来，他说："今天晚上你不能住在这里了。"

顾可一愣，却还是应承下来："好的。"她嘴角浅笑，"谢谢！"转身便要离开。

"你谢我什么？你该怨我。"

"不，我是谢你这么久以来对我的照顾，你收留我是情分，现在你为了避免女友误会赶我走，那是本分。"

她拖着拉杆箱向电梯口走去，威廉坚持要送她，被顾可回绝。她一个人执拗地拉着行李进了电梯，电梯门关上的那一刹那，一滴眼泪在眸子里打转。还有一句话她没说，如果真的在乎一个人，会处处留情，而不是本分，果然，经历了这么多大风大浪，她在他的心里，却依旧没有那么重要；而他在她的心里，却是足够让她落泪、让她受伤。这漫长黑夜，她又可以去哪里？若是有情分，哪怕通融她一天，到了白天搬走也不迟啊，也许他们的感情没有到那个地步……她又有什么可怨的？她在他心里的分量，怎么可能比得上李欣？以前他所说过的喜欢和情深，原来果真是算不得数的。

电梯门打开的那一刹那，她忙拭去眼角的泪，拖着拉杆箱下楼。却没想到在拐角处，看到一位老人躺在地上，她慌忙跑过去。老人昏迷在地，怎么都叫不醒，顾可拨打了120，把老人送到了医院。医生说，没有大碍，可能是天气太热，中暑而已。

"阿姨，您感觉好点儿了吗？"

"好多了，谢谢你，孩子。"

"不客气的。"顾可清浅一笑。

医院检查并无大碍，老人起身便要回家。见她孤身一人，顾可于心不忍："这样吧阿姨，我正好有时间，我送您回去吧。"

"真是太感谢了，像你这样的年轻人，越来越少了。"

顾可将阿姨送回了家，却呆呆地愣在门口。

"怎么啦，进来呀！"

"哦。"顾可慌忙答应，她猜想到这位阿姨可能住在这个小区，可却没有料想到，竟然跟威廉同住一楼，同住一层，还是对门。

顾可走进房间，赞叹不已："阿姨，你家好漂亮啊。"

"漂亮有什么用，太冷清啦。"转而又问，"孩子，你家住在哪里呀？这么晚回去太不安全啦。"

"我……我现在也不知道该去哪儿。"顾可面露尴尬之色。

"你该不会是没有地方住吧。"阿姨一语道破，顾可只得承认。

"太好了，你哪里也不要去，就住在我家吧。我呀，老伴去了，孩子们又都在美国，一个人孤苦伶仃的，有你跟我做伴，我简直高兴死了。"

顾可有些为难："这怎么好意思呢……"

"怎么不好意思了，我一个老人，孤苦伶仃的，有人跟我做伴，就是最大的福气。"

"阿姨，谢谢您，但我不能白住您的房子，以后家里有什么事情，有什么重活儿，统统交给我好了。"

阿姨笑着答应，后来，她才知道阿姨姓李，叫李爱凡。

晚上，顾可躺在床上，辗转反侧，怎么会有这么巧合的事？威廉前脚把她赶走，后脚就误打误撞被一个老太太收留，这不得不让她多想，是有意安排还是无心之巧？她越想越觉得不对劲儿。若是无心还好，若是有心，那威廉对她便是情深似海，如果真是这样，她又怎能心安理得地接受……当即一片胡想，感觉脑袋一阵疼痛，便劝慰自己或许是她真的想多了，哪里有人会如此闲情逸致，绕了这么一大圈就为了帮她。当即便不再多心，独自睡去。

第十四章　复杂关系

顾可第二天来到公司，跟同事们打招呼，可他们都是爱答不理，甚至用鼻孔看她，冷漠的脸色，讥讽的白眼，让顾可倒吸一口凉气。

"欢姐。"顾可对着迎面走来的赵欢礼貌问候。

"我可不敢当。"赵欢嘴角冷笑，眉毛轻挑，阴阳怪气。

"是我哪里做得不对吗？"

赵欢满是轻蔑地打量着她："你可真有本事，竟然让董事长替你说话。"说罢，又是讥讽一笑，转身离开。

顾可丈二和尚摸不着头脑，只好在办公桌前坐下。

李欣走来，将这一期设计新品计划大纲交给顾可："恭喜你呀，好好设计。"

顾可这才明白过来，原来是董事长提议让她参与新品设计，怪不得他们会有这么多怨言。

她将文件放到桌上，心想这下麻烦大了，同事们不知道会怎么嚼舌根呢。她没打算理会他们，爱说说去吧，反正，她身正不怕影子斜，只有拿出实力，才能堵住悠悠之口。她拿起资料，一张张仔细地翻看。笑话，她是水瓶座，最不屑这种无谓的闲话。

工作累了，她便去茶水间准备泡一杯茶，却听到了他们的对话。

"哎，你说咱们公司刚来的那个新人，叫什么来着？"

"顾可。"

"对对，就是她，长得一副狐狸精的样子，没想到还真干得出这事儿。"

"我觉得她的心思一定不单纯，很有可能就是一个心机婊。"

顾可冷眼看着他们，她没有说话，走了进去。有一个人是认识顾可的，她立刻停了下来，另一个女人还在那里巴巴说着。

顾可走近，站在她对面，目不转睛地望着她："你认识顾可吗？"

"不认识。"女人一脸疑惑地看着她。

顾可嘴角冷笑："那你现在认识了。"

女人脸色尴尬，慌忙抽身离去。顾可端起一杯咖啡，倚着桌子，目光定在一片空白处，眼神迷茫而虚无。林启峰恰好走了过来，看到一筹莫展的顾可，用手在她眼前晃了晃，她才回过神来："启峰。"

"又遇到什么问题了吗？"林启峰嘴角微微一笑。

"还不是因为这一次的新品设计，董事长提议我参与，本来应该是一件好事，结果闹得满是谣言，竟然骂我狐狸精、心机婊。"说罢，顾可嘴角冷笑。

"不要在意。"林启峰轻轻地拍了拍她的肩膀。

"我才不在意呢。"顾可似乎真的毫不在意。

事实上，她也确实不太在意，因为她知道，说者往往浅陋无知、心里记恨，用行动证明实力，谣言便会不攻自破，她没有闲情逸致去为这种无聊的事买单。顾可想要离开，林启峰却伸手拉住了她，顾可猛地一颤。他紧紧地握着她的手："我相信你，你永远都是当年那个真诚单纯的顾可。"

她没有说话，良久才道了一声"谢谢"，对他盈盈一笑，抽手离开。

心上人的一句话，便似有魔力一般，让人如获洪荒之力。他在身边，她便什么都不怕。喜欢一个人，有时候就是这么疯狂，他的一句话，就可以给你穿越一切风暴的力量。

她记得莫北曾问过她："你爱的和爱你的人，你会选择谁？"

顾可嘴角浅笑："选择一个我爱的、也爱我的。"

"没有这个选项。"莫北却噘着嘴，不依不饶。

顾可思索良久才说："那就选一个我爱的。"

莫北也是一愣："为什么？大部分女人都是会选择爱自己的。"

"因为我会想法子让他也爱上我。"

"可若是没有爱上呢？"

顾可撇了撇嘴："没想过，就算他不爱我，至少我轰轰烈烈地爱过他。"

或许，这就是她的选择，她一心追求所爱，一心要变优秀，想要让那个他也能爱上她。她像是在进行一场赌博，输赢似乎也已经不再重要，原因简单明了，她就是要爱他，放手一搏，仅此而已。

她顿时精神抖擞，健步如飞地走回办公位。古人有云：木秀于林，风必摧之，堆出于岸，流必湍之，行高于人，众必非之。想到这里，她便更觉得流言荒诞，于是潜心静气，将手头工作处理完，然后随便吃了点盒饭，又开始工作，下午五点才终于结束。

她舒展了一下疲惫的腰肢，喝了杯咖啡，转身走进市场部，要来了一份近期珠宝市场调查报表。此时已经是下午六点，已经有同事陆续下班，顾可仔细翻看文件，直到办公室空无一人，她依旧在认真做笔记。

顾可这两天有些上火，哮喘反复发作，轻咳了两声。

威廉很早就来到这里了，一直站在角落里注视着她。他打了一杯温水递给她，她这才发现他。顾可浅浅一笑："李欣在开会。"

她以为他是在等李欣，好心提醒，威廉却语气冰冷："你就这么喜欢我跟她在一起吗？"

他的声音有些沙哑，闷闷的，夹杂着难言的苦痛，叫人难受，顾可有些诧异："你……你说什么？"

威廉想要说什么，李欣已从楼上走了下来，眸光里闪着惊喜的光芒：
"威廉，你怎么来了？"

威廉转身对李欣微笑："我接你回家。"

顾可不由得多想，"回家"这个词汇值得推敲，他的意思是不是说，
威廉把她赶走之后，李欣便住了进去？想到这里，心里竟有些酸楚。

李欣幸福地冲他点头，挽上他的胳膊。威廉冰冷而淡漠地瞥了顾可
一眼，顾可顿时感觉周身一阵寒气，冰凉刺骨。

威廉和李欣走出 Cherish 大楼，两人坐回车内，威廉的脸色也恢复
了往日的淡漠。他开车离去，送李欣到楼下，李欣下车笑着邀请威廉上
去坐坐，可他却是面无表情地拒绝了，转身便要离开。却不想李欣在身
后紧紧抱住了他，他掰开她的手，语气冰冷："对不起，我们之间只是
演戏，你不需要这么认真。"

"威廉，我没有演戏，我喜欢你。"李欣潸然泪下。

威廉没有说话，继续向前走去。李欣一把抓住了他，失去了往日的
冷静和理智："为什么她可以，我却不可以？"

他停下脚步，眸光逼近了她，冷冷的，像是千年寒冰一般："我一
直奇怪，蒋文希怎么会知道我喜欢顾可的事，你不要告诉我你什么都没
做。"他的嘴角勾起一丝冰冷而邪魅的笑意。

李欣呆愣愣地立在原地，失魂落魄，原来，他都知道。泪水冲刷着
她那张娇美的脸，她感觉自己就是一个失败者，为了可以跟威廉在一起，
用尽手段，可是他却一点都不稀罕。

爱情不是强求来的，也不是对谁好，谁就应该爱你，李欣明白这个
道理，可依然会心存侥幸，总想着，忽然有这么一天，你喜欢的人能够
看到你，发现这些年都爱错了，身边的人才是那个真爱。多么可笑，然
而每个深陷爱河的人，都如李欣一般，抱有这样的期盼。

李欣与威廉走后，Cherish 大楼内便剩下顾可、林启峰还有蒋文希
三人，蒋文希注意到林启峰对顾可的关注，微微有些不悦。

"启峰，我们走吧。"

"不好意思，我已经约了人。"

林启峰说罢，对顾可温暖一笑，似是四月的柳枝，缠绵而温柔。

"还有多少分钟？"

顾可挑眉一笑："再等 20 分钟。"

林启峰乖乖坐在她旁边，低头瞧着她。蒋文希气得双拳握紧，面色极其难看，冷冷地瞥了他们一眼，踩着高跟鞋离去。

顾可看着报表微微皱起眉头："威廉和李欣的恋爱事件，竟给公司带来了三倍的交易额，简直是奇迹。"

"我看，是因为威廉人气太高了，没有一个女人会不喜欢他。"

"这样看来，他还真是个万人迷呢。"说罢，顾可浅浅一笑，漂亮的眸子微微眯起。

林启峰喜欢看这样的顾可，可是心里却又不免醋意横生："你觉得威廉怎么样？"

顾可嘴角勾起一丝邪魅："若是有这样优秀的人做男朋友……"

说到这里，她故作思索地顿住，想看看林启峰有什么反应，他果然耐不住问道："怎样？"

她淡定地喝了口茶，狡黠一笑："没有试过。"

林启峰却是冷哼一句："若是有机会，你也会试一试的？"

"也不是没有可能。"顾可微微挑起凤眸，眨了眨眼，一脸调皮。

他叹了口气说了一句"好吧"，语气里有些失落，顾可见状又说："你怎么不问问，如果换作你会怎样？"

他依旧不动声色，可是眸中却是多了一星亮光："你会怎样？"

顾可微微抿起嘴："那可一定要试试。"

她以为林启峰会说些什么，却没想到他竟然沉默了，顾可也就不再说话，整理好文件，跟着林启峰走了出去。

他转过头看着她，嘴角勾起一丝清浅笑意："你果然还是小女生一个。"

"为什么这么说？我可是要成为女强人的。"

"女强人可不怎么招男人喜欢。"

"那她们也算不上女强人。"

他眸子里更是疑惑："听不懂。"

"真正的女强人，事业上赢得光彩，爱情更是不会输。你所说的女强人，不过是伪强人，不懂给男人留面子的女人，脑子里都缺根筋。"当然还有后一句，她没有对林启峰说，更觉得不是时候。那句话是：聪明的女人想着是怎样尊重男人、驾驭男人，可以很好地掌控爱情。

林启峰和顾可开着车子在马路上行驶，她轻轻摇下车窗，感受夜风习习，好不清爽。

突然，顾可看着林启峰神秘一笑："你猜，我刚才看到了什么？"

"看到了什么？黑夜，路灯、车辆，还是马路？"

"都不对。"顾可摇头。

"那你看到了什么？"

她脸色微微有些泛红，低着头，轻轻说道："傻瓜，当然是你啦！"

林启峰便突然大笑起来，弄得顾可更加不好意思，狠狠地打了他一拳："不许笑。"

"好，好，我不笑。"林启峰拼命忍住笑意。

他带她走进一个胡同，里面很安静，昏黄的路灯高高挂起，安静得只能听到狗吠。林启峰从包里掏出一个灯笼，将它点亮，递给顾可。红烛照射的胡同，顿时有了鲜活的气息，两人一步步踏在青石板路上，像是穿越在千年的古巷，神秘而温暖。

"这是哪里呀？"

顾可说话间，脚下不小心踢到一个凸起的砖块，林启峰一把扶住了她的腰，顾可仿若触电一般，浑身酥麻瘫软，慌忙抽身立正。

"这是金丝胡同，这地方在后海边上，但是完全感受不到后海的人潮。我小时候就住在这边，每当遇到一些难过伤心的事情，都会一个人跑到这里来。"

说罢，他嘴角勾起一丝苦笑，似是回忆起从前。他狠狠地攥紧拳头，咯吱作响。她有些怕了，她还从来没有见到过这样的林启峰，眸子里满是恨意和痛苦。

"启峰。"她小心翼翼地唤他。

他缓过神儿来，没有说话，声音里有些沧桑和哽咽："抱歉，吓到你了。"

两人又闲逛了几处，林启峰便送顾可回家。这一夜，顾可躺在床上，盯着天花板发呆，此时已经是夜里十二点，想起方才林启峰提起过往，眼神里的恨意和痛楚，她微微有些不安。她起身走至窗前，看着这静谧的夜色，突然眼神恍惚起来，光怪陆离的世界，虚无缥缈的霓虹灯，让她情不自禁迷茫起来。

她打开手机 QQ，看到林启峰竟然在线，说道："睡了吗？"

"还没。"便没有了下文。

顾可颓废地倚着窗户，期待着他能发起一个什么话题，却像是石沉大海一般没有了音讯，她只好继续道："在干吗？"

"想东西。"

顾可嘴角上扬，眉眼处有一丝挑逗的意味，她说："我也在想东西，只可惜你猜不出。"

"哦？是吗？"

顾可说："那你猜猜看。"

"叮"的一声提醒，顾可慌忙查看，眼睛里闪烁着奇异的亮光，他说："在想我？"

顾可不知道该怎么回复他，是，未免有些不太矜持，可是她真的很想回复"是"，正在犹豫之间，林启峰又发了一条消息："开玩笑了。"并附带着一个偷笑的表情，随即补了一句："睡吧，晚安。"

顾可回复："为什么要跟我说晚安？"

林启峰对于她突然的发问有些摸不着头脑，半天才回复她："有什么不对吗？"

顾可有意试探一下他的心意，她说："晚安是我爱你的意思。"

林启峰似乎有些不知所措，慌忙解释："对不起，我不知道，我真的不知道。"

"那你现在知道了，还会跟我说晚安吗？"

又是很长时间的沉默，久久他才发来一句："不会。"

她懊恼地躺在床上，盯着天花板，像是所有的希望都被抽空了一般。QQ 提示音再次响起，她垂头丧气地拿起来，却见他说："晚安。"

她心里窃笑，迅速打了一句"晚安。"闭上了眼睛，感觉整个天空都亮了。

第十五章　重　用

　　第二天上班的时候，顾可发现自己的座位上多了一个加湿器。最近天气比较干，她的喉咙一直发痒，偶尔哮喘复发，上不来气，没有想到，会有人这么体贴，但是纵观整个公司，估计也就只有林启峰会做这样的事。当下心里大喜，只是她并不知道，这是威廉买来放到那里的。

　　顾可忙完手头的工作，已是 11 点半。她拿起新品设计稿，向林启峰办公室走去。

　　"林总经理。"她走到他的面前，面容带笑。

　　"是你？"

　　顾可嘴角勾出一丝微笑，坐了下来，微微蹙眉："很失望？"

　　林启峰浅浅一笑："不，是惊喜。"

　　顾可将设计稿递给他："我想请总经理帮我看看这份设计稿，可以吗？"说罢，冲他眨了眨眼。

　　他大概翻看了一遍："想法不错，可以实施。"

　　林启峰说完，低头翻看文件，顾可却并没有离开的意思。

　　"还有别的事吗？"林启峰抬眸望向她。

　　她摸摸肚子，浅浅一笑："好饿呀！"

　　他有一瞬间呆滞，随即恍然大悟，看了一下表，此时正是 12 点，原来，她根本就不是让他帮忙看设计稿，而是想约他吃饭。这个小丫头，林启峰的心里一阵欢喜，脸上却依旧波澜不惊地看了顾可一眼，向外走去。

"中餐？西餐？"

顾可淡定地跟过去："当然是中餐。"

他们去了附近一家中餐厅，两人有说有笑，这一切看在威廉的眼里，却如同万箭穿心一般疼痛。他此刻正坐在对面的咖啡厅，这已经是他的习惯，中午的时候，他总会坐在这里，凝望 Cherish 大楼，希望可以看得见她。

有的时候，她满面荣光，他也跟着开心，有时候，她心情低落，他也会难过。有时候她一个人孤单寂寞，有时候，两个人欢声笑语。他知道，他应该忍耐的，等到一年合约期一过，他就可以随时站在她的身边了，可是，她会等他吗？

他的脸上浮现一丝苦笑，如同吃了黄连一般，再苦也得隐忍。他拨通了李欣的电话，李欣下了楼，两人携手走进那家中餐厅。

顾可看到威廉和李欣，冲着他们打招呼，可是威廉却像是没有看到一般，冷冰冰的，淡漠而疏远，倒是李欣冲着顾可微微一笑。

林启峰喝了杯饮料，疑惑道："怎么，他好像很讨厌你的样子。"

顾可没有说话，嘴角勾起一丝苦笑："可能吧。"

林启峰感觉到顾可的失落，说道："你如果想过去，就过去吧。"

顾可这才晃过神来，瞪大眼睛，用一种难以置信的眼神看着林启峰："你该不会吃醋了吧？"

林启峰心事被猜中，有些难为情，脸色微红，他狠狠地嚼了一口菜："瞎说什么呢！"

顾可心里却不服气，明明是吃醋了，还死鸭子嘴硬。此时林启峰的手机突然响起，他没有接，反而挂断了，脸色有些难看，但依旧强装着淡定，对顾可笑了笑。

"我有点事，先出去一趟，你慢慢吃。"他拿起西服，匆匆离去，顾可失落地看着前方，眸子里有些许落寞。

此时，赵欢正好从外面走来，看到顾可，她停下，语气里颇有讽刺意味："我当是谁呢，原来是公司的小名人啊。"

顾可一听她的语气，火冒三丈，但还是理智地将怒火忍住，转而微微一笑："欢姐，您才是咱们部门首屈一指的大人物。"

赵欢没有说话，冷冷的眸光扫射着顾可，手里端着的热茶，故作不小心打翻，浇在了她的身上。

"疼不疼？"威廉再也看不下去，冲了过来，拉起顾可的胳膊，帮她检查伤势。

他心疼的样子，刺痛了李欣。她徐徐走来，强忍着波动的情绪，低声提醒威廉："你不想让她上头条的话，最好克制一下。"

他放开了顾可坐了回去，眼神复杂得像是一个无底深洞，让顾可有些看不清楚，她的嘴角勾起一丝无奈，转身离开的时候，眼神轻蔑地瞥过赵欢，嘴角勾起一丝冷笑。赵欢飞扬跋扈，顾可一向是不放在眼里的，无非是表面上给她难堪而已，要比背后耍阴招的人容易对付，因此也并不挂心。

晚上，赵欢下班，走出 Cherish 办公楼，便听到一个响亮的口哨，赵欢抬眸，看到威廉，他冲着她冷笑道："上车聊。"

赵欢有些害怕，但还是坐了进去，她说："威廉，你这是要带我约会吗？"

威廉嘴角的坏笑带着讽刺的意味，变得更加猖狂，他说："赵小姐，你觉得我是个什么样的人？"

赵欢看了威廉一眼，笑笑："冷酷、英俊、温柔，你到底想让我说什么？"

他点燃了一支烟，直直逼近赵欢，然后，吐了出来，烟雾缭绕中，威廉邪魅而带有杀气的笑，像是魔鬼一般，他说："我是有底线的，顾可是我朋友，你要是敢欺负她一次，我绝不放过你。"随即，他又笑笑道，"当然，顾可的朋友，也就是我的朋友，有什么事需要帮忙，我自然会帮她摆平，所以我说，聪明人喜欢交朋友，只有笨蛋才喜欢树敌。"

赵欢看着威廉，嘴角勾出一丝勉强的笑意："您的意思我会记住的。"说罢，便下了车。

此时，顾可依旧在 Cherish 大楼加班，时不时也会想起林启峰。她只是一下午没见他而已，怎么这样度日如年。顾可叹了口气，爱情果然让人痴狂。

蒋辉走过来："还在加班？"

顾可微笑点头，蒋辉看到她正在翻阅市场部的调查资料，突然来了兴致："跟我说说你都看到了什么？"

"首先就咱们公司的'蓝色天空'来讲，虽然它的销量远远高于以往每一期的新品，但是，这很大一部分要得益于威廉与李欣的恋爱事件。而在这个时间点之前，这款产品显然是没能刺激到绝大部分消费者。我翻阅了公司以往的作品，虽然采用的都是贵重宝石，也就是说宝石的品质无疑没有问题，可是珠宝不仅仅卖的是宝石，更是创意，而 Cherish 近些年的创意显然已经缓慢不前，同时过于强调了销量，导致单品的稀缺性降低，也就是说，已经不再像奢侈品，反而大众化了，失去了珠宝的本质。"

蒋辉双眼闪烁着亮光，说道："继续说下去。"

"这就好比，每个人都希望自己独一无二，可是如果我有的别人也可能会有，这还有什么意思？我建议，公司应该对一等贵重宝石，精心设计打造，只此一款，再对它赋予特殊含义，要把它的销售，做成大型展览或拍卖，只邀请业内知名的收藏家或者从业者购买，并设置购买条件。您知道的，人们对于难以得到的东西总是会有无限的欲望，珍贵与否，还需要我们为客户打造一杆秤。"

蒋辉无比惊奇地看着顾可："你在这行几年了？"

"我刚入行，说实话，还没见过真正的宝石呢。"顾可有些难为情。

蒋辉看向顾可的眼神更加奇怪，随即浅浅一笑："小姑娘，你很有天分。"

"这只是我的个人看法。"顾可腼腆一笑。

"好好整理一下你的思路，做一份企划案，下周一公司召开董事会，我特准你参加。"蒋辉说罢便离开了，顾可傻愣在那里，刚才那位老伯说什么？让她参加董事会，这怎么可能？顾可站在那里足足十分钟，才消化掉这个事实。

顾可想到这里，心情激动，她打开一个文档，开始写企划案，搜集论证，尽量让她的观点可以服人。

第十六章　爱我的人和我爱的人

蒋辉离开之后，顾可一直都在办公室写企划案，直到晚间十点。她的脖子有些酸疼，于是使劲地扭了扭，又狠狠地捶打酸痛的腰，走出了门。不知何时起，外面竟下起了雨，她站在雨里，瑟瑟发抖，胳膊交叉在胸前取暖，缩着脖子。

威廉坐在车里，想要给她撑一把伞，可是他不能。他拿起手机，催促道："到了吗？"

电话的另一边传来 Lisa 的声音："我马上就到。"

威廉面无表情，语气里有些无奈："不要告诉她是我让你来的，你知道该怎么说。"

Lisa 听得有些心酸，说道："我明白。"便挂断了电话。

十分钟不到的时间，Lisa 便赶了过来，她停下车，摇下车窗，看到了被淋成落汤鸡的顾可，微微一笑："上车吧。"

"Lisa 姐，你怎么会在这里？"顾可坐进车里，好奇地问了一句。

Lisa 看了一眼车窗外的雨，眸子里有些感伤，随即对她笑笑："我回家正好经过这里。"

到了家门口，顾可连忙跟 Lisa 道谢，Lisa 微笑着看顾可上楼，目光变得越来越悲伤。她在为威廉悲伤，明明喜欢她，却不能光明正大地喜欢，为她做了那么多，偏偏不能叫她知道。Lisa 叹了口气，威廉的车此时也已经驶来，他从车里走下来，拍了拍 Lisa 的肩膀："谢谢你！"

"你这样做，值得吗？" Lisa 嘴角勾出一丝苦笑。

威廉薄唇微微抿起，失神一般望向远处，嘶哑的声音带着一丝悲痛："值得。"

Lisa 嘴角勾起一丝忧伤，她坐回车内，又想起了什么，摇下车窗，对他微微一笑："记得明天还有一场戏，好好休息。"说罢，车子便缓缓开走，消失在夜色里。

威廉看着这场滂沱大雨，抬眼望向天际，冰冷的雨点敲打着他的脸，值得吗？他在心里一遍遍问自己，闭上眼睛，泪水便顺着脸颊流了下来，混着雨水，咸咸的，那样苦涩。他的心里隐隐作痛，希望这雨可以再大些，再无情些，这样，是不是可以冲刷掉所有的悲痛，连带对她的爱。

顾可此时正在跟林启峰聊天："你喜欢晴天还是雨天？"

他说："雨天。"

她开心得手舞足蹈："是吗？我也喜欢雨天。"

他和她一样喜欢雨天，这种感觉就好像林启峰喜欢的不是雨天，而是喜欢她一样。女人对于喜欢的人，总是有着无穷尽的想象力，想象着他的每一个眼神都是别有深意，揣测着他的每句话都有什么暗示或弦外之音。她们将细节琢磨来琢磨去，精心织就一张情网，寻找他爱自己的蛛丝马迹。殊不知，有些时候，真的只是说者无心听者有意，殊不知他话里三分真七分假，独自沉沦而不自知。

"你有没有听过水瓶座的故事？"

顾可刚发出去，网速突然就变得很慢，竟然没有了信号。她慌忙穿上拖鞋，跑下楼去，来不及找雨伞，也来不及披外套，就那样冲进雨里，信号才终于满格。她俯下身子，将手机护在怀里，看到了他的一条消息："没有。"

她开心地笑了笑，写道："水瓶座是悲伤的，它的眼泪便如今天的雨一般，似乎怎样都流不完。她就像是一朵丁香花，表面上那样的鲜亮，骨子里却是喜欢忧伤。"顾可写到这里，眼睛里已经有一丝泪水。

"你是在说自己吗？"

"你猜。"

林启峰没有了下文，顾可敲打手机键盘，她说："你知道水瓶座为什么爱流泪吗？"

他说："为什么？说说看。"

顾可编写了这么一段话，她说："传说伊是特洛伊城的王子，是一位俊美不凡的少年，他的容貌是连神界都少有的。伊不爱人间的女子，他深深爱着的是宙斯神殿里一位倒水的侍女海伦。这个平凡的侍女曾经在一个夜晚用曼妙的歌声捕获了伊的心。宙斯非常喜爱海伦，尽管她只是一个侍女。可是有一天，海伦无意中听到太阳神阿波罗和智慧女神雅典娜关于毁灭特洛伊城的决定，海伦不顾戒律赶去给王子伊报信，结果在半途中被宙斯发现，宙斯的侍卫们将海伦带回了神殿。宙斯不忍处死她，决定将这份罪状转嫁给王子伊，可是王子长得俊美异常，宙斯心动，便将王子抓到了天上，代替海伦为他倒水。"

"后来呢？"

顾可很开心，他还是愿意听她讲这个故事的，她继续写道："宙斯的妻子赫拉嫉妒成性，她嫉妒王子的美貌，于是偷偷将海伦放走。获释的海伦自然要与王子私逃下界，这时赫拉再将其当场抓获。被激怒的宙斯决定处死王子，然而就在射手奇伦射出那致命的一剑时，海伦挡在了王子的胸前。赫拉恼羞成怒，将王子变成了一只透明的瓶子，要他永生永世为宙斯倒水，然而水瓶里倒出来的却是眼泪，众神为之动容，于是宙斯便将王子封印在天上，做一个忧伤的神灵。"

雨水顺着泪水滑落，让顾可已经分不清楚，哪个是她的泪水，哪个是天神的泪水。

"那真是个悲伤的故事。"

顾可回复："是啊，我始终相信，雨水也是王子的眼泪，所以，我分外珍惜每一场雨。"

林启峰说："我怎么从来没见你哭过？"

"我在等一个人，遇见他，我会流泪，但是他不会看到，因为我不想他看到我的泪水。"

他说"嗯"，然后又说了一句"晚安"，顾可也敲打了一句"晚安"。

晚安，我爱你，爱你。

威廉站在高楼里，此时正目不转睛地望着她。他已经注意她很久了，从她匆忙跑下楼，站在雨里，拿着手机，边哭边回信息。他的心像被冰冻得没有了温度，愣愣地看着她，看着她为了另一个人受伤心碎，为了另一个人，展露笑颜，她的情绪被林启峰牵扯，已经与威廉无关。

花花世界，鸳鸯蝴蝶，红尘纷扰，情丝难断，有人说，水瓶座的心里都有一个难忘的人间背影，只需要一眼，便要耗尽一生去忘记。其实，年轻的我们，或许都一样，为爱执着，从不犹豫，那些疯狂的曾经，到了老去的那天，躺在摇椅上，一页页翻起，那段热烈的曾经，为了爱一个人而忘记自己，一生之中，至少应该有这么一次。

第十七章　排　挤

顾可刚拿到新品设计计划的项目，李欣却在此时让她先放一放，说有一个客户要求定制一枚珠宝戒指，这个客户是公司的大 VIP，目前设计组的人都忙得焦头烂额，没有人有时间应承这个案子。顾可想要推掉，可是李欣却是铁定了让她负责，李欣是领导，她只能遵从。

可当她拿到这个设计项目的资料时却是一惊。原来，这个客户是一位有名的古玩收藏家，对待工艺品的要求极高，当时销售签单，答应了三次设计不满意，会承诺退还全款，如今，两次设计案被否掉，如果这一次不成功，退款的责任便扣在了她的头上。

她嘴角冷笑，李欣是有意要为难她，果然面善心不善，肯定是因为威廉和自己亲近，心里早已开始记恨，而她竟还以为李欣会真的不在意。中国有句古话讲，唯小人与女子难养也，尤其和女上司是情敌，仕途必然不顺。

但顾可天性洒脱，当即也就不再多想，开始搜寻这位古玩收藏家的资料。这位收藏家姓李，叫李文龙，37 岁，最喜欢古董字画，擅长文房四宝，近年来也做起了倒卖名品的生意，在拍卖会上挣得不少钱。顾可后来又拜访了李文龙几次，参观了他的艺术展，交流了一下对于艺术的理解和审美观念，对他的需求有了更为深入的了解，便着手开始设计。

在此期间，李欣却突然以新品设计项目需要尽快上线为由，提前一周审查新品设计稿。顾可这几日一直都在忙着李文龙的设计案，根本就没有时间做新品设计稿，她的设计方案便毫不留情地被否决。顾可找到李欣，想要她缓和两日，她却根本不理会，只说是上边领导的意思。顾可自知李欣是有意刁难，却也无能为力。

一周过后，李文龙的定制设计案已经完成。顾可时时沟通，可是李文龙迟迟不回应她，只是推说自己很忙。她只得拿给同事查缺补漏，后又交给李欣审查，李欣便借由说自己忙不过来，拒绝了她。顾可知道她是怕担责任，便尽力说服她看看，她只是扫了两眼说再去修改。顾可修改了一日又交给她，她还是说不行，来回两次，顾可已经明白，她无心帮她审查，眼看再过两日便是交涉日期，李欣一定是想拖到那个时候，顾可不得不提交，即使客户不通过，李欣也担不上一点责任。既然已经想明白，顾可索性就把设计案交给了李文龙。谁知当天还说好，过了两天需要交尾款的时候，却突然又变了，挑出了几处毛病。比如这里设计不美观了，那里设计不好了，硬要退款。

顾可开始慌了，随即便沉了气，今天无论如何，她都要把李文龙约出来，当面谈谈。想罢，便打过去电话，李文龙却依旧是不接，顾可只好给他去了一封短信。

"李先生，我想和您约一个时间，帮你把款项退还，您看方便吗？"

李文龙看后，见是退款，也就答应了。顾可和他约在了星巴克，她足足等了两个小时，李文龙才赶过来。只见他西装革履，皮鞋锃亮，一身名牌，手表是百达翡丽的，在阳光下更是闪烁着耀眼的光，浑身精致得不容许有一丝不协调，整个人看上去像是一个工艺品。可看上去太完美，就会有些不真实，并不是很舒服。顾可嘴角浅笑，果然这个人对美的追求是有强迫症的。

李文龙坐下，等着顾可开口，他原以为顾可会怎样吹嘘自己的设计，用力说服他不要退款，却没想到她反而很镇定地跟他探讨艺术。一提到艺术，李文龙便不似先前感觉无聊，竟添了一些兴致。探讨一个来回，顾可放下手里的咖啡，嘴角浅笑："李先生觉得维纳斯为什么美？"

"断臂。"

"如果接上了呢？"

"没有先前美。"随即他嘴角勾起一丝意味深长的笑，"顾小姐是在给我下套啊。"

顾可没有接茬，反而转了一个话题："李先生感觉自己的这一身形象怎么样？"

他自豪一笑："完美。"

"没错，只可惜太过完美。"顾可眉头轻皱。

他一愣："哪里不妥？"

"我说出来怕李先生生气。"

李文龙自觉跟顾可聊天很有趣，当即也就不计较："没关系。"

她抿嘴一笑："李先生本身就长得白皙，胡子刮得太干净，如果添上一撮胡子反而更符合您的气质，还有……"

李文龙震惊道："还有？"

顾可点了点头："我从李先生身上闻到了不识人间烟火的味道，浑身上下竟没有一丝平日活动的印记，没有内容。"

说到这里，她便不再说话，只注意观察着他的神色，他突然哈哈大笑："你这姑娘，是来给我上课来了。"

"不知道这一节课李先生还满意吗？"顾可壮着胆子问。

"满意。"他顿了顿又道，"不过，我不可能只凭你这三言两语就不再退款，我还需要再考虑考虑。"

顾可听到这里大喜，却并没有表现得很激动。太过高兴，反而漏了底气，让别人看低了自己，以为她是一个不入流、没见过世面的设计师，那刚才高逼格的作秀就功亏一篑了。

第十八章　真假扑朔

却说在星巴克与李文龙谈完已是七点，顾可当即也就只好回家，正坐在书桌前准备下笔绘画，却不想接到林启峰打来的电话，约她出去。

她下楼望见了他，他的衣着要比平常休闲很多，下身穿着一条深蓝色牛仔裤，上身只是穿着一件皮夹克，看起来却是青春了很多。她走近，他笑笑帮她打开车门，顾可坐了进去，系好安全带，车子驶离。

"林启峰。"顾可坐在车里痴痴地望着他。

他注意到她的眸光，有些不好意思，脸色微红，心里却很受用："看够了没？"

顾可慌忙收回目光，假装没么回事，长长的睫毛微微卷曲，扑闪扑闪的，很是可爱。

"你要把我拐卖到哪儿？一经拐卖，我可是不会退货的。"

他说："听你的。"

"那去电影院好了。"

林启峰看向了她，眸子里有一丝讶异："看电影？"

她点点头，一脸坏笑地看着他："就看《撒娇女人最好命》吧。"

林启峰只好无奈地说了一句："好，听你的。"

进入会场，林启峰给她买了一大桶爆米花，让她坐在凳子上歇着，自己排队买票。原来，在喜欢的人面前，她也不过是个小女人，也乐于做一个小女人。旁边有一对小情侣，听嗓音是一个东北女孩儿，让男朋友歇着，自己忙里忙外买票，等到回来的时候，对男朋友吆五喝六："你都懒死了，跑两步能死啊，给我拿着票！"

男人被骂得灰头土脸，怎念女孩的好？甩脸走人，女孩生气地站在那里直跺脚："我为你付出那么多，你凭什么这样对我？"

顾可看在眼里，很同情女孩，也同情男孩。首先，对于买票排队这种事，女友应该让男友代劳，你也可以和他一起，满足一下作为雄性动物的保护欲和成就感。好事既然已经做了，就不要再把我对你的好挂在嘴边，实行语言暴力。女孩不懂，男孩也不懂，把一段好好的恋爱谈得支离破碎。

"嗨，要进去了。"

顾可听到林启峰骄傲自豪地冲她摆了摆手，浅浅一笑，走了过去，跟在他身后："谢谢你呀，辛苦了。"

他的眸子里闪烁着亮光："为你服务，哥很乐意。"

她坐在他身旁，当演到张慧的暗恋对象小恭，为了女友伤害张慧，张慧独自一人消失的时候，张慧抱着一个雕塑说："我没有朱铭下刀得快，总是犹豫，而这次我却毫不犹豫地把自己伤得遍体鳞伤，可是我又不是石头，我也会疼。"顾可强忍着泪水，林启峰握住了她的手，她的嘴角才勾起了一丝笑意。

"启峰，是不是先爱上的人就注定一败涂地。"她含泪问他。

"我也不知道。"他笑笑，挠了挠头。

她有些失落，她暗恋他九年，整整九年，如果一旦输了，她不知道自己会怎样，是不是也会像张慧那样，失掉所有力气。

顾可和林启峰走出放映厅，看到靠在吧台上的威廉。他摘掉墨镜，看向顾可，嘴角勾起一丝冷笑："是你？"

顾可突然有些心虚，冲他浅浅一笑："嗨！"

威廉没有理会她，李欣这时从不远处走了出来，见气氛有些尴尬，她优雅一笑："这么巧，在这里碰到你们。"

"是啊，好巧。"顾可笑笑道。

李欣故意调侃："没想到林总经理和顾设计师这么有情调，不知道的还以为你们是在交往。"

"不是你想的那样，我们……"顾可刚要解释，却被林启峰打断。

"我们的确在交往。"说罢，他看向威廉，眸子里带着一丝挑衅，似乎是在强调自己对顾可的所有权。

威廉的眸子弥漫上一层冰冷，彻骨的寒意让他感觉到一丝麻木。

顾可吃惊地看着林启峰，呆愣愣地站在那里，头脑一片空白。他拉上她的手，她跟在他的身后，像是被掏空了灵魂一般，眼神痴迷而缥缈，那样的不真实，她刚才一定是在做梦。

威廉看着他们离开的背影，拳头攥得嘎吱作响，冷冷的眸子里，充满了愤怒，可那愤怒里却压抑着太多的痛苦和悲伤，似是要将他碾碎一般，让他喘不过气来。

顾可被林启峰拉到一处天台上。晚风有些凉，扑面吹来，人似乎才有了几分清醒。她痴痴地望着他，眼神里似是弥漫了一层雾气，声音喃喃似是梦呓："你刚才说什么？"

林启峰脸上泛着红，却并不是害羞的红，而是一种局促和不安："什么？我……"

"你刚才说我们在交往，你为什么要这么说？你真的要跟我交往吗？"她望着他，一字一顿。

他没有说话，面露难色。顾可的眸子逼近他，祈求一般地看着他："你回答呀。"

他依旧不说话。

"我明白了。"她笑了笑道，"我就当你跟我开了一个玩笑。"她的笑是苦的，苦到了尽头。

"谢谢！"

顾可听到这句话，如同疯了一般，心里难受到了极点。他为什么要跟她说谢谢。

"你跟我谢什么？"

他又是一阵沉默，良久才说："对不起。"

林启峰真的不知道，每次看到威廉那样看着顾可，他就受不了，他不喜欢他那样看她，所以，他竟然说出了那些话。他或许是喜欢顾可的，但又总觉得缺少了些什么。

天台的风有些凉，顾可看着林启峰内疚的表情，于心不忍："你不需要自责，我也没有当真，只是奇怪而已。"随即对他笑笑道，"爆米花有些干，你能不能帮我买杯饮料？"

"好，我马上去。"他脸上划过一丝惊喜。

顾可看着林启峰离开的背影，泪水顺着眼眶流下，她拼命地吸了一口气，深呼吸，把眼泪擦掉。她看这茫茫夜色，眼睛有些迷离，为什么生活中总是有这么多真真假假，让她看不清楚。

林启峰走了过来，把果汁递给顾可，顾可笑着道谢。凉风吹过，她打了一个寒战，林启峰脱掉了外套给她披上。

"谢谢！"说罢，顾可慌忙扭过头去，长发飘飞，挡下了那一滴眼泪。

"我们走吧。"她害怕时间久了，会伪装不下去，她的泪水会不听话。她对林启峰灿烂一笑，然而，只有她自己知道那笑是多么伤痛，难怪有人说水瓶座的笑是悲伤的。她笑得有多灿烂，心里就有多悲伤，只可惜，没有人能看懂水瓶座的笑容。

两人坐回车内，林启峰把她送到楼下。

顾可对他微笑道别，刚走进电梯，威廉也走了上来。他面色冰冷，顾可突然轻轻咳了起来，有些哮喘，上气不接下气。威廉从衣服兜里掏出一盒药扔给她，她掏出药，吃了进去，才稍稍好些。

"谢谢！"

"少吃些爆米花。"威廉冷冷地说了一句便走出电梯。

顾可回到房间，拿着那盒药躺在沙发上发呆，因为私下里李阿姨与威廉关系密切，她说："李阿姨，威廉也有哮喘病吗？"

李阿姨被她问得一怔，随即笑笑："他怎么会有哮喘病呢，他的身体好得很呢！"

"确定吗？"

"当然确定，威廉可是跆拳道冠军呢。小的时候，听说有一个叫什么胡三儿的，他还打掉了那人一颗门牙。"

"阿姨，你说什么？什么胡三儿？"顾可猛地愣住，眸子里满是惊讶之色。

"怎么了？不对吗？"李阿姨怔在了那里，疑惑地看着顾可。

顾可此时想起那次他给她买药，那个牌子的药跟七年前的一样，陆哲……陆哲以前就喜欢把她的药带在身上。不可能，怎么可能，顾可难以相信地摇了摇头，泪水溢出眼眶。

她跑了出去，使劲敲打威廉的房门，可里面一声回应都没有。

"威廉！"她狠狠地拍打着他的房门。许久，门打开了，他拿着一个酒瓶，喝得酩酊大醉，不耐烦道："吵什么，臭女人。"

顾可推开门，走了进去，她手里拿着那盒药，质问威廉："你怎么会有这种药？"

"我也有哮喘，难道就只许你有？"他拿着酒瓶，继续灌酒。

"好，那你告诉我，你是不是练过跆拳道。"

"跆拳道？很早就开始练了，怎么，现在想让小爷给你练两拳？"威廉故意嬉皮笑脸。

顾可见他不肯承认，便冲他大喊了一声"陆哲"，他的嘴角似是抽动了一下，却并没有答应。她继续喊道"陆哲、陆哲、陆哲"，眼泪便"唰"地流了下来。威廉眼角也有些湿润，他看向她，眸子里有一丝冰冷和不屑："谁是陆哲？"

顾可走近他，漂亮的眸子逼近威廉那双冰冷的眸，似是要把他看穿一般："你真的不知道吗，还是在装傻？"

"你童话故事看多了吧。"

"那胡三儿呢？李阿姨说，你曾经打掉胡三儿的一个门牙，你怎么解释？"

威廉眼里掠过一丝忧伤，拿起酒瓶继续喝酒。顾可一把夺了过来，撕心裂肺道："你究竟还要装多久？起初我就觉得很奇怪，为什么总是会从你的身上看到他的影子。"

威廉依旧是不说话，走了过去，从抽屉里拿出一张照片，又拿出自己的身份证，扔给顾可。她看着眼前的照片，那是两个少年的合照，大约有十七八岁，右边的那个人是威廉，左边那个人是陆哲。

"你们认识？"顾可疑惑道。难道又是她想多了吗？

威廉点了点头："我们以前认识，是一个跆拳道馆的，陆哲跟胡三儿有些过节，我跟陆哲一起打过他，陆哲后来去了美国，就再也没有回来。"

"对不起，是我搞错了。"

"他对你来讲一定很重要吧？"威廉很想知道答案。

顾可没有直接回答，只说是陆哲是她弟弟，所以才会这么激动。

威廉似是不甘心，继续试探："我有他的联系方式，你要不要跟他联系一下？"

"不必了，打扰了。"顾可慌忙打断。说罢，转身离开。

她重重地躺在床上，看着天花板发呆，公司的复杂关系、林启峰的犹豫、陆哲的躲闪，一切事情都扑朔迷离，让她瞧不清楚，竟也如这夜色一般，不可猜，不可说，一猜便错，雾里看花。

这个世间，充斥着太多的真真假假，越是想要看明白，越是雾气弥漫。当你觉得自己看清时，往往又是一个假象，或许，这世间便是如此模糊，你的推测和结论，只是你的臆想，人心最会如此。

第十九章　巴黎之约

第二天上班，她精神抖擞，满怀热情地和每个人打招呼，昨天的烦心事似乎一觉醒来便淡忘了，或许，她只是假装淡忘了。

"今天很开心嘛！"

赵欢看着顾可不忘挖苦，顾可也不跟她一般见识，微微一笑，坐回自己位置，开始工作。

她认真查看数据报表，泡了一杯咖啡，喝了起来，她现在没有心情斗嘴，忙于整理今天开会的文件。她去了一趟洗手间，看着镜子里的自己，做了一个加油的手势，又走了回来，拿上那份文件走向董事会会议室。

林启峰见顾可容光焕发，心情大好，笑笑道："今天心情不错？"

"当然，必须的！"

林启峰突然捂着嘴咳嗽起来。

"怎么咳嗽了？"

"可能是昨天晚上在天台受风了。"

"吃药了吗？"

他面对她的关心，有些逃避，脸上有一丝尴尬。她慌忙扭过头去，不再说什么，大踏步走进会议室。

顾可的位置在林启峰对面，她坐了下来。蒋辉看向在座所有人，脸上带着一丝微笑："今天，给大家介绍一下新成员顾可，以后大家要多多照应。"

"我叫顾可，是一名珠宝设计师，以后还望各位领导和董事多多指教。"顾可站起来，脸上洋溢着自信的微笑，说罢浅浅鞠躬，礼貌得体。

"就 Cherish 最近的经营状况，大家汇报一下工作吧，有什么建设性的建议或想法随时提出来。"蒋辉的眸光瞥向众人。

蒋文希第一个站起来提议："'蓝色星空'最近正在热卖，销售额翻了三倍，其他产品的销量也在上升，我觉得市场形势大好，很有必要多发展一些珠宝代理商，扩大我们的销路，比如现在正在兴起的微商行业，就值得我们去做。"说罢，各位领导也都点头道好。

蒋辉看了一眼顾可，她立刻明白了他的意思，站了起来："蒋副总的想法很值得敬佩，但是有些方面我觉得欠妥。第一，从数据上来看，不论是'蓝色星空'还是其他的系列珠宝，均是在威廉与李欣的绯闻事件之后销售额才得到空前提升，而在此之前，甚至有回落趋向。我仔细查看了一下公司近几年的珠宝设计成品，虽然每年都有变化，可却缺乏创新，而且单品之间差别不大，设计作品也偏重于市场化、大众化，缺乏独特性。第二，目前珠宝市场炒作太过于厉害，出现了珠宝行业的泡沫，如果这个时候加大生产，无疑将会增大风险。第三，代理商重质不重量，微商行业兴起，商业秩序以及法律制度并不健全，不乏浑水摸鱼之人，一着不慎，将关乎 Cherish 珠宝品牌。所以，我建议，首先，放手让新人去做设计，不要有条条框框，鼓励创新。其次，专注于珠宝的设计，而非简单的抄袭、修改，珠宝卖的是工艺，不单是商品。最后，可以寻找一些大公司做代理，做 o2o 模式，线上线下结合，至于微商静观其变。"

顾可说完，整个大厅一片肃静，她补充一句："以上是我的个人看法，谢谢！"说罢，便坐了下来。

"我赞成顾可的提议。"蒋辉靠在椅背上，悠悠道。董事们也都纷纷表示赞成，顾可脸上露出浅浅的笑意。

会议结束后，有几个领导和董事主动跟她道喜："恭喜啊，年轻有为，前途不可限量。"

她慌忙道谢，直到人走光了，才松了口气，收拾桌子上的文件。蒋文希走了过来，恶狠狠地瞪着她了句"恭喜"，转身离开。

顾可站在那里想笑，却是一点也笑不出来，她看着自己的影子，自怜、孤独、寂寞、空虚纷至沓来，她不知道该怎么形容现在这一刻的心情。总之，开心是那样的单薄，一冲即散。

两天之后，公司召开紧急会议，据说林启峰要去巴黎参加设计展，当然，还需要带一名设计师，但是谁暂时还没有商榷。

顾可趴在林启峰的桌子上，柔声请求："林大总经理，这次去巴黎可不可以带上我呀？"

"不可能。"

"为什么？"顾可有些懊恼。

他放下手里的文件，看向她，义正辞严道："这次是去办事，不是去游玩。"

"我就是去办事的呀，保证一不哭二不闹，好不好？"她有些不服，祈求一般的眼神望着他，可他依旧不同意。

真是冷血无情，顾可离开林启峰的办公室，恰好碰到蒋辉，礼貌地打了个招呼。蒋辉似乎是想到了什么，说道："对了，我记得你说过还没有见过真正的宝石对吗？"

顾可疑惑地点了点头，蒋辉微微一笑，继续道："那你就陪林启峰去巴黎设计展吧，我待会儿会把邮件发给相关人员，你做好准备。"

顾可简直不敢相信，她开心得差点儿跳起来，但这里是公司，必须淡定，她笑了笑，甩了甩头发，整理了一下衣服，故作优雅地离开。

上机那天，顾可看了一眼坐在一旁的林启峰，不免有几分嘚瑟，想要气气他："就算没有某人，我一样会被选中。"

"你没有听过棒打出头鸟吗？你这样就不怕有人找你麻烦？"

"麻烦？无非就是些闲言碎语，我不在乎。如果因为怕就不敢争取，那才是真正的蠢蛋。"她冲着他灿灿一笑，又道，"你该不会是担心我吧？"

他似乎有些害羞，故意不回答她的话，转移话题道："对了，我听李欣说，有个客户要退款，你应该留下来处理。"

"不劳您挂心，我跟李文龙已经说明情况了，他同意等我回来再谈。"她嘴角浮现一抹胜利的笑。

"这都可以？"他难以置信地看着她。

"为什么不可以？"顾可努了努嘴，"瞧不起人。"

"李文龙可是出了名的怪人，很难摆平，你又用了什么鬼点子？"

"怪人就需要一个比他更怪的人摆平喽。"说罢，顾可凤眸眯起，神秘一笑。

机长开始广播，说了一大串英语，顾可系上安全带。飞机起飞，看着窗外的风景都在瞬间倾斜，她激动地睁大了眼睛，心跳加速。突然发现飞机的翅膀在颤抖，吓得她慌忙抱紧林启峰的胳膊，指向窗外："快看呀，它的翅膀在抖！"

林启峰微微一笑："正常。"

她这才尴尬地放手，随即摆出一副"我很懂"的样子装高冷。林启峰看着她的神情努力憋着不笑。

空姐开始发放食物。顾可整理了一下衣服，挺直身子，优雅地坐在那里，假装经常坐飞机的样子，礼貌微笑，十分淡定，右手撩上耳边的碎发。

空姐递给她一杯橙汁，顾可笑笑："多少钱？"

林启峰刚喝下去的橙汁差点儿吐出来，他替她接下橙汁，向空姐道谢，空姐便笑着走开了。

"不要钱的。"他望着她，一脸无奈。

顾可脸色有些红涨，懊恼地说了一句"讨厌"，低头不语，林启峰却是偏着脑袋饶有兴致地看着她。

"不准看。"顾可赌气将他的头转过去。

到了法国，已经是第二天的正午。Cherish 在法国也有分公司，分公司的经理叫朱林海，早早就派人接机。顾可和林启峰一下飞机就跟着他们去了安排好的五星级酒店。

顾可简直是累坏了，她把行李摆放整齐，换了一身衣服，躺在床上，就那样呆愣愣地躺着，过了许久，才站了起来，走到饮水机前，倒了一杯热水，拿出一包咖啡粉，泡了起来。她用勺子轻轻搅拌，拉开窗帘，依靠着窗子向外看去。

真是个好天气啊，顾可嘴角浅笑，看向窗外，却突然看到几个神秘的人围着林启峰。她正好奇，猛然发现其中一个男人大衣下藏着一把匕首，匕首正对着林启峰的胸膛。

他们把他押上了车，顾可手里的杯子"哐当"一声坠地，她迅速奔到楼下，拦下一辆出租车，追了过去。他们把他带到一片废墟处，对他拳打脚踢，顾可冲了过去吼了一声"住手"，推开他们，飞奔到林启峰身边，眼圈发红。

"你怎么样？疼不疼？"

"你怎么在这里？"

"我刚才在楼上看到他们抓走了你，就偷偷跟来了。"她轻声说着，语气里有些哽咽。

林启峰嘴角勾起一丝苦笑："你怎么这么傻？"

只见那几个老外叽里咕噜地说了些什么，顾可一句也听不懂，她害怕地看着他们，直到外面来了一个中国人。她简直不敢相信自己的眼睛，那个人正是胡三儿，虽然七年未见，但是，他就算是变成了鬼，化成灰，她都认得出来。

"怎么是你？"顾可望着胡三儿满是惊讶。

胡三儿也是一惊，眉头微微皱起："顾可，你……你竟没死。"

林启峰咳了两声，他本来身体就不舒服，再加上他们的拳打脚踢，显得有些虚弱："你们认识？"

胡三儿哈哈一笑："真是冤家路窄，这个世界太小了。"说罢，嘴角勾起一丝冷笑，"怎么样，林启峰，想不到我们还会再见面吧？"

林启峰擦掉嘴角的鲜血，冷冷地看向胡三儿："你到底想怎样？"

胡三儿抽了一根烟，依旧吞云吐雾："我想要怎样？你该不会把当年出卖我的事忘得一干二净了吧？我会搞成今天这副模样，全都是拜你所赐。当年，你让阿九跟我接线，把那批假的珠宝混进 Cherish 市场，并告诉我万无一失，被查出来，也会替我兜底。结果呢？我被警方追捕，你们却逃之夭夭，害我被迫沦落异乡，弄得现在人不人鬼不鬼。"

顾可前段日子查看公司资料的时候，注意到了两年前的珠宝假案，当时对 Cherish 来讲，一度造成了危机，销售额急剧下降，人们对它的信任度极低，还好，最终在警方的帮助下，查到了真相，Cherish 才摆脱那场危机。只是，她绝不相信这件事是林启峰做的。

"这里面一定是有什么误会。"顾可替他辩解道。

林启峰没有说话，也没有看向顾可。胡三儿笑道："误会？不会有误会，他是什么人，我比谁都清楚，"说罢，他转身走向林启峰，"好不容易落在了我的手上，我应该怎么折磨你呢？"

胡三儿嘴角冷冷一笑，揪住林启峰的衣领，狠狠一拳打在他的脸上，又一脚踹在他的肚子上。几个人把他按住，胡三儿从怀里掏出一把匕首向林启峰刺去，顾可冲了上去，挡在前面。胡三儿慌忙收住匕首，在距离顾可身体不到一厘米的位置停下来。

"让开！"胡三儿冷冷地说道。

林启峰也吓出一身冷汗："顾可，这不关你的事，你走开！"

顾可没有说话，看向胡三儿，眸子里蓄满了晶莹的泪："拜托你，不要杀他，只要放过他，你要我做什么都行。"

"顾可，我已经不是以前的胡三儿了，可以为了你什么都不要。"胡三儿说罢，嘴角勾起一丝冷笑。

"我知道。"她的眼角有一丝湿润。

胡三儿抬眸看向了她，叹了口气："如果你答应留在法国陪我，我就放了他。"

"你做梦！"林启峰咬牙道。

"我答应你。"她的声音决绝而坚定，"反正在这世上，我没有亲人，留在哪里都是一样。"

胡三儿笑笑，随即要带顾可走，林启峰突然想起了什么。

"等等！"他说，"我愿意用'厄运之星'交换顾可，我知道你一直想得到它。"

胡三儿停住脚步，对着林启峰冷冷一笑："你哄我，'厄运之星'几十年前就下落不明。"

"我既然敢说，就一定有。明天，我把宝石交给你，你把顾可还给我，从此你我恩怨两消，井水不犯河水。你要知道，世上这样的宝石仅此一颗。"林启峰看了看他，眼神坚定。

胡三儿挑眉，嘴角扯出一丝阴狠的笑："好，很好，那我明天就在这里等你。"说罢，便带着顾可离开。

林启峰回到五星级酒店,给祥瑞珠宝集团的老总冯秋实打了个电话。

冯秋实接通了电话："怎么了？启峰。"

"叔叔，您现在应该是在法国吧？"林启峰语气里有几分急迫。

"我在法国，有什么情况汇报吗？"冯秋实疑惑道。

"有。明天早上，巴黎展会见。"

第二日巴黎展会,·林启峰和冯秋实躲开外人耳目，进了一家酒店。祥瑞珠宝集团与 Cherish 集团是竞争对手，两家公司明争暗斗，两人私自见面，难免会惹人怀疑，于是他们找了一个隐蔽的地方坐了下来。

"什么事？"冯秋实背对着林启峰，缓缓吐出一口香烟。

"冯叔叔，我想借'厄运之星'。"林启峰低垂着头，有些忐忑。

"'厄运之星'？"冯秋实冷笑，"你要它做什么？"

"我一个朋友被人绑架，必须要用'厄运之星'赎回。"

"林启峰，你该不会是指那个叫顾可的小姑娘吧，你是不是对她动情了？"

林启峰慌忙解释："我这也是权宜之计，绑架顾可的就是当年混入假珠宝的胡三儿。如果他把假珠宝的事情说了出去，我在Cherish难免会行动不便，引起他们的怀疑，到时候恐怕会坏了我们的大计。"

"我们也可以什么都不管，直接报警好了，警察未必可以查得出来。"

"可万一查出来了呢？这件事情就包不住了，一着不慎，全盘皆输的局面，冯叔叔也一定不想看到吧。"

冯秋实面色阴冷地看了他一眼："我可以借你一用，但是，你必须保证给我安全带回来。"

林启峰点头答应。拿到"厄运之星"后，便即刻赶去救人。他带了些人手，让大家在不远处隐藏着。他独自走了过去，胡三儿一行人果然等在那里。林启峰拿出一个精致华贵的首饰盒。

"现在，可以放人了吧？"说罢，他打开了盒子，胡三儿以前做倒卖珠宝的生意，对真假珠宝一看便知，他走近确认无疑，嘴角才勾出一丝笑意："一手交货，一手交人。"

林启峰将珠宝慢慢向他递去，另一只手拉着顾可，快步走回车内。

只见四面包围的人手冲了进来，两帮人马打在一起，林启峰开动汽车，离去。到了晚上，有个人走进宾馆，拿着那串珠宝在林启峰耳边低语了一阵，便走了出去。

林启峰似是丢掉了所有的力气，瘫软在地。顾可叫住了他："启峰。"

他慌忙打断了她："饿不饿，要不要吃点儿东西？"

她点头答应，两人坐在餐厅里随便点了些东西。这是她第一次吃法餐，却没想到，是在这样的情况下，是以这样的心情。林启峰怎么会是那起假珠宝案件的主谋，她怎样都不相信。

顾可点了一份法式奶油烙土豆，要了一杯咖啡。此时已是晚上，她搅拌着杯子里的咖啡，默不作声，浅浅品尝一口，苦涩的滋味便在舌尖蔓延开来。她嘴角苦笑，望着远处发呆。

"晚上喝那么多会睡不着的。"他轻声说出这句话。

顾可便放下手里的咖啡，她说："我们出去走走吧。"

他陪她走在巴黎的街道上，凉风习习，到处可见接头拥吻的情侣。走至一个开阔的广场，正中央是一个巨大的音乐喷泉，她抬眸，停下脚步，只见星空璀璨、月光皎洁，清风撩人。

"好漂亮啊！"顾可用期待而欣喜的眼神望向天空。

"为什么你不问我那件事？"

"如果你想告诉我，你自然会说。"

"那都是以前的事情了，我也是被人陷害的。"他解释道。

她笑笑，眸光坚定："我知道，我一直都知道，你是绝对不会做这种事情的。"

林启峰惊讶："你相信？"

顾可点点头，林启峰继续说道："你会告诉他们吧？"顾可疑惑地看了他一眼，他继续说道："无论如何都是我错了，珠宝确实是假的。"

顾可摇了摇头，笃定地看向他："我会站在你这边的。"

"为什么？"

"因为我喜欢你。"她冲他吐了吐舌头笑笑，"我这算是表白吗？"

还没等她说完，她的嘴唇便被他的唇覆盖，他吻着她，是那样的温柔，就像是蝴蝶亲吻花蕊，露珠亲吻荷叶，温柔、缠绵，她回应他，深深拥吻，浪漫了巴黎的夜。不知何时，音乐喷泉响起，清泉喷溅在他们的衣服上、头发上，他们也浑然不知。直到顾可有些喘不过气来，他才停下，尴尬得脸色通红。

这时他们才意识到浑身已经湿透，他们站在那里，浑然不顾那些天降泉水，那样痴痴地望着彼此的眸，而眸里只有彼此的影子。

恍惚中，时光停滞，他日少年，今日爱人，她嘴角在笑，她成功了，她做到了，九年的喜欢，漫长的烙印，终于有人将它拾起，放在胸口焐热，漫漫长夜的孤独和虚妄，终于有了交代。

等他们回到酒店，顾可换了一身衣服，林启峰把她拉到自己的房间，拿上吹风机，细心地帮她吹头发。

"你的头发真好看。"

顾可低头笑了，眼神里满是温柔，她的嘴边还有他残留的温柔和清香。想起那个吻，她忍不住摸了摸嘴唇。

林启峰反手把她箍在怀里，用下巴磕着她的头顶，吻着她秀发里的清香，说："我好久都没有这么开心过了。"

"我也是。"顾可满足地笑笑。

他把她身子摆正，面向自己，看向眼前娇滴滴、害羞得满脸染着红晕的女孩，在她额头上轻轻吻了一下。

他坐在沙发上，她轻轻躺在他身上，林启峰突然叹了口气道："只是可惜，今天的珠宝展我们没有参加，估计会错过很多商业机会。"

"对不起。"

他轻轻点了点她的额头："我们之间不要说对不起，好不好？更何况，这件事情是我连累了你，是我对不起你。"

顾可冲着他噘起嘴："都说了不要说对不起嘛！"

林启峰便笑了，他的笑还跟年少时候的一模一样，那样温暖，脸颊处依旧带着那对好看的酒窝。顾可忍不住伸手去摸，林启峰笑着问"干吗"，顾可躺在他的怀里，认真道："我以前上高中的时候，总是觉得这对酒窝有着非一般的魅力，总是梦想着有一天可以亲手摸摸，没有想到这个愿望也成真了，就像做梦一样。"

"还想摸哪？浑身上下都交给你。"林启峰坏笑，顾可被他说得脸上一红，懊恼地捶打了一下他的胸膛。她的手很小，握起来只有柿子般大小，柔柔绵绵地打在他的心坎上，他觉得此刻的自己真是幸福极了。

顾可停止了打闹："你今天没有去参展，朱林海那边有没有什么反应？"

"我提前跟朱林海说有急事，直接让他去展会展示了一下珠宝，明天怎么也应该去一趟。"

顾可点头，打开电视机，上演的是一部韩剧——《我的女友是九尾狐》，正是大结局，九尾狐为了男友甘愿放弃生命，魂飞魄散。她的眼泪便流了下来，林启峰慌忙帮她擦掉，想起今天她舍身为他挡刀，当下又是一阵感动。

"今天晚上就别回去了。"林启峰抱着她道。

顾可脸色更红了，林启峰只当她会错了意，慌忙解释："我不是那个意思，我是说，我不会对你做什么的，我……我只是想这么抱着你。"

顾可哈哈大笑起来："笨蛋，我又没说会怎样。"

林启峰脸上的红晕直逼耳根，顾可笑得更加明媚，她突然站了起来，用手勾起林启峰的下巴，坏笑道："不过，你今天没有经过我的同意就吻我，这个账要怎么算？"

林启峰有些紧张，满脸无措。只见顾可邪魅一笑，继续道："我这个人呢，很小气，被占了便宜就一定要讨回来。"说罢，她强忍着"扑通扑通"跳动的心脏和手心冒出的汗，那一抹红唇伴着微微发烫的脸颊凑了过去，吻上了林启峰的唇，林启峰的心瞬间便融化殆尽。

"你会一直喜欢我吗？"她想问出口，却又觉得幼稚至极，只是若有所思地紧紧抱着他，似乎这样才能够永久。

小的时候，她听过林忆莲演唱的《至少还有你》：我怕来不及，我要抱着你，直到感觉你的发线有了白雪的痕迹，直到视线变得模糊，直到不能呼吸。时至今日，她才明白，情深才会至此，恨不得与你一夜白头，两不相负。

两人在床上躺了一夜，相视而眠，第二天醒来，相拥一笑。顾可觉得最幸福的事莫过于此，睡前最后一眼是喜欢的人，醒来第一眼也是喜欢的人。她帮他打好领带，他帮她拎着挎包，走出了门，打了一辆出租车直接去了珠宝展会。

"哇！"顾可的眼睛从一进门就瞪得圆溜溜的，真是没有想到，这些珠宝简直比电视上还要漂亮耀眼一百倍。

她在一个展柜前停下，望着那株四叶草项链发呆，惊讶道："这个不是我设计大赛的作品吗？怎么会在这里？"

她不知道，这个是威廉为她制造的惊喜。Cherish集团最近资金短缺，这是上等的祖母绿宝石，这款珠宝造型复杂，工艺水准要求很高，工期会很长，因此，Cherish把它搁置了，原本打算资金周转过来再开工，没想到竟然会出现在这里。

"这个是怎么回事？"顾可惊讶道。

朱林海笑笑："这款珠宝是威廉昨天晚上连夜送来的，说是Cherish总部的新款，没想到，这款产品真是惊人，为我们谈下不少合作客商，更有人出高价想要买入，但是威廉特意嘱咐说，这款产品是非卖品。"

顾可突然怔在那里，Cherish根本就没有开工做这件珠宝。前段时间，威廉拿走她的设计稿说要用用，难道这是他特意打造的？他这么做，是为了让她可以在巴黎珠宝展会上打下名气。

林启峰似乎也看出了其中的故事，也不说破，只是站在一旁，默不作声。

"那……他人呢？"顾可还是没忍住问道。

"他来得挺急的，刚一说话，就差点儿晕倒。估计是太累了，工作太忙，听说还有一场戏快要杀青了，连夜又赶了回去。"

顾可只是轻"哦"了一句，心里却是波涛汹涌，威廉总是会做出让她大为吃惊的事，他怎么这么傻。

林启峰见顾可若有所思地站着，双眼定格在一片虚无，心里大不是滋味，用胳膊碰了碰她："怎么了？"

"没……没有。"顾可慌忙回神。

一位法国太太走了过来，双眼定格在这件四叶草项链上，用一口蹩脚的中文说道："太漂亮了！"

"谢谢！"

"这位设计师一定是一个非常有爱心的人。"她继续夸赞。

"谢谢您的赞美。"顾可礼貌致谢。

法国太太看了她一眼："你的作品？"

顾可笑笑，算是肯定她的答案。

"多少钱？"她很感兴趣地看着眼前的项链，意犹未尽。

"不好意思，这个是非卖品。"

外国太太显然很遗憾的样子，频频摇头，然后递给顾可一个名片："如果有什么新的作品，或者是什么收藏品，请打这个电话，我会很喜欢。"

顾可看着那张名片，只见上面写着一堆法文，她也不认识，便把它装进了口袋。

顾可久久难以回神，一个背影慢慢远去。她不知道他是谁，却落泪了，那个背影是那样悲伤、失落、绝望，他走在一片长满茂密榕树的古巷，天色昏黄而阴暗。她想要拼命喊他的名字，却不知道他是谁，她想要追过去，却又迈不动脚，她无助，像是那个人偷走了她什么东西，心里空荡荡的。突然他回眸，她猛地一惊：威廉，是威廉。

第二十章　我说，朋友，我再也说不出口

为期三天的巴黎之旅终于结束，林启峰和顾可回到国内。到达顾可住的地方之后，林启峰帮顾可把行李搬上楼，打算去她的房子里坐坐，毕竟，他现在的身份不一样啦。

顾可打开房门，却看到威廉正坐在她家的沙发上，旁边还坐着一个女生，顾可挑逗道："呦，新女朋友。"

赵梦婷嘴角勾起一丝笑意："好久不见。"然后猛然发现跟在她身后的林启峰，惊讶道："林启峰！"

林启峰笑笑："好久不见。"

威廉看到林启峰和顾可在一起，虽然内心不悦，但还是对着他们微笑。他们四个人，终于凑在了一起，无论如何都是一件值得高兴的事。

赵梦婷激动道："咱们四个人总算是聚在一起了。"

"不，还差一个。"顾可神情有些失落。

"先把他算一个。"赵梦婷笑笑，拍了拍威廉。威廉无奈，本来就有他，偏偏是透明人。

"既然大家今天好不容易团聚，我们就像高中一样，骑上脚踏车，去吃烧烤，去 KTV 唱歌，怎么样？"顾可提议。

大家立刻表示赞同，于是尘封在地下室的两辆脚踏车终于得以重见天日。顾可坐在林启峰车上，赵梦婷坐在威廉车上，四个人，两辆脚踏车，凑着月光、染着星光、踏着灯光，沐浴在这微暖的时光里，仿佛又

回到了那个十八岁的年纪。

顾可和赵梦婷唱起了三毛《梦里花落知多少》结尾的歌：记得当时年纪小，你爱谈天我爱笑，有一回并肩坐在桃树下，风在林梢鸟在叫，我们不知怎样睡着了，梦里花落知多少。

她轻轻靠在林启峰背上，想起当时年少的情形，幸福地眯起眼睛。她还从没敢想过，有一天，她会靠他的背上，像今天一样。

马路上的人很多，他们四个唱着笑着，完全无视路人。他们来到一家烧烤店，坐了下来。那是一个露天广场，能够看到星星，就像当年学校旁边的露天米线店一样。

顾可突然扑闪着那双月牙般的可爱眼眸，神秘兮兮道："我要告诉你们一个久藏我心的重大秘密。"

三人都笑着看着她，赵梦婷催促道："别神秘了，快说来听听。"

顾可看了一眼林启峰，嘴角勾起一缕奸笑"我请求陛下的免死金牌。"

"朕准了。"林启峰大臂一挥，好像自己真是皇帝似的。

顾可这才肯说："你们记不记得咱们学校旁边有一个露天米线店？"

赵梦婷立刻叫道："记得记得，我还去那儿吃过东西呢。"

顾可清了清嗓子："我啊，当时跟林启峰去过一次。后来呢，有一回他把我气着了，我泪流满面地跑到那家米线店。当时老板娘以为我跟他是情侣，就问我，是不是我男朋友遇到了什么事，我就跟她说我男朋友癌症晚期。"她狂笑起来，"最后，林启峰来找我，老板娘都没好意思跟他要钱，还一直淌眼泪。"

"哦，我想起来。我说老板娘怎么变得这么大方了，我问顾可是怎么回事，她还跟我开玩笑，说是老板娘看上我了，想把她家闺女嫁给我。"林启峰恍然大悟一般。

赵梦婷捂着肚子笑个不停。威廉也跟着笑了起来，可是天知道，他心里有多难过。这些欢笑，这愉快的气氛似乎并不属于他，他只是一个隐形人。

威廉嘴角微微抽痛，在这场爱情里，他始终都是隐形人，默默喜欢，一个人演绎着喜怒哀乐、悲欢离合，到最后，只是感动了自己。她不懂，他一次次尝试着走进去，却被一次次关在门外，灵魂有了缺口，无法填补，孤独肆意来袭，他的城，该如何坚守？

顾可停住了笑："梦婷，这些年你都跑哪去了？怎么跟威廉混在了一起？"

赵梦婷咬了一大口羊肉串："唉，快别提了，林启峰走了，你走了，后来陆哲也走了，就剩下我一个孤家寡人，于是我一赌气，念大学的时候直接去了日本，这一去就这么多年啦。"

"那你还走吗？"林启峰问道。

"本来还想走的，可是一见你们，我就好舍不得呀！"

顾可感慨："是啊，一别就是这么多年，大家都是音讯全无，这次重逢，应该感谢苍天。"说罢，她已经举起酒杯，三个人也一同举起，随着一声"干杯"，大家热泪盈眶，数不尽的悲欢自胸膛涌来。流离他乡的孤独，成长的苦痛，生活的艰难，往事的老去，在朋友面前，都会——浮现，因为，他们是彼此的盔甲和港湾，足够融化那些旅途的艰难。

顾可还想要倒酒，威廉拦下她："身体不好就不要多喝。"她顺从地放下，最近哮喘一直反复，还是应该注意一些。

林启峰的脸色就不大好了，他摸摸顾可的脑袋，拿起烤好的羊肉串喂她，顾可甜蜜地张开了嘴，他的手搂住了她的腰。

威廉猛地愣在那里，冷冷的眸光看向林启峰抱紧顾可的手，赵梦婷也是一惊："你们？你们两个……"

"对了，忘了告诉你们，她现在是我的女朋友。"林启峰嘴角笑笑。

威廉面无表情，眸子里尽是强装的淡定，可他骗得了别人，骗不了自己，鼻子酸酸的，眼睛也有些酸痛，他慌忙离身："不好意思，我去一下洗手间。"说罢，转身离去，赵梦婷跟在威廉后面离席。

威廉走进洗手间，冷峻的脸上，一滴眼泪不堪重负地流了下来。赵梦婷走了进去，轻声道："别这样。"

"这可是男厕所。"威廉勉强一笑。

"我知道啊。"赵梦婷一脸无所谓。

此时男厕恰巧走出一人，她冲着那人打了声招呼："嗨！"那人的裤子还没有提上，吓得慌忙逃走。

赵梦婷走近，递过去一张纸巾，说："你为她付出那么多，可都不叫她知道。最后，她还是选择了别人，这样做真的值得吗？"

"值得。"他没有多说，只此两个字，却异常决绝，听得赵梦婷心里一酸。

"你这么喜欢她，还好我当年有自知之明，提早悬崖勒马，才有幸没被搅和进来！"赵梦婷自嘲一笑。

"所以，我才会说你是我们四个中最聪明的那个。"威廉抬眸赞许地看着她。

赵梦婷抽动了一下嘴唇，却怎样也笑不出来。两人走了出来，见林启峰和顾可两人还在亲密，赵梦婷轻咳一声："嘿，别甜蜜了，我这条单身狗可在这儿摆着呢。还没到七夕，就打算发狗粮啊？"

顾可马上讨好道："别生气，来，我也喂你一个。"说罢，拿着羊肉串递到赵梦婷面前。

"这还差不多。"赵梦婷笑道。

几个人又说笑了一会儿，便去了一家KTV。顾可和林启峰合唱了一首《两只蝴蝶》，威廉坐在沙发上一直嗑着瓜子，还不忘讽刺几句："老掉牙的歌，还唱得这么难听！"

赵梦婷拍了拍他："老兄，忍忍吧，谁让你一开始就把自己当成蜡烛，还自诩燃烧自己点亮别人，你这就叫搬起石头砸自己的脚。"

从KTV唱歌出来，四人重新骑着那两辆脚踏车，原路返回。

似乎时间都停在了这一刻，这一刻的友谊，这一刻的爱情、这一刻的欢喜、这一刻的悲伤、这一刻的隐忍，全部定格。背负着各自的酸甜苦辣，被清风吹拂，渐渐清醒。

我说，朋友，我再也说不出口。关于你的记忆，从未曾溜走。你一直都是我的城池，有你们的地方，从来不会失守。

第二十一章　暗度陈仓

回国后第二天上班，顾可刚走进办公室，发现赵欢竟然坐在她的位置上，而她先前的东西已经不复存在。

顾可惊讶极了，拉住郝萌萌问道："这是怎么回事？"

郝萌萌小声说道："你给李文龙的那个设计案，客户不是要求退款吗？李欣姐认为你没有设计的能力，出错太多，而市场部那边正好缺一个新媒体运营，就跟蒋副总申请了一下，把你转到了市场部。"

顾可不可置信地听完这句话，嘴角勾起一丝冷笑，看来，李欣是不会轻易放过她了，现在又牵扯出一个蒋文希。顾可知道，蒋文希和林启峰曾经有过一段感情，真没想到，他们竟然假公济私。或许，他们心里也的确惧怕她的能力，毕竟，她前两次太过锋芒毕露，现在他们都恨不得将她打压下去，以保护自己的位置。

顾可笑笑，没有找李欣理论，只是干脆利索地去市场部报道。她这个人偏偏有个特点，别人越是阻碍她做什么，她就偏要做出个成绩让人瞧瞧，总之，坚决不让别有用心的人得逞。

市场部的经理姓张，叫张怀远。张怀远早就跟顾可打过几次交道，知道她心气儿高，有野心，偏偏又有才华有能力，深受蒋辉重视，于是更是视她为烫手的山芋。他本不想要她，只是蒋文希亲自下了命令，他只好遵从。虽然他表面上对顾可好言好语，但内心却想方设法打压她，以保全自己的位置。

张怀远只管让她每天做最简单的工作，复杂些的从不让她沾手。顾可听说，蒋辉近段时间去了美国谈项目，一时半会儿不能回来，就算回来，也未必能解决她的工作问题，于是当即下定决心，拼命工作，想办法摆脱这种被动的局面。

林启峰知道这事后，也无能为力，见顾可心情压抑，便决定带她去酒吧放松一下。下班后，两人来到酒吧，林启峰想要顾可喝点柔缓的，她却执意点了酒精度高达53度的特基拉。

饮酒时，先在手背上倒些海盐末吸食，然后用腌渍过的辣椒干、柠檬干佐酒，恰似火上浇油，酒烈香醇，似乎只有这样酣畅浓烈才能抚平心中的不顺。

顾可喝了几杯，顿时感觉心情开阔许多："你说，咱们公司的人际关系怎么就那么复杂，为什么就不能见着别人好呢？"说罢，又是一杯下肚。

林启峰也喝下一杯："早跟你说过枪打出头鸟，你偏不听，现在后悔了吧。"

"鬼才后悔，总有一天，老娘还会杀他个片甲不留。"

"好，那这杯酒就祝你杀他个片甲不留。"两人又喝了许多，顾可有些醉了，一路上都在嘟囔着"片甲不留"。

把她带回了家，放到床上，看着熟睡中的顾可，嘴角忍不住笑笑，脸颊凑过去，忍不住想要亲一下，却不想她正好翻身，也就作罢。林启峰帮她盖好被子，也在床上躺下。他极力克制自己，却不想她一个翻身，睡梦中抱住了他，他更是欲火燃烧，有些难以把持，慌忙关灯出门，在书房里睡了一晚。

第二日顾可起身，见自己依旧穿戴整齐，未免有些欢喜，欢喜他懂得尊重她，不敢对她亵渎，同时又有些失落，怀疑自己是不是没有足够的魅力。她走了出去，却见林启峰做了满满一桌子的饭菜，腰部还围着一个围裙。

"醒了？"他抬眸望向她。

"这是谁家的男朋友，这么厉害？"

林启峰自然是骄傲得很："可惜了，他家的女朋友却没有这个手艺。你说，他女朋友怎么这么笨？"

顾可知道他是故意的，反而笑道："女朋友呢，还是笨点儿好，要是也像他这么能干，那不得伤了他身为男人好大喜功的面子？多不好意思啊，这叫体贴。"

"伶牙俐齿！"他笑笑，"赶紧吃饭。"

顾可做了一个胜利的表情，乖乖地吃起了早餐。

这一天，Cherish 集团召开了新品发布会，设计师们会登台展示自己设计的作品，顾可和林启峰早早便赶到现场。

主持人站在台上，邀请设计师代表发言。这次总共有五款设计单品，最后压轴的自然是李欣的作品。

其他人已经展示完毕，主持人说道："现在我们需要展示的是本届新品设计的冠军作品——一款由李欣总监创作的'戏水天鹅'。"

顾可听后猛地一惊：她怎么也选取了天鹅作为设计原型？只见李欣走上舞台，打开手里的戒指盒，一枚钻戒映入眼帘，那是一对白天鹅相互依偎缠绕的造型，竟然取自顾可的设计雏形，只不过在上面做了一些精细的调整，大体上却是一致的。顾可气得咬紧嘴唇，手里拿着的汽水瓶，被她攥得咯吱作响。

她恨不得立刻闯上台，揭开这个秘密，可是她不能，因为在座的全是媒体记者，到时候整个 Cherish 都得买账，她只能忍着。李欣似乎是在台上看到了她，嘴角上的笑更为明媚。

李欣走下台后，却假装无辜道："顾可，不好意思，我在设计名单上写着你是主设计师，我只是从中指导辅助，我也不知道主持人怎么会犯这样的错误，竟然把你漏掉了。"

顾可也不说话，只是笑笑，抬眸望向她："是吗？那简直太巧了，没准再巧点儿，其他设计师的名字也都给忘了，只记得欣姐，到时候就更值得庆祝了。"说罢，她嘴角冷笑。

李文龙也在现场，他是 Cherish 请来的贵宾，看见顾可，急忙向她走来。李欣看见他，正要上前招呼，却没想到他根本不放在眼里，也不理会，迫不及待地问顾可："为什么没见你的设计作品？"

顾可看了一眼李欣，没有说破，只是清浅一笑："那段时间都忙着给您设计首饰了，我没参加。"

"那就太可惜了，你给我设计的那款设计作品只有最后的'戏水天鹅'可以媲美，不过，还是不如你的好。"李文龙叹息地连连摇头。

李欣听他这么说，面子更是挂不住，也不打招呼，径直离开。

"我跟你说，我一个法国朋友看了你的设计方案，赞不绝口。他可是世界顶级珠宝收藏家，能让他看上的东西少之又少，他甚至提出高价要夺爱，我硬是不卖。"说罢，李文龙更是得意。

"那您还需要退款吗？"顾可挑眉一问。

"顾小姐说笑了，我巴不得多几个呢。只是这样的好东西，不能多，否则就没有价值了。"他故意打哈哈一笑，继续说道，"那你看看，什么时候这款珠宝能开工了？"

顾可面露难色："这个现在不归我管了，只怕我帮不到您。"

李文龙问及原因，顾可便将事情原委告诉了他。他却是不依，非要找领导解释清楚。顾可知道，李欣和蒋文希是故意针对她，即使李文龙将这件事解释清楚，对她免责，她们依旧会想出别的借口。欲加之罪，何患无辞。但她还是愿意试一试，只要有万分之一的机会。想到这里，她的眸子亮了起来，"戏水天鹅"的原设计稿在她那里，即使李欣不会承认，她依旧可以拿这件事情来威胁她。这么好的一个把柄，她怎么就没有想到呢？但随即一想，恐怕公司也会想办法保李欣弃顾可，她不免又有些伤感。除此之外，李欣的软肋便只有威廉，如果威廉知道李欣如此做事的话，一定会看不起她，而李欣最不想的就是这件事情发生。虽然这一招不算光明磊落，但是对付她就必须用这个办法。于是拿定主意，当即只需等待李文龙的交涉结果，事实上，她也不想把事情做死。

当天晚上回去，顾可接到李文龙的电话，他说，他已经找李欣和蒋文希谈过了，希望可以帮到她。顾可谈笑道："辛苦了，有时间请你吃饭。"他欣然答应。

第二天上班，果不其然，公司一点儿动静也没有，并没有发出任何人事调动的邮件。第三天、第四天也是依旧。等到第五天，顾可终于走进李欣的办公室。

"欣姐。"她笑得很明媚。

李欣也抬起了头，嘴角微笑："什么事？"

顾可坐了下来，语气平静："欣姐，我特别喜欢您设计的'戏水天鹅'。只是好巧啊，我今天突然发现，我那里怎么会有一堆的设计原稿，你说，我该拿它们怎么办才好呢？"

"你不会那么笨的，你比任何人都清楚该怎么办。"李欣笑笑，似乎很是自信。

顾可嘴角一笑："是啊，跟欣姐相比，我没有名气，也不是大牌，不过，我有一个好朋友叫威廉。"

李欣一怔："你想怎样？"

顾可见她表情起了波澜，悠悠说道："我呢，要求不高，只想做设计，别的也不敢想。"她顿了顿，嘴角浅笑，"我会等你的答案，但你最好不要想得太久。万一我心情不好，做出些可怕的事，你可千万别怪我没提醒你。"她笑笑，转身便要离开，突然又停了下来，回头望向李欣，补充道："我这个人不记仇，别人对我的坏，很快就会忘记，可别人对我的好，我会永远记得。你以前一直是我崇拜的偶像，我也不想这样做，但是，人不犯我，我不犯人，人若犯我，宁为玉碎我也不为瓦全。"说罢，转身离开。

李欣望着她离开的背影，心情复杂，也说不清究竟是什么感觉，气愤、羞愧、恼怒、忌恨，统统打翻，苦涩难耐。

　　果不其然，还没等到下班，人事部便发了一封调动邮件。邮件中写道：经过调查，顾可在李文龙设计一案中并无过错和责任，双方已完美解决，因此特予以调回原工作岗位。

　　顾可嘴角含笑。即便李欣再难对付，只要她还在乎威廉，那么以后李欣对顾可便不再构成威胁。李欣若是肯罢手，她也不会紧追不放。至刚易折，上善若水，仇恨这种东西，她懒得记。

　　瓶子的聪明绝对不是耍小心机，一般表现为大智若愚，她不想把事情点透，也不想结交仇家，她宽容博爱，只要对方从此不犯，她都会既往不咎。她有一肚子的鬼点子，但从不轻易算计别人，倘若有人对水瓶座耍心机，他们只会把他玩儿死，从不手软。这就是爱憎分明、性子刚烈的水瓶座。

第二十二章　禁不起的失望

那是个好天气，没有雾霾，天空是湛蓝的，几朵白云飘浮在空中，看起来，有些不像北京。

早晨七点，林启峰准时来接她上班。她心里一阵微热，坐进车内，他将一杯温热的豆浆和包好的早餐递给她，她含笑接过。

两人一起走进 Cherish 大楼，举手投足间流露出一丝温柔和亲密。两人走进办公室，他附身在她耳边轻声说着什么，她乖巧地点头，脸上笑意温柔得如同樱花一般。

蒋文希刚好经过，心里涌动一股酸涩："这里是公司，不是让你们来谈情说爱的。"说罢，冷漠地看着顾可，目光转而定格在林启峰身上，声音略有柔和，"林启峰，来一下我办公室。"

顾可知道，她就是七年前抛下林启峰去美国的前女友，虽然现在已经是孟氏大少爷孟杰的未婚妻，和林启峰之间再无可能，可她心里还是有些醋意。

"启峰，你为什么会跟她在一起？你不会真的喜欢上她了吧？"蒋文希不解地看向林启峰，声音里竟有些哽咽，但依旧还是强装着平静。

"我们现在在交往。"林启峰回答得不咸不淡，特别平静地说出这句话，把蒋文希撇得一干二净。

她听到这里，眼里的失落和悲伤又添了几分，似有泪光闪动："果然人心都是会变的。"

"变心？你似乎没有说这句话的资格吧。"他嘴角勾出一抹冷笑，蒋文希便不再多说什么，看着林启峰转身离开的背影，喃喃道："我……我也是逼不得已。"

顾可整理了一下设计稿件，往洗手间的方向走去，经过茶水间时，听到几个女人正在议论自己。

"顾可还真会攀高枝，前段时间是蒋董事长，现在又是林总经理。"

"不要脸！"

"就是！"

"我跟你说，她心机深着呢，别看长得挺温和的，心肠狠毒着呢。"

顾可没有说话，也没有停下来，甚至没有抬眼看她们，径直走进洗手间。出来的时候恰好碰到赵欢，她一脸不屑和讥讽地看着顾可："真没想到，你的本事还真大。"

"谢谢。"顾可不想理她，便要走开，却被赵欢拦住。

顾可嘴角勾起一丝冷笑："你想怎么样？"

"你不累吗？为了上位不择手段。"

顾可冷冷看了她一眼："你为什么这么讨厌我？"

"因为你总是喜欢跟别人抢东西。"赵欢眸子里涌现出一丝狠毒，浑身散发着难以自控的怒气。

顾可倒是坦然一笑："抱歉，那你只好继续讨厌我了。"说罢，打了一个洪亮的响指离去，"讨厌我的人多了，你算老几。"

赵欢气得咬牙切齿，她走出卫生间，直接去了林启峰办公室。

"什么事儿？"林启峰低着头忙着翻看文案。

"林启峰，你什么意思！你跟顾可到底怎么回事？"赵欢狠狠地咬着牙。

林启峰目光冰冷，不耐烦道："这里是Cherish，你大呼小叫的，疯了吧？"

"我疯了？我是疯了，我为你做了那么多，你为什么都不看我一眼？"她的泪水顺着脸颊滑落。

林启峰站起来锁上了门，转身看向她："赵欢，我很感谢你为我所做的一切，可是，这跟爱情没有关系。"

赵欢擦干眼泪，目光呆滞地看着远方。他轻轻拍了拍她的肩膀，语气也变得柔软，他说："你知道的，我从小就很疼你，把你看作我的亲妹妹。"

赵欢强忍着泪水，喃喃道："我不要做妹妹。"她失魂落魄的模样有几分憔悴，含泪走出了办公室。

顾可使劲扭了扭脖子，捶打着肩膀，林启峰走到她身后，帮她按摩，她一脸惬意道："没想到你还有这手艺。"

此时已是中午十二点，同事们都已下班，见办公室没有人，林启峰将顾可拦腰抱起。

"哎，这里是办公室，这样不太好吧。"

"已经下班了，会有什么人啊？"林启峰说罢，将顾可的碎发抚至耳后，看向她的眸子灼热而温柔。顾可不敢看去，慌忙低下了头，脸颊发烫，却又舍不得，偷眼望去。他将她抱在怀里，他的唇吻上她的唇，她轻轻踮起脚尖，回应着他，两个人像是偷吃到糖果的孩子，心中窃喜而刺激。

突然传来一声轻咳，顾可和林启峰慌忙分开，看到是赵梦婷和威廉，两人才舒了一口气。顾可狠狠白了赵梦婷一眼："吓死宝宝了。"

"你们聊，我还有事，先走了。"威廉阴沉着脸离开。赵梦婷望着威廉离开的背影，眼神里满是心疼。

"他……他没事吧。"顾可有些不解。

赵梦婷笑着说了句没事，便跟着顾可和林启峰一起下楼，到楼下餐厅就餐。原来赵梦婷前两天面试了 Cherish 公司法律顾问一职，今天是第一次上班，于是拉着威廉来送她，却没想到碰到这么尴尬的一幕。

下午公司召开紧急会议，赵梦婷作为法律顾问也被提名参加。

"最近，我发现公司的投资商被祥瑞珠宝集团挖去了不少，他们真是无孔不入。"说罢，蒋辉看了一眼林启峰道，"启峰，你对此有什么看法？"

林启峰听到蒋辉点名让他回答，心里一紧，是他背地里让赵欢查的客商资料，也是他泄露给了冯秋实。他心里虽然忐忑不安，表面上却异常平静，看不出一丝情绪。

他站了起来，面容严肃："我觉得我们应该好好分析一下原因，我认为这可能与我们公司近两年的设计创意不足有关，之后我会督促设计部门把好质量这一关。"

蒋辉没有说什么，示意林启峰坐下，眉头轻皱："现在公司销售额严重缩水，销售渠道被破坏，资金短缺，新一轮的生产部分停滞，就连巴黎设计展，都是威廉出资亲手打造的'幸运之心'四叶草项链，为我们争取到了不少机会。我希望大家可以认真思考一下这个问题，提出建设性的方案。"

蒋文希站了起来，脸上洋溢着自信的光环："资金问题应该可以得到周转。奇珍矿产集团已经答应与我们公司开展新一轮的合作计划，会投资注入大批资金支持这一季度的新品项目，并承诺提供宝石，以低于市场 20% 的价格出售，先付 30% 的定金，70% 的尾款可以等到新品销售完成后，资金回转再予以支付。"

林启峰嘴角勾起一抹冷笑，顾可看得清清楚楚，心里有些寒意。也许，他多少还是在意蒋文希的，或者是恨她，恨她选择了孟家大少爷孟杰，再次抛弃了他。

蒋辉笑着看向蒋文希："不错，不愧为 Cherish 的未来接班人，你没有让我失望。"抬眸又望向了各位董事，"今天还有一个好消息要告诉大家，蒋文希下周一就和孟氏大少爷结婚了，我已经通知了各大媒体，今天下午发布记者招待会。蒋氏和孟氏的联姻，一定会令公司的业务蒸蒸日上，还请各位董事多多支持！"

董事会立刻爆发了热烈的掌声。顾可嘴角抽动，却怎样都笑不出，出神地望了蒋文希一眼。蒋文希的脸上虽然也在笑着，可是眸光里的寂寞与无奈还是那样明显。生在蒋家，背负着蒋氏集团生死存亡的重担，她的婚姻注定不平凡。

会议结束，林启峰和顾可一前一后就要离开。

"林启峰，"蒋文希突然叫住了他，"我想跟你谈谈。"

林启峰望向顾可。她微微点头，走了出去，她明白，他也有过去，而她愿意尊重他的过去。

"你要说什么？"他依旧背着蒋文希。

蒋文希微微怔住，嘴角苦笑："祝福你。"

"也祝福你。"他转身离开。

他竟连简单的几句话都懒得跟她说。她看着他的背影，泪水模糊了眼眸。爱情，对于她而言，就像是奢侈品，她有再多的钱，可以买到再多的东西，可终究买不来爱情，买不来婚姻。在这场商业战争里，她只是一个牺牲品。

顾可正在查找流失的客商资料，她总感觉这事儿并非如此简单。

"怎么在查这个？"林启峰不知何时走到她的身后，不禁皱眉。

"我总感觉事情有蹊跷，虽然公司确实存在问题，但不至于流失得这么快。"

林启峰笑着拉开了她："不要想这些了，这已经不在你的职责范围内了，你只要做好设计就好了。"

林启峰拉开顾可去茶水室喝茶，她喜欢喝菊花茶，他帮她泡了满满一大杯。茶水室里只有他们两个人，顾可放松了很多。她斜靠着玻璃窗，向外看去，天空还是那么蓝。她轻轻嗅了嗅菊花茶，却并没有喝下，微微出神。

"怎么，还在想事情？"

"没有，只是感觉慢下来挺好的。"

他用手拍了一下她的脑袋："你呀，工作就像玩命一样，什么事都追求极致，这样不累吗？"

"No Passion No Life."她笑笑，"这是我的人生信条，你女朋友可是一个相当有原则的人。"

林启峰见茶水室并没有人，这个点也少有人来，于是环上她的胳膊，从身后抱她入怀。

"咳咳。"赵欢不知何时走了进来，轻咳了两嗓子，一脸难堪。

林启峰感觉有些不大舒服，两人便一起离开。赵欢冷冷地看着两人离去的背影，咬破了嘴唇，眼泪不自觉地流入唇角，苦涩难忍。

两人刚走进大厅，便看到蒋文希和孟杰站在那里，对着摄影机和记者微笑。林启峰只是冷冷地看了一眼便走开。

"你没事吧？"顾可以为林启峰放不下蒋文希，心里有些酸楚。

林启峰揉了揉她的头发，嘴角勾起一丝笑意："你是我女朋友，我能有什么事？"

顾可噘着嘴："你真的不难过吗？还是在骗我？"

他把她抱在怀里，抚摸着她的秀发，轻声道："真是个爱吃醋的小妖精。"他的声音如同清风一般，清爽甘甜。他的指尖划过她的秀发，温暖得像是人间四月天。她轻轻看向窗外，似乎每一寸阳光，都在诉说着他的爱。

赵欢站在远处看着他们相拥的身影，手里的饮料罐被捏得噼啪作响，她的嘴角扯出一丝狠毒的笑意，走至一个隐蔽处，熟练地拨通一串号码："我有事汇报。今天晚上，老地方见。"

晚上下班，冯秋实在酒店等着她。他订下了208号房，而赵欢则订下了另外一个房间，以掩人耳目。

冯秋实背对着她，语气冰冷："什么事？这么着急把我找来。"

"蒋文希和孟杰要结婚了，就在下周一。"

"这个消息早已人尽皆知。"冯秋实不以为意。

"大家都知道，蒋氏是做珠宝设计和销售的，孟氏则是北京城屈指可数的宝石矿产商，如果两家联姻，无疑会站稳珠宝界，到那时，祥瑞集团恐怕就难以立足了。"

冯秋实掐灭了烟，叹了口气："的确如此，我也早就料到了，可他们两家是世交，要想拆分离间他们，谈何容易。"

赵欢嘴角冷笑："很简单。"冯秋实挑眉，示意她继续说下去。

"您忘了林启峰了吗？"

冯秋实恍然大悟："你的意思是让林启峰去破坏他们的婚姻？"

"不错，可惜林启峰现在迷上了一个叫顾可的丫头，只怕不愿意。"赵欢提到顾可，不禁咬牙切齿。

冯秋实哈哈一笑："你错了，林启峰为了报仇什么事情都干得出来，更别说一个小小的顾可了。"他像是恶魔一般，眸子里溢满凶狠贪婪的光，盯着眼前的黑暗。

这天晚上，林启峰跟顾可约好要看陈奕迅的演唱会。林启峰上高中的时候就很喜欢陈奕迅，他们分开的七年，顾可去过很多场陈奕迅的演唱会，每一场演唱会，她总期盼着林启峰也会在场，他和她会在不经意间重逢。

看着密密麻麻排队的人群，她习惯性地站在一个高台上，向下望去，林启峰奇怪地看着她："干吗站这么高？"

顾可笑笑，她已经习惯了，每到一个演唱会现场，她都会站在最高的位置上，看着排队的人群，寻找他的影子。她的心里总是留着这些念想。

有一次，陈奕迅要在上海开演唱会，她当即买上火车票，奔到上海。旅途颠簸，她生了病，在异乡一个破旧的旅馆睡了一夜。第二天在去看演唱会的路上晕倒了，被人送进医院。等她赶回去的时候，演唱会已经结束了。她蹲在演唱会门口，哭了好久。

七年后，她买到了这两张陈奕迅演唱会的门票，心里涌现着难以言说的激动。终于，她还是等到了，等到了那个人陪她看一场人间繁华。

　　林启峰的手机响了起来，他避开顾可接通了电话，冯秋实的声音传来，他说："小峰啊，冯叔叔有件事需要拜托你，老地方见。"

　　林启峰犹豫了一下，还是答应了。挂断电话后，他告诉顾可自己有急事必须要走，顾可眼圈有些发红。

　　"别走行吗？"她拉着他的手有些想哭，那是她第一次请求他。

　　他却连连退步："对不起，这件事比较紧急。"

　　顾可嘴唇勾起一丝苦笑，放开了他："你走吧。"

　　他转身离开，没有回眸，就像七年前一样，他离开她，从来都不曾犹豫。

　　顾可蹲在地上弱弱地哭了起来。她一直都在找他。林启峰说过，他想考进北京的学校，顾可到清华北大等各类高校找过他，可都没有找到。而他呢？他可曾找过她？可曾想过她？

　　她打电话给赵梦婷，梦婷说，她马上就到。顾可蹲在高台上，风吹乱了她的满头长发，她感觉此刻的自己就像是条被遗弃的流浪狗。

　　半个小时之后，威廉走了过来，站在一旁，双手插兜："别矫情了。"

　　顾可抬眸见是威廉，慌忙站起身来，惊讶道："怎么是你？梦婷呢？"

　　"她很忙，不能陪你，就给我打了电话。"他的眸光有些复杂，语气里夹杂着些许无奈，随即将眼神挪到远处，不再看她。

　　"你最近不是忙着拍戏……"她的话还没说完，就被他打断，他把手指放在她的唇上，轻轻"嘘"了一声。她呆愣在原地，而他，嘴角张扬着邪魅的笑，牵起她的胳膊走进会场。

　　两人找到座位坐下，此时，会场上已是人山人海。

　　陈奕迅站在璀璨的舞台上，深情地演唱《等你爱我》。

等你爱我

哪怕只有一次也就足够

等你爱我

也许只有一次才能永久

可能是我感觉出了错

或许是我要的太多

是否每个人都会像我

害怕相见的人已走了

也许从未曾出现过

怎样去接受才是解脱

等你爱我

哪怕只有一次也就足够

等你爱我

也许只有一次才能永久

是否爱情都会有折磨

可我不承认这么说

注定等待你

我已足够

歌声隔着数百米的空间，漫过数万人潮，一声声打在顾可心里，就像来自遥远的梦一般不真实。天津、上海、郑州、石家庄、南京……无数个漂洋过海的执着，无数次寻找的足迹，在这一刻都变得不堪重负。

威廉望向顾可。她的眸光清澈透亮，像是夜空中最亮的星，他迷恋着这种味道，像是春天的栀子花，像是夏天的白莲，像是秋天的枫叶，像是冬天的初雪。所有他喜欢的，都是她的样子。

却说林启峰到达约定地点，推门走进房间。冯秋实正站在落地窗前，眺望着北京的夜景。

"来了。"

林启峰点头，冯秋实转身熄灭了烟，眼眸里满是悲愤和忧伤："还记得当年你父母是怎么死的吗？"

林启峰眸光闪现出一丝愤恨："我这一辈子都不会忘记。"他狠狠攥紧拳头。

"那现在有个报仇的好机会，你愿意做吗？"

"只要能报仇，让我做什么都行。"林启峰迫不及待道。

林启峰说起报仇咬牙切齿的恨意，让冯实秋很满意："好，我要你想尽办法搞砸蒋文希的婚礼，让 Cherish 颜面无存，让奇珍矿产集团与 Cherish 彻底决裂。这样一来，Cherish 没有了奇珍集团的援助，就是我们的囊中之物。"

林启峰面露难色。冯秋实冷笑道："怎么，不愿意？"

林启峰垂眸，狠狠咬上嘴唇，直到有鲜血流出，他说："我知道怎么做。"

他走出酒店，给顾可发了一条 QQ 消息："丫头，想你啦。"

顾可此时正在和威廉吃晚餐，看到林启峰的短信，还是秒回了他："我也想你。"

他说："我想见你。"

顾可看了一眼为她点了满满一桌美食的威廉，于心不忍，打了三个字："明天吧。"

林启峰苦笑，买了一箱啤酒，喝得烂醉如泥。

爱情开始时都是一样的甜蜜，狂热得想要抓住某人，执着得非他不可，固执得想要在他的心里多刻下些痕迹，所以，失望的时候，就会像是世界末日，质疑他到底有没有那么爱你，在乎越多，心也就越容易冷却。

第二十三章　背　叛

顾可记得，那是蒋文希婚礼前夜。那天的夜色很美，满天繁星，像是化身水瓶王子伊的眼泪，闪烁着晶莹的泪光，诉说着对海伦的思念。

她下班回家，林启峰没有送她，他依依不舍，在她额间亲吻，他说："你要记得，不管发生什么，我永远爱你。"然后把她拥在怀里，贪恋着她秀发的清香。

"今天怎么这么矫情。"顾可伏在他怀里嗔笑。赵梦婷走了过来，她忙推开了他，跟梦婷一起离开。

他痴痴望着她离开的背影，眸子里闪现着一丝晶亮的泪光，无奈和悲怆涌上心头。整理好情绪后，走进了蒋文希的办公室。

他突然推门而入，使蒋文希有些慌张："什么事儿？"

林启峰笑笑，脸上故作一丝痴情："我想跟你做最后的道别。"

蒋文希声音有些颤抖："你没有想过要挽留我吗？"

林启峰一愣，声音闷闷的，砸在胸口有些难受："我愿意挽留你。"

蒋文希眸子里的泪水如决堤一般滚落下来，她痴痴地望着前方，喃喃道："一切都晚了，我明天就要结婚了。"

"让我再陪你最后一次吧。"林启峰的眸子里似是也有泪光闪现。蒋文希没有说话，只是哭得更凶。

两人去了酒吧，蒋文希喝得烂醉如泥，她一遍遍哭诉："林启峰，我爱你，我爱你。"然后又是一阵傻笑。

林启峰心里一阵抽痛，抱起蒋文希，来到一家酒店。

他把她放到床上，眼角有一丝湿润。他打电话给顾可，却是无人接听，他挂断了电话，无力地攥着手机。

蒋文希突然从床上坐起来，抱住了他。林启峰给她喝的酒里放了一点药，现在药力发作了。蒋文希情火中烧，撕扯掉自己的衣服，露出白花花的胸脯。她把林启峰压倒在床上，用力亲吻他，撕扯着他的衣服，林启峰回应着她，两个人翻云覆雨起来。

他终究还是辜负了那场烟花雨，辜负了他和顾可最美的爱情。

顾可走出电影院，才发现有一个未接电话，是林启峰给她打的。她回拨过去，却是一阵忙音，一连打了三个，依旧是没有人接。她有些担心，会不会出什么事情了？看电影的时候就一直右眼跳。

"别担心，一个大老爷们能有什么事儿啊。"赵梦婷劝慰着，顾可才稍稍放宽心。

说话间，一辆黑色保时捷停在他们面前。车窗摇下，是威廉。她俩坐了上去，赵梦婷似乎很满意："不错，还挺准时。"

威廉呵呵两声，顾可调侃道："哎哟，你俩这关系铁的，要是威廉没有女朋友，我倒真觉得你俩挺般配的。"

她说完这句话，车里的气氛变得诡异起来。两人都不再说话，她只好干笑两声："开玩笑，开玩笑的。"

酒店的激情已然褪去，蒋文希已经睡着了。林启峰拿起手机，看到顾可的三个未接电话，胸口仿佛压着一座大山一般，喘不过气来。他终究错过了她。

他狠狠地攥紧拳头，起身摘下事先安装好的摄像头。摄像头的角度调整得很好，正对着那张雪白的大床。林启峰查看了一下视频，两人赤身裸体翻云覆雨的每一幕都拍得清清楚楚。他的嘴角勾起一丝冷笑，穿上衣服，走出酒店。

外面的风很冷很冷，冷得他浑身发抖。他将这段视频传给冯秋实后，颓废地蹲坐在马路上，狠狠敲打着自己的脑袋。没错，他恨这样的自己，厌恶如此卑鄙的自己，他对不起顾可，更对不起蒋文希，他就是个彻头彻尾的浑蛋。他喝了很多酒，眼泪混着酒水流入心底，麻痹的快感已经不能冲淡他此刻的无奈和悲痛。

第二天早上，蒋文希被电话铃声吵醒，是蒋辉打来的，她接听了电话。

"文希，今天是你结婚的日子，昨天晚上去哪儿了？电话也打不通。"

昨天晚上？蒋文希此时才发现自己在酒店，想起昨天晚上她喝醉了酒。林启峰……她跟林启峰……她吓得说不出话来，慌忙挂断电话。眼泪怎样都止不住，吓得浑身发抖。她慌乱地穿上衣服，拼命压制住自己的情绪，匆忙离开酒店，打了一辆出租车赶回家里。

蒋辉见蒋文希平安无事，才松了口气。化妆师迅速帮她换好婚纱，画好妆容。司机师傅加快车速，送他们赶到婚礼现场。

此时，婚礼现场已有些骚乱，嘉宾都已坐满会场，新郎也等候多时，整个婚礼独独不见新娘。主持人尴尬地互动了好几场游戏，待蒋文希从远处走来，才终于吃下定心丸："下面，掌声欢迎我们的新娘。"

蒋文希面容平静，仪容端庄，嘴角带着礼貌而优雅的微笑。蒋辉搀扶着她走过红地毯，新闻记者更是不能错过这历史性的一刻，慌忙挤在前面，狂按相机。

孟杰看到蒋文希，嘴角笑意盈盈，方才的急躁和怒火早已烟消云散。他轻轻在她耳边私语："还以为你不会来了呢，还好你来了。"

他的眼神是多情的，似是春天里那一池湖水，满是柔情蜜意。她对他温柔一笑，便慌忙躲闪，昨天的一切，像魔鬼一般狠狠地掐着她的喉咙。她一遍遍告诫自己，这将会是一个永久的秘密，她只需安心做孟家大少奶奶，她只需接管 Cherish，可是，却怎样都说服不了自己，忐忑难安。

蒋文希和孟杰站在台上。她穿着一身洁白的婚纱，细纱轻盈，珠绣精致，缀满软缎织就的玫瑰和宝石，层层叠叠轻纱弥漫。顾可痴痴地望着那件婚纱，双眼泛着亮光："好漂亮啊！"

孟宇没好气地"切"了一声,顾可没有理他,看向旁边的空位。林启峰没有来,她的眸子划过一丝忧虑,他依旧放不下蒋文希吗?她收回目光,望向前排的威廉和李欣,只见两人安静地坐着,没有太多的话,偶尔低语两句,看不出一丝热恋与甜蜜,这对情侣还真是奇怪。

主持人宣布:"大家安静,今天一对佳偶即将走进这神圣的婚礼殿堂,在此我谨代表新人及其家属,对在座各位的到来表示衷心的感谢和热烈的欢迎!祝在场来宾工作顺利,万事如意!"

台下立刻响起了掌声。

主持人接着又说道:"下面是我们神圣的交接仪式。孟杰先生,在你面前的是端庄美丽、温柔贤淑的蒋文希小姐,请你拉起她的手,望着她,用心、温柔地对她说,你愿意牵着她的手走一辈子吗?"

孟杰的脸上是难以压抑的欣喜,他激动得大声说道:"我愿意!"

主持人转而望向蒋文希道:"蒋文希小姐,在你面前的是帅气多金、细心体贴的孟杰先生,请你拉起他的手,望着他,你愿意诚心地对他说,你愿意和他共度一生吗?"

蒋文希有一丝迟疑:"我……我……"

昨夜发生的一切又开始像风暴一般撕扯着她,她的脸上有一丝惨白,但还是强装镇定,微微一笑:"我愿意。"

"好,现在就有请新郎新娘交换戒指。"

就在此时,人群中走出一个人。那人嘴角冷笑一声,喊道:"孟杰!你确定要娶眼前这个不忠的女人吗?"

蒋文希如同遭受五雷轰顶一般,突然头脑一阵轰鸣,差点儿晕倒。

"你胡说什么?!"蒋辉怒道,"来人,快把这个疯子轰走!"

"是不是说谎,大家看了就知道!"那人笑得更加邪恶,将手里的照片"哗"地一下撒向人群。

宾客们看着眼前的照片,那正是蒋文希与林启峰两人赤身露体在一起做爱的照片。

顾可拿起一张，耳旁一阵轰鸣。"不可能，不可能！"她惊叫，疯了似的冲到那人面前，撕心裂肺道，"大家不要相信他，他在说谎，这一切都是假的！是有人蓄意陷害，这一定是处理过的图片！"

那人狠狠地将顾可推倒在地，威廉看在眼里，想过去抱起她，可是现在有这么多记者，他是李欣的男友，他不能这样做。

"好，大家既然不相信，我就给你们看一个更有说服力的。"他只轻轻按动了一下手指，便上传了视频，"大家现在搜一下我的微博'鬼面人'，第一个视频就是。"

人群中爆发出一阵轰鸣，每个人都拿着手机看那段视频。

"原来是真的！"

"真没想到……"

"太可恶了！"

人群中爆发出一个又一个响声，顾可慌忙打开手机，搜到那段视频，两人的激情画面映入眼帘。顾可狠狠地摔掉手机，跑了出去。

蒋文希惊叫一声也跑开了。孟杰气愤地攥紧拳头，愤然离席。孟宇恶狠狠地拽着蒋辉的衣领："蒋辉，你教出的好侄女！"

"孟宇，别冲动。"威廉上前劝道，孟宇才压制住满腔怒火撒开手。

孟宇的父亲孟凡强恶狠狠道："你们蒋家竟让我孟家受此奇耻大辱，日后，我孟凡强一定要加倍奉还！"说罢，携孟母罗飞扬甩袖离去。孟宇恶狠狠地瞪了蒋辉一眼，冷哼一句"等着"，也跟着离开。

当天，这条丑闻便排列热搜第一，Cherish一时之间，受万人唾弃，名誉扫地。各合作伙伴纷纷要求解约，公司再度陷入危机。

最美的，都是昙花一现，她才刚刚入梦，就要醒了，猝不及防，惨不忍睹。梦醒时分，只剩下眼角含泪。时光冰冷，狂风劲舞，一团漆黑。

爱情，最坚强，却也往往最脆弱，在某个交叉点重逢，之后，便是一场渐行渐远。在韶华岁月里，在美好的年纪里，我们总是最容易辜负那个最好的人。

第二十四章　爱去随意

北京的秋，有些凉了，像是撒在玻璃窗上的萧萧落叶，终究是留不住的。今夜，便是无声萧索，像一根残留的烟，弥漫着颓废、愁苦的凄凉，无从逃离，身陷牢笼。

有人说，女人要做男人手中的烟，不要做枕边的白开水。白开水随时会被倒掉，换成一杯或清凉或浓郁的饮料；而烟，是难以戒掉的，越吸越上瘾。顾可嘴角冷笑，走在北京微凉的夜色里，霓虹灯的亮光，她一直都不习惯，那样迷离的灯光，总会让她找不到方向，无所适从。

她走进一个公园。公园依湖而建，湖中心是音乐喷泉，晚上的时候便会喷放，她坐在那把长凳上，目含凄星。她给林启峰打了七个电话，依旧杳无音讯。他像是一缕青烟，随风而逝，没了踪迹。

她多想问问他，昔日巴黎之夜，泉下之吻，他可曾出于真心？

威廉不知何时走了过来。顾可抬眸，泪光盈盈再现。他没有说话，靠着她坐下。

"你怎么知道我在这里？"

"哥哥我什么不知道？"威廉嘚瑟起来。

顾可笑了，那明媚的笑渐渐地变成了低声抽噎。

他把肩膀凑了过去："借你用一下。"

她趴在他的肩上，细细密密地哭了起来，声音缥缈如同梦呓，喃喃低语："你知道等一个人的辛苦吗？"

威廉心里一酸，那股疼痛感和无力感牢牢捆着他。他觉得嗓子生疼，像是有东西卡在喉咙一般，胸口闷闷的，却终究憋不出一句话。

"你一定不知道吧。"顾可继续说道。

他依旧没有说话，静静听她讲。她顿了顿，抬起了头，看着眼前喷起的泉水："我喜欢了九年，九年的时间，他已经成了我的信仰。突然之间，这个信仰崩塌了。我感觉我就像是个迷路的孩子，看不到一点方向，人潮中再也没有了期待。"

"或许是执念吧。"威廉笑笑。

"或许吧。"

顾可望着远方的摩天轮，眼睛眯了起来。传说摩天轮的每个盒子里都装满了幸福，当我们眺望摩天轮的时候，就是在仰望幸福。她嘴角苦笑："我从来没有坐过摩天轮，总觉得，第一次一定要跟深爱的人一起。现在想想，当时怎么就那么傻，总是要把许多美好的第一次留给心爱的人，原来早就错过了青春韶华。"

威廉突然八字步站立，半躬腰，左手背在腰部以上，右臂前曲伸向顾可，做出一个邀请的姿势，他说："尊敬的公主，请接受我的邀请，我愿意带你到天上跳舞。"

顾可伸手，扶上他的右手，轻轻一欠身，眸中亮光闪现："谢谢，我的荣幸。"

他们走进摩天轮的盒子，盒子被浪漫的灯光包裹，摩天轮缓缓升起，美妙的乐曲也随之响起，那是一曲王菲的《我愿意》。

思念是一种很玄的东西

如影随形

无声又无息出没在心底

转眼吞没我在寂寞里

我无力抗拒特别是夜里

想你到无法呼吸

恨不能立即朝你狂奔去

大声地告诉你

愿意为你我愿意为你

我愿意为你忘记我姓名

就算多一秒停留在你怀里

失去世界也不可惜

记忆纷至沓来。那年飞来的篮球，那个溢满青春岁月的宿舍，那条蓝白格子的窗帘，那一阵阵扑鼻的栀子花香……她曾那样唱过：我愿意为你，我愿意为你忘记我姓名。在那样稚嫩而单纯的岁月里，她不问原因，不曾犹豫，将他的名字刻在心里。

泪水在眼里打转，她没有让它流下。当摩天轮升至最高点的时候，看着人潮如同蝼蚁一般，看着距离星空只剩咫尺，她兴奋地望向威廉。他的眸光闪亮，如同夜空中的星星一般璀璨，他柔情、痴情、又多情地望着她，她一惊，他也匆忙闪躲。但四目交会的一刹那，还是如同惊鸿一般，点亮了整个夜空。

他们买了一捆扎啤，在公园的凉亭下喝酒。顾可靠在长椅上，她有些喝醉了，那双月牙般的眼睛变得深邃而缥缈，似是一江深潭，望不到湖底，反被它深深地吸了进去，

红晕微微爬上脸颊，披肩长发稍有凌乱，原先的清纯气质褪尽，反而增添了几分妩媚和痴狂。她狠狠地咬着嘴唇，一字一句，撕心裂肺："林启峰，我恨你。"

威廉眼底漫上一丝忧伤。恨有多深，爱就有多深。他背起顾可，她趴在他的背上，唱着王菲的《我愿意》：愿意为你，我愿意为你忘记我姓名，就算多一秒停留在你的怀里，失去世界也不可惜。

她傻笑着，脑袋无力地垂在他的脖间，撕心裂肺，痛彻心扉。泪水

划过脸颊，一颗颗晶莹的泪珠，滑落在威廉脖间，打湿了他那颗赤诚的心。

第二天，顾可穿着一件鲜红的裙子，一双红色高跟鞋。她画了一个浓重的妆，艳丽妖媚，似是从画里走出来的妖精，不似先前一般淡雅清丽，完全变了一个人。她看了一下自己的妆容，嘴角晕上一丝笑意。有人说，女人化妆是为了遮住脸上的瑕疵，她却是为了遮住自己的心，就像戴了一副人皮面具，轻而易举地掩饰住内心的波涛汹涌。

她拎上包包，吹了一个响亮的口哨，走出家门。恰好碰到了威廉，她的嘴角上扬了一个邪魅的弧度，明眸皓齿，浓眉艳唇，轻轻扯动，便似魅惑众生一般。威廉呆愣在那里，"早……"他惊讶地看着顾可，她高冷地回视一眼，潇洒离开。

走进了 Cherish 大楼，她冲着小梅礼貌微笑，小梅瞪大了眼球，不敢相信。此刻的顾可同一朵鲜艳的玫瑰，娇艳欲滴，办公室的同事们都在讨论昨天的丑闻。

"真没想到……"

"对啊，太恶心了。"

"顾可好可怜。"

"她活该，谁让她想着攀高枝。"

顾可一句话也没说，面无异样地坐回自己的办公位，他们看见她，慌忙散去。

她刚坐下，就看到了一封企业邮件：上午十点召开紧急会议。顾可准备了一下，走进了会议室。

会议室内，林启峰和蒋文希都在。顾可妖娆一笑，走了进去。她的位置恰巧在林启峰的对面，他显然是一愣，只见她妆容艳丽妖媚，鲜红的嘴唇，浓郁的睫毛，深 V 艳红长裙，虽然极其性感妖媚，但却给人一种不容侵犯的威严，强大的气场令人咋舌。他觉得自己一定是在做梦，这完全就是两个人。顾可注意到了他的眸光，红唇勾勒出一丝致命的笑意，回视林启峰投射的目光，眼神里夹杂着一丝冰冷和嘲讽。他慌忙扭过头去，不敢再看向她。

蒋辉雷霆大怒："奇珍矿产公司现在拒签合约，不再向 Cherish 注入资金和矿产。我们的新品生产已经开始，很多客商也都签订了合约，如果不能按时完工，我们损失惨重，你们说，怎么办？！"蒋辉对林启峰和蒋文希怒目而视。

蒋文希站了起来，目含凄星和歉意，向众董事深深鞠躬："我自己闯的祸，自己会想办法解决，我会尽力挽回奇珍矿产的合约。"说罢，眼角有泪滴滑落。蒋辉有些心疼，蒋文希从小到大都很听话的，一直都是他的骄傲。或许，是他把她逼得太紧了。

林启峰也站起来保证道："我会协助蒋副总挽回损失。"

蒋辉只是淡淡看了林启峰一眼，便不再说话。各位董事虽然也有诸多怨言，也只是发了几句牢骚，毕竟，林启峰和蒋文希的功绩大家还是有目共睹的。

"顾可，你有什么看法？"蒋辉见顾可转动着钢笔，俯首沉思，以为她会有什么好的主意。

顾可眼神扫过林启峰和蒋文希，嘴角勾出一丝邪魅的笑意："我支持蒋副总和林总经理的工作。"

"那你就跟着他们两个，把这一期新品项目给做好。"蒋辉脸色这才稍稍好转。

"是。"顾可回答道，眸子里有一丝难明的笑意。

由于李欣此时正在美国出差，跟进 Cherish 在美国的项目，蒋辉又补充道："李欣出差的这些日子，就由顾可代任设计总监，大家有意见吗？"

见董事会没人说话，蒋辉继续说道："既然没有人发表意见，这事儿就这么决定了。"

会议散去，只见蒋文希眼里依旧藏匿着泪水。林启峰走到她身边，把她抱紧。顾可懒得去看，头也不回地离开，仿佛从不认识他们一样。

蒋文希冷冷地抽离了林启峰的怀抱，目光紧逼林启峰："为什么那个人会有这些照片，你怎么解释？"

林启峰眉头微皱："你怀疑我？"

"没有，我只是想不明白。"

林启峰重又抱住了她，信誓旦旦："真相就是我放不下你。文希，我们和好吧，我会对你负责的。"

"你爱的不是我，我不需要你所谓的责任。"蒋文希骄傲地盯着他的眸子，决绝而坚定。

林启峰将她抱在怀里："我爱的是你。我不过是借顾可来气你而已。"

蒋文希抬起那双泪眼，期盼的眼神望着林启峰："真的？"

林启峰微笑点头。她扑进他的怀里号啕大哭，这些天，她就像个过街老鼠一般见不得人，林启峰已经成了她最后的一根稻草。她知道他爱的人是顾可，可就是愿意相信那不是真的，他是爱她的。

女人有时候最擅长自欺欺人。明明清楚地知道着一切，明明满是怀疑，却还是愿意相信，相信那个男人所说的每句话都是真诚的，那个男人依旧是深爱自己的，至于别的女人，都是逢场作戏。

顾可走到窗外，努力瞪大眼睛，仰起了头。可是眼泪依旧回不到眼眶里，她只得任由它留下，从脸颊落入嘴角，传来一阵阵咸咸的苦涩感。

她转身向卫生间方向走去，冲进了厕所，那无声的泪开始肆无忌惮地奔腾，歇斯底里。哭完之后，她走了出来，看着自己略微红肿的眼睛，补画了一个浓厚的妆容，对着镜子里的自己甜甜一笑，竟然也可以明媚得刺痛双眼。

刚坐回位置上，手机铃声就响了起来。顾可接起电话，鲜花店老板娘的声音传来："您好小姐，您要的鲜花我已经给您的先生送去了。"

顾可此时才如五雷轰顶一般，摇摇欲坠。今天是林启峰的生日，她提前好几天就为他定制了鲜花，想要送他一个惊喜。如今看来，她却像是个小丑一般，笨拙演出，荒诞退场。

顾可起身走向林启峰办公室。她走近他，他正捧着那束鲜花出神。九朵永生湛蓝玫瑰，代表诚挚的爱，永生不变，多么讽刺。顾可嘴角一丝冷笑浮现，语调礼貌而疏远："林经理，请把我的花还给我。"她一字一顿，虽然带着礼貌的微笑，却是难言的寒冷和淡漠。

林启峰嘴角抽动，眉毛紧皱，看起来很痛苦的样子："一定要这样吗？"

顾可没有看他，目光坚定："请您把我的花还给我。"她用更加淡漠的语气重复道。

他轻轻叹了口气，目光里满是无奈和不舍："我们之间难道连这个都不剩了吗？"

"林总经理，我们现在只是陌路人，物归原主天经地义。"顾可脸上的笑更加讽刺，语气毫不留情。

他面带苦涩，走到她的面前，眸光星星点点似有泪光："我也有自己的苦衷，我是爱你的。"

"你爱我？你凭什么爱我？你真的爱我吗？"顾可冷冷看了他一眼，一点点逼近他，林启峰眼神慌忙闪躲。顾可的嘴角也挑起了一丝轻蔑的笑，语气讥讽嘲弄，"真是可笑。"

他的脸色更加难看，悲伤溢满眉梢。顾可看着这样的林启峰，心里一阵阵绞痛，疼得她无法呼吸，可是无论如何，背叛了就是背叛了，再华丽的理由都遮盖不住血淋淋的现实。

顾可冲着林启峰浅浅一笑："既然林经理这么喜欢这束花，我也就不强人所难，你要留便留，反正给了我，我也会扔掉的。"说罢，她踩着高跟鞋离开，一步步踩在亮铮铮的瓷砖上，却像是践踏在自己的心上一般，疼痛难忍。她觉得此刻的自己就像是那只强忍着疼痛跳舞的小美人鱼，心脏早已化作了泡沫，一戳即破。

林启峰看着顾可离开的身影，眸光里满是痛苦。他知道，她就是这样决绝的一个人，爱你的时候会用尽全力，失去世界也在所不惜，不爱的时候，也可以如此决绝，冷漠得不再有任何感情，甚至当你从未存在过。

顾可刚走出办公室便接到莫北的电话。前段日子莫北忙着考研，她也就不去打扰，只是周末去学校看看她。

"小可姐，"莫北声音有些哽咽，"我失恋了。"

顾可没有跟她提起过自己与林启峰的这段感情，莫北并不知道，只听她在电话里哭哭啼啼，顾可劝慰道："爱情就像是一场赌博，赌输了便是成长，赌赢了也未必十里红妆，即便修成正果，也会有三年之痛、七年之痒，人心无常，不必太在意。"

"我就不明白，每天对你甜言蜜语，发誓只爱你一个人，怎么突然有一天就都不算数了？"莫北依旧哭哭啼啼。

"誓言这种东西一向只是调味品，不过是调情怡志，怎么能当真。"顾可苦笑，这句话像是说给莫北听，也像是说给自己听。

莫北不再说话，良久才道："你还相信爱情吗？"

"当然相信，爱情这么美好。"顾可笑笑。

莫北不解："你不是说人心无常吗？"

"是啊，若是有一个人肯为你坚守这颗无常的人心，岂不是更为可贵。"

莫北恨恨道："我没那么潇洒，我恨他。"

"你又是为什么恨他？恨他不爱你吗？这一点儿意思都没有。"

她依旧抽噎着："我放不下。"

顾可却笑笑："真没出息，做人要敢爱敢恨，爱在的时候用力爱，爱没了，便决绝离开，永不回头，让他一生都忘不了你。"

莫北不再说话，顾可安慰着说道："我现在就去学校找你。"

"嗯，我在宿舍等你。"莫北声音有些颤抖，"小可姐，有你真好。"

顾可赶到学校的时候，已经是晚上九点，莫北哭得梨花带雨。

"瞧你这点出息，我当初怎么跟你说的？我说他是个大诗人，会给你从未有过的浪漫和美好，但是才子多情，分开也不可惜。"顾可一脸嫌弃表情望着莫北，递给她一张纸巾，"快擦擦。"

莫北接过来，擦掉眼泪。

"别哭了，分了就分了，就当他是一阵风，轻飘飘地来，就让他一溜烟地去吧。"

"他又不是烟。"

顾可见她还狡辩，挑眉问她："那他是什么？"

"他是马桶，要走，也是我把他冲走。"

顾可也被她逗乐："恶不恶心，还马桶。"顿了顿，又说，"你听过小王子的故事吗？狐狸每天都在等着王子，王子四点钟会来，那么从三点钟起，狐狸就开始感到幸福。时间越临近，就越感到幸福，到了四点钟的时候，她就会坐立不安，就会发现幸福的代价。任何事情都是对等的，爱情也是，享受过它的甜蜜也就要背负痛苦的风险，永远不要祈求永远，享受当下便好。"

爱情，就像是放风筝，你小心翼翼，紧紧拉着线的这一端，可是有一天，它就要飞走了，任凭你如何悲痛伤心，它都不会留恋，飞到你看不到的地方，于是你不能哭，只能高昂着头颅，告诉自己，不必挽留，爱来随心，爱去随意。

第二十五章　友情无价

次日，顾可回到办公桌前，正当她为这次的新品计划发愁时，蒋文希风尘仆仆地从外面走了过来，她黑眼圈很重，想是没有睡好。

赵欢瞟了她一眼，语气里满是讥讽："某些人真是可笑，还想着飞上枝头做凤凰，自食恶果。"

顾可没有搭理她，面无异样地专注工作，就像没有听到一样，这倒是激怒了赵欢，她冷哼一声，走了出去。顾可嘴角轻蔑一笑，不在乎的人根本伤害不了她，因为从未走进过心里，甚至正眼都懒得看的人，更不值得去为她的恶言买单，谁爱说便说去，冷言恶语，只能说明说者卑贱，素质低下，心里空虚。

蒋文希坐在办公室里，用手使劲揉着额头，她的头痛又开始发作了，倒霉的事情似乎约好了一起找上了她。她拿起桌子上的电话，呼叫林启峰和顾可去会议室开会。

顾可整理了一下文件，走向会议室。

此时林启峰和蒋文希已经坐在那里，两人亲密交谈着什么，顾可嘴角勾起一丝冷笑，若无其事地走了进来，坐下，便不再说话。

蒋文希虽然极力舒缓自己，可是眉毛依旧皱在一起。她将文件无力地放到了桌子上："对不起，我昨天找过孟杰，他们孟氏对于这次的事情态度强硬，不会做出退让，合作终止。"

顾可也不说话，依旧转动着那只钢笔。林启峰开口，嘴角带笑，声音温柔的和年少时一模一样，顾可感觉鼻子酸痛，却是无泪的。他说：
"据我所知祥瑞珠宝集团对我们这一期的新品一直很有兴趣，或许我们可以争取两家合作，实现共赢。"

顾可面无表情驳回："我不赞成，祥瑞集团老总冯秋实在圈内的名声很坏，他是一个为达目的不择手段的人，跟他一起合作，难免会被他算计进去，只怕他想要的不是新品项目这么简单。"

蒋文希点了点头，若有所思，反问顾可一句："那你有什么高见？"

顾可看向蒋文希，眸子冰冷异常："暂时没有。"

蒋文希嘴角扬起了一丝冷笑："既然如此，那我同意峰哥的看法。"

顾可面色依旧淡定异常，仿佛并没有听到一般。

"既然如此，我也就不必多说了，先走一步。"她起身，拿起桌上的文件，头也不回地离开。林启峰看着顾可的背影，有些伤神，眼眸低垂，看向自己那双皮鞋，还有那亮铮铮的地板倒映着的自己的模样，那样陌生，他都不认识了。

蒋文希对林启峰微笑："那这件事情就交给你办吧。"

林启峰满意地看着她点点头，走了出去。

梦婷说，马路对面开了一家米线店，要跟顾可一起去吃，她说："记得咱们学校门口就有一个，不知道有没有当年的好吃。"

提到当年，顾可心里隐隐作痛。当年，好想回到当年，无忧无虑，没有背叛，没有伤害，没有算计，四个人踏着阳光，沐浴着清风。如今，走的走，变的变，都不复当年模样。梦婷见顾可神色有异，知道她想起了林启峰，匆忙道："要不，咱不去那家啦。"

"走吧，我也好久没吃了。"顾可冲她笑笑。

赵梦婷看着她的背影，有些心疼。两个人走进米线店，门店新开张，并没有多少人，顾可选了一个靠窗的位置坐下，梦婷坐在她的对面。顾可看着放在眼前的米线，眼圈有些发红，她记起那年学校附近的露天米线店，那场突如其来的大雨。

那个时候，他们还在 Y 城一中读书。蒋文希刚和林启峰分手，去了美国。那段日子，他每天郁郁寡欢，一个人躲在操场上喝闷酒、打篮球。她傻傻地守在他身边，跟在他身后。

那是一个晚上，他又喝了好多酒，一个人醉醺醺地走在那条绵长而阴暗的小巷里。她放心不下，偷偷跟着他。他似乎发现了她，停下脚步，一把把她按在墙角，恶狠狠地怒视着她："我警告你，不要再跟着我！你到底有什么企图？"

她吓得哭了出来，泪水像是脱缰的野马，从眼眶奔流而下。

他放开了她："你究竟想怎样？"

她这才停下哭泣，喃喃道："我好饿。"

他的眼底满是无奈，拉起她的手向远处走去。在那样的夜色里，她心里甜蜜得像是小时候吃过的甜甜圈，脸上密布娇羞的红晕，步子轻快，像是在空中飘舞一般，她在心里一遍遍向上天祷告，但愿美梦永远不要醒来。

那是一家米线店，老板娘人很好，脸上总有一丝慈爱的笑。林启峰似乎经常来这里，他轻车熟路地选了一个座位。昏暗悠远的灯光，将他的脸晕上了一层温暖的黄，她痴痴地望着他，他抬眸，她慌忙闪躲，低垂着头，紧张地搅动着衣角，脸上的红晕如同红霞一般，美丽而惊艳，灯光打在她低垂的睫毛上，她惶惶不安的心尽收入他的眼底。

他对顾可温柔一笑说："你有时候，也挺可爱的。"那一刻，她觉得天都要亮了，眨动着长长的睫毛，明亮的眸子微微弯起。

"真的吗？"

他笑着点头。

她嘴唇微抿，眼睛微微眯起，右手将长发撩至耳后，嘴角勾起一丝坏笑，一脸调皮之相："夸我，也是要付出代价的。"

他转动着水杯，笑着问她："什么代价？"

"为我唱歌！"她的眸子平添了一层邪魅的笑意，冲着林启峰微微挑眉。

"唱歌？"他脸上有一丝疑惑，随即不好意思挠了挠头，"我不会唱。"

她赌气地瞥了他一眼："不，我就要听你唱。"

"我唱得很难听，会吓怕你的。"

她柔声一笑："不会。"

他有些难为情，微微垂着头，眼睛盯在桌子上的一块餐巾纸上，清了清嗓子。她的嘴角勾起了一抹笑，像春风一般，无论他什么样子，她都喜欢。

我无力抗拒特别是夜里

想你到无法呼吸

恨不能立即朝你狂奔去

大声地告诉你

愿意为你

我愿意为你

我愿意为你忘记我姓名

就算多一秒停留在你怀里

失去世界也不可惜

顾可闭上眼睛，那是他第一次为她唱歌。那个时候，她觉得，每一句歌词都是他想对她说的话，她天真地把它翻译成了伊甸园，以至于无数个深夜里，都会轻轻哼起。

回忆仿若昨昔，她眼神有些恍惚，望向窗外，不知何时林启峰走了进来，挨着梦婷坐下。顾可冰冷的眼神只是一瞥便离去，面无表情，仿佛他是空气一般。

"林启峰，你什么意思？"赵梦婷怒道。

"梦婷，我知道是我对不起顾可，可是我们毕竟这么多年的友谊，我不想因为这件事大家闹得这么难堪。"

顾可依旧静静地喝着眼前的茶，不说话，也不去看他，梦婷似乎更生气了："什么意思？现在顾及起多年的情谊了，你早干吗去了？"

林启峰转动着手里的凉茶，看向顾可："对不起。"

"不用跟我说对不起，我们没有什么关系。"顾可嘴角浅笑，轻轻抿了一口凉茶。

林启峰想要拉上顾可的手，却被她坚决地甩开。他的手尴尬地停在半空，嗓子里似是塞满了沙粒一般，疼痛而沙哑："我们之间，难道连朋友都做不成吗？"

"对不起，我不缺你一个朋友。"顾可嘴角勾起一丝冰冷，拉着梦婷离开。

林启峰看着顾可的身影从窗前走过，听到自己的心一点一点地撕碎殆尽的声音。

顾可骄傲地昂着头颅，将眼泪困在眼眶，回流进心里。她的爱向来决绝，要么百分之百，要么全部归零，绝不徘徊。她用九年的青春，一心笃定只认林启峰，爱之深，恨之烈，如今，她只能将其清空，再也不准自己心里还有他有一丁点儿的位置。或许这就是水瓶座，有人说他们像风一样，让人捉摸不透，热起来如同骄阳，冷起来像座冰山，可是没有人会去探究，是谁把如火的水瓶冷冻成冰，将她逼入绝境。

顾可买了一个冰激凌，和赵梦婷坐在马路边上，她用舌头去舔即将流下的巧克力奶油，结果不慎滴到了淡蓝色上衣上，梦婷便嬉笑不止。

顾可瞥了她一眼："笑什么嘛！"

"笑一笑你也管，还真是一点没变，跟以前一样。"梦婷一副幸灾乐祸的样子。

　　"干什么，伤春悲秋啊，动不动就以前以前的。"

　　梦婷朝着顾可的脑袋敲了一下："我就伤春悲秋了，有意见保留。"

　　"真是霸道，这臭毛病跟威廉简直一模一样。"

　　顾可说完这话，赵梦婷神色有些黯淡，顾可自知说错了话，慌忙岔开话题："光吃这个怎么能饱，我去给你买个汉堡什么的？"

　　梦婷看着顾可一副紧张的样子，嘴角浅笑："我又没有说什么，你那么紧张干吗？"

　　两个人互相推搡着，嫌弃着，一路跌跌撞撞走向远方，或许这就是友谊吧，互相嫌弃，却又从不离弃。

　　朋友永远都是一副上好的疗伤药，尤其当爱情无疾而终时，友情便会不顾一切站出来守护你。顾可也见过有些女人，一谈恋爱，便将恋人置于高于一切的位置上，从此疏远朋友，等到恋人骤然离去，才发现自己一无所有。友情的可贵程度，并不低于爱情，他们像一抹淡淡的茶，没有轰轰烈烈，却有最朴实的陪伴。

第二十六章　内　鬼

近日来，顾可一直为 Cherish 集团与祥瑞集团的合作担忧。这一日，她走进茶水间，透过窗户，看向这拥挤的城市，心里盘算着 Cherish 与祥瑞的合作，这样做的风险依旧是很大的，可是似乎却并没有别的办法。

蒋辉不知何时竟出现在她的身后，顾可礼貌致意："董事长。"

"你看到了什么？"

顾可再次抬眼望向窗外："拥挤的城市，来往的人群，高楼大厦，无非是钢筋水泥铸成的一个现世。"她想说"冰冷现世"，可终究还是咽了下去。

"你错了，我告诉你我看到了什么。"他的嘴角笑意明显，"我看到的是希望，商机，一切的可能。"

顾可疑惑地看着他。他指着楼下一个卖花的姑娘："你看她是不是每天风里雨里很辛苦、很可怜？"她点了点头，蒋辉继续说道，"她完全不用这么辛苦，她只需要跟对面咖啡厅的老板做笔交易。这里是繁华的金融街，在这里上班的人大多是像你这样的有为青年，咖啡厅里情侣很多，喝咖啡送花，或者买花送咖啡这样的捆绑消费，都能使两家店铺获得双重的客户和销量。"

顾可突然眼前一亮，冲着蒋辉笑笑："我明白了。"

蒋辉惊诧道："你明白什么了？"

顾可靠在窗前，眼睛炯炯有神，自信洋溢："祥瑞集团就像是一只野心勃勃的老虎，而 Cherish 就像是一只狐狸。关于 Cherish 和祥瑞珠宝的合作，我们可以狐假虎威，谁输谁赢还不一定，虽然冒险，但这是唯一的办法。"说罢，顾可便跟蒋辉道别，她要好好查一下祥瑞的资料。蒋辉看着顾可离开的身影，赞叹不已，心想这个女孩天资聪颖，如果她能接管 Cherish，一定会是比蒋文希更合适的接班人，只可惜她不姓蒋。

下班前，顾可一直盯着电脑，调查祥瑞集团的资料。一直以来困扰她的那个问题再次浮现在脑海，祥瑞珠宝近年来的合作商竟然有 30% 都是从 Cherish 挖走的，这个调查结果几乎令她震惊。这样看来，祥瑞集团显然是有计划、有目的地想要一点一点将 Cherish 吞噬干净。她隐隐感觉 Cherish 混进了内鬼。

顾可拿着一份文件走到蒋辉办公室，林启峰竟然也在那里。她脸色有一瞬间的变化，很快又恢复到了常态："董事长，我有件事需要汇报。"说罢，她看了一眼林启峰，蒋辉和林启峰都已会意。

林启峰拿起桌上的文件，礼貌告退："董事长，那我就先出去了。"

蒋辉点了点头，他走了出去。什么时候，顾可竟然也不信他了吗？她显然是不希望他在场。林启峰刚才无意看到她手里文件的一个字眼"祥瑞"，所以，他故意放慢了脚步，想要听听他们的谈话。

只听顾可说起了"合作商"、"内鬼"几个字眼，林启峰便知道她已经开始有所怀疑。他眉头轻皱，薄唇微抿，走进自己的办公室，并把赵欢召了进来。赵欢站在他的前面，抬眼望向了林启峰，嘘寒问暖："你的黑眼圈又重了，没有休息好吗？"声音温柔，夹杂着难言的心疼。

林启峰只是淡淡地"哦"了一声，看向了她，脸色有些疲惫："合作商的资料是你调查透露的，现在顾可已经开始怀疑 Cherish 进了内鬼。你立刻把这件事处理干净，另外做事要小心些，不要被捉到把柄。"

"知道了。"赵欢盈盈一笑，转瞬又讥讽道，"早就知道顾可那个小丫头绝非善类。启峰，你当初离开她是对的，她就是个小贱人，迟早会害了你。"

　　林启峰像被激怒了一般："够了！我不想听到有人说她的不是，你最好把嘴巴放干净点儿，出去！"

　　赵欢被训斥了一番，心里更加难受，委屈得似乎要拧出了眼泪，转身离去。凭什么顾可总是能够得到林启峰的爱，凭什么她十几年的努力和追随，都换不回他的一个正眼。

　　赵欢从林启峰的办公室走出来，看到了正在埋头工作的顾可。她专注起来的样子更加迷人，嘴角时不时勾起如清风一般的清浅笑意。赵欢感觉内心的妒火在熊熊燃烧，她一定不能轻饶她。

　　下班后，顾可刚走出大楼便看到了林启峰。

　　"我们能谈谈吗？"

　　顾可没有回答，若无其事地擦肩而过，却被他一把拉住："我的事情，希望你不要说出去。"

　　她当然知道他指的是两年前的珠宝假案，却故意装傻："我不知道你在说什么。"

　　"在巴黎，胡三儿对你胡说的那些。"

　　"你太小瞧我了吧，还是你高估了自己，你觉得，我有必要为你多此一举吗？"她嘴角冷笑，眸光亦是冰冷，说罢，甩手离开，眸子里有泪光闪动。她跟他认识了这么久，再加上前一段时间的耳鬓厮磨，她自以为他懂她，怎料他竟不信她，把她当作什么人了？就算他做了对不起她的事情，她也不会恶意报复。

第二十七章　威　胁

顾可简单吃了点儿东西便赶回公司，正好撞见蒋文希拎着包包迎面走来，匆匆出门。蒋文希装作没有看到顾可，顾可淡然一笑，进去和小梅打了声招呼。

"仗着自己是董事长的侄女，很了不起的样子。"小梅一脸不屑地看着蒋文希离开的背影，替顾可打抱不平，说罢，翻起了白眼。

顾可拍了一下小梅："上班期间，别嚼舌根，隔墙有耳。"

"你的心可真大，竟然可以这么平静，换作是我，早一壶茶泼死她了。"

顾可含笑不语，走回办公桌前，打开电脑，查看邮件，埋头工作。她倒了杯茶，悠悠地喝着，琢磨着冯秋实究竟会下哪步棋。蒋文希匆匆离开，手里拿着文件，或许也跟这次的合作有关。

顾可嘴唇微微抿起，她是见过冯秋实的，这个项目一落下来，她就去了冯秋实经常打球的高尔夫球场。她暗暗观察过他，这个人目光如鹰，眉骨突出，无名指长，好胜心强。习惯咬下嘴唇压制一些情感，说明他有很强的忍耐力。他的球几乎一击必中，证明目标坚定、控制欲极强。虽然他极力想要脸上的笑容显得坦诚一些，但是隐藏于眸子里的奸诈之光依旧可以被看得出来，这绝对是一个为达目的不择手段的人。她微微叹了口气，Cherish一旦被这种人盯上，估计有一场硬仗要打。

不出顾可所料，蒋文希确实是要去见冯秋实，谈这期的合作。她刚到公司，冯秋实就打来了电话，约她去打高尔夫球。正在打球的冯秋实看到蒋文希走了过来，放下了杆子，微笑对她示意："蒋小姐还是一样的漂亮啊！"

"冯叔叔的球艺还是一样的棒。"

冯秋实哈哈一笑："老了。"顿了顿继续道，"蒋小姐要不要试两杆？"

蒋文希接过了杆，象征性地打了几杆，便装作很累的样子，坐在了长亭下，想要快点终止这场游戏，看看冯秋实这个老狐狸葫芦里究竟想卖什么药。冯秋实当然明白这个道理，也跟着坐了下来，还不忘玩笑道："蒋小姐平日应该多出来锻炼锻炼，年轻人不要老想着工作，身体也很重要的嘛。"

她想让他开门见山，他偏要磨磨她的耐性，蒋文希心里暗骂一句老狐狸，斟满了一杯茶，悠悠道："冯叔叔日理万机，该不会就是想请我喝杯茶打打球这么简单吧。"

冯秋实其实就是想试试蒋文希的做事风格和脾性，到底是年轻，他心里冷笑一声，脸上却是笑得慈爱极了："冯叔叔知道你们公司最近遇到了点儿麻烦，急需钱，林启峰也找过我，可是现在融资困难是每个企业的常态，我们公司最近的财务也是吃紧得很，债台高筑啊。"说罢，眉头皱起，双手揉搓，伪装一副的确很为难的样子。

蒋文希心里是有底的，一见如此，便知道他明摆着是愿意出资，只等条件。她笑笑："冯叔叔，我们明人不说暗话，什么条件，您开吧。"

冯秋实一听这话，更乐了，他对助理使了个眼色，助理立刻递给蒋文希一份合同。蒋文希翻看着合同的条款，皱起了眉头，冷笑了两声："您是在跟我开玩笑吗？股票融资，入股 Cherish15% 的股份，还要给你们三个董事席位，这简直是天方夜谭。"

冯秋实一听这话，脸色大变："年轻人，这就是我的条件，你爱签不签。"

"这种丧权辱国的条约我是不会签的，你这分明是想吃掉整个Cherish。"蒋文希冷笑，拿起包包就要走，此时突然响起一段录音：

"我要让顾可进Cherish。"

"果然，那个小丫头是你的软肋。"

"你强顶着评委团的压力，坚决不让顾可入选，不就是想要我为你做事吗？什么条件，你开口吧！"

"我曾承诺董事会将'蓝色星空'的销售额提至以前新品的两倍，可是现在行情并不怎么看好，如果，有你加入的话，我相信这个数字不会是问题。"

"让我猜猜，你该不会想利用我制造花边绯闻吧，好把你们公司的产品炒大。"

听到这里，蒋文希浑身颤抖，头脑空白，双手狠狠攥紧，指甲钳在肉里也不知疼痛。她回眸，冷冷的语气带着被惹恼的愤怒："你想威胁我？"

冯秋实倒是一副轻松的样子，背靠在椅子上，跷着二郎腿，掐灭了手里的烟，微微眯起眼睛："何必把话说得这么难听呢？商人嘛，不过就是为了利益，你给我利益，我帮你保密，天经地义。"

蒋文希咬着嘴唇，狠狠道："做梦。"

"蒋小姐不必这么快就回答我，蒋小姐在Cherish的地位现在可是岌岌可危，你跟林启峰的艳照已经让你在董事会难以立足，这个录音一旦公布，你觉得董事会还会有你一席之地吗？"冯秋实怡然自得笑笑。

蒋文希默不作声，的确，录音一旦曝光，她就可能被董事会和蒋辉抛弃，她这么多年的苦心经营将化作一缕青烟。

"没关系，我等你考虑，考虑好了再来找我，不过，我的时间有限，最迟今天晚上。"说罢，冯秋实扬长而去。

蒋文希坐回车上，她清楚地知道，冯秋实手里的那段录音意味着什么，它就像是一枚定时炸弹，随时都可能将她炸得面目全非，可是却一点儿办法都没有。一想到蒋辉那失望的面容，蒋文希的心里就仿佛刀扎般疼痛，她今生最害怕的就是叔叔对她的失望。一路走来，她用心表现自己，想让叔叔能够高看她两眼，让她接管 Cherish，成为他的骄傲，这一直都是她内心坚不可摧的信条。

父亲死得早，母亲改嫁，她很早就过继给了蒋辉。面对蒋辉二十多年的呵护和培养，Cherish 和蒋辉俨然已是她的命根子。

她左右两难，无奈无助，一瞬间，似乎苍白了很多，再也不似先前叱咤风云，化身为一个孤苦伶仃的小女人，肆意宣泄着痛楚。

第二十八章　人为刀俎

却说蒋文希从高尔夫球场回来，便直奔公司，看到顾可并没有在公司，问道："她人呢？"

赵欢满是谄媚之色，还不忘挖苦顾可："她刚才出去了，好像是处理什么私事。"

蒋文希冷哼一声，转身离开。真不明白为什么蒋辉这么器重她，就连林启峰也为她着迷，想到这里，她感觉自己更加委屈，凭什么这一切都要让她来承受？她的眼圈有些红了，泪水蓄满了眸子。

其他的设计师在底下小声嘟囔，颇为不满，因为顾可根本就不是因为私事，而是去技术部查看新品制作的进程，沟通一下问题，却被赵欢打小报告。

顾可回来的时候，跟她同时入职的同事郝萌萌私下告诉她这件事，她也只是一笑了之，对于赵欢这种一肚子坏水的人，她懒得放在心上。突然，她收到了一封邮件：李欣回来了。李欣前一段时间被公司分派到美国跟踪项目，项目预定还有半个月才能完工，她怎么提前回来了呢？顾可心里一阵纳闷。

这都要源于赵欢，她告诉李欣，顾可要顶替她的位置，还要抢她的男友威廉，李欣怎么还能坐得住，当即加快进程，匆忙赶了回来。

她不在的这段时间，顾可被董事会提携，暂时管理设计部，因此设计部的大小事务基本上都交给了她，各项会议也都是她出席参与。李欣刚走进办公室就看到郝萌萌拿着一份文件交给顾可,当下更是火冒三丈。她冷眼看着他她们,拿起了那份文件,冰冷的语气带着不容置疑的威严:"我回来以后,这种文件就不劳驾顾设计师了。"说罢,挑衅地看了顾可一眼离去,顾可和郝萌萌对视了一眼,彼此都明白李欣的不满,也只能无奈地干笑两声。

设计部的大权再次回归到李欣的手里,顾可将手头的工作汇总了一下,整理成一个文件,走进李欣的办公室,礼貌微笑:"欣姐,这是最近一段时间设计部的事务,我整理成了一个文件,您有时间看一下。"

却不想李欣嘴角冷笑,将文件狠狠地摔在地上:"顾可,你这是在命令我吗?"

"不是的,我只是觉得看一下更容易开展工作,毕竟您这么长时间不在公司。"

"我不在公司,倒是给某些居心不良的人创造了机会。"李欣冷哼一声。

顾可知道她话里有话,只装作糊涂,不想撕破脸,转身便要离开。李欣却拦住她的去路,将她和威廉一块儿出行的照片扔到了她的面前。

"你要怎么解释?公司、男人,你很喜欢抢别人的东西是吗?"李欣恶狠狠地看着她。

"随你怎么想。"顾可也懒得跟她解释,不卑不亢地迎上她的双眸,嘴角浮现一丝冷笑和淡漠,开门离去。

李欣将那堆照片狠狠攥在手里,撕得粉碎。"顾可。"她狠狠地叫出她的名字,嘴唇咬出了鲜血。

顾可从李欣的办公室出来,脸色不好。赵梦婷恰好走了过来,看到她因生气而微红的脸:问道:"怎么啦?"

顾可不说话,猛地趴在梦婷的肩膀上:"什么都别问,我想靠一靠。"委屈、悲伤、气愤在这一刻萦绕在顾可心头。她从来没想过要跟李欣争什么,更没想过要抢威廉,她只是想好好工作,好好对待身边的朋友,难道这也有错吗?

梦婷安慰她,说晚上请她吃大排档,顾可勉强一笑,梦婷补充道:"叫上威廉吧。"

顾可嘴角勾出一丝无奈:"威廉是有女朋友的人,你要是想跟我一样被李欣恶言相加的话,你就尽管请,别怪我没提醒你。"

"李欣怎么了,还真把自己当他女朋友了。"赵梦婷嘴里冷哼,顾可以为她是气急,说错了话。

"人家就是女朋友好吗?如假包换。"顾可更正。

下班后,梦婷和顾可两人有说有笑地走出大楼,却不想林启峰站在楼下守株待兔:"我想跟你谈谈。"

他伸手想要拉住顾可,被她一把甩开:"我没心情听你说话。"顾可说罢,就要离开。

他紧紧地抓着她的胳膊:"给我十分钟好吗?"

赵梦婷见林启峰有些憔悴,心里难受,劝道:"要不,你让他好好说说吧。"说罢,她便离开,在马路对面等着。

顾可再次甩开了林启峰:"有什么话你就在这里说吧。"

"在这里不太合适。"林启峰有些为难。

"怎么,害怕蒋文希会看到?还是害怕同事会看到?"顾可嘴角的笑变得更加冰冷。

林启峰没有回答她,眸子里有些无奈:"对不起,顾可。我也是没有办法,我没有选择。"

顾可笑得更加疯狂,眸光冰冷而无力:"那我问你最后一句话,你爱过我吗?"

林启峰刚要回答,看到蒋文希从 Cherish 大楼里走了出来,慌忙藏好情绪,对着蒋文希笑笑:"累坏了吧,我等你好久了。"

顾可的心一瞬间便被投放进了冰底,她到底还在期望着什么?对待这么一个欺骗她感情一次又一次的男人,他就是想看她笑话是吗?

"我出来得不是时候吧？"蒋文希冷嘲热讽一句。

"失陪。"顾可冰冷的嘴角勾起一丝厌恶，转身离去。

蒋文希面色冰冷地看着林启峰，他沉默不语，她质问："你根本就不是要等我。"

他也不解释，依旧不语。蒋文希径直走进车内，扬长而去。林启峰的假意，在那一刻，她看得清清楚楚，不管一个人怎样伪装，眼神都是骗不了人的，他真正喜欢的人是顾可。

蒋文希来到约定的商务会馆，冯秋实果真在那里等着她，他抬眸望向了她："蒋小姐迟到了。"

"合同呢？"她冷冷的眼神扫在冯秋实那张油光锃亮的脸上。

冯秋实点了点头，助理将合同递给了蒋文希，蒋文希细细查看后，手中的笔却始终落不下来，冯秋实在一旁煽风点火："蒋小姐还在犹豫什么？既然没有想清楚，那就请回去吧，等着明天董事会的罢免。"

蒋文希狠狠地咬着牙，签下了合同。

走出会馆的时候，天黑漆漆的，看不到一点亮光。她趴在车里，痛哭不止。她的人生从来没有像此刻这样绝望过，那种感觉像是在自己的心里挖了一个洞，一个深不见底的洞，里面是漫无边沿的悲伤和无奈。她开动了车子，眼泪就像是六月的雨一般，怎样都流不完，她不顾形象地痛哭着。

第二十九章　李代桃僵

次日，董事会召开了紧急会议，蒋辉狠狠地将一份文件甩在董事桌上："怎么回事？！这种文件你竟然都肯签，你的脑袋是怎么啦？"

蒋文希的眼睛是红肿的，顾可一眼便瞧了出来，她一定是哭过的，出现现在这种局面，谁也不好受。蒋辉继续训斥道："你知不知道，冯秋实那个老家伙就想通过这次的融资渗入到 Cherish 内部，股权怎么能交到竞争对手的手里，你的脑袋被门挤了吗？"

蒋辉气得将那份文件扔向了蒋文希的脸，她强忍的泪水流了下来。

此时，冯秋实带着两个人闯了进来："蒋兄，怎么开董事会也不叫我一声。"说罢，坐在了董事的座位上，身边的人也跟着坐下。

"散会！"蒋辉狠狠瞪了蒋文希一眼，便气冲冲地走了。冯秋实倒是跷着二郎腿坐在那里，嘴里依旧叼着一根香烟。

顾可走了过来，眼神里有一丝鄙夷，却故作礼貌地提醒："冯总，这里是 Cherish，请您熄灭手里的烟。"说罢，冲着冯秋实笑笑。冯秋实心里却是一怔，这个小丫头明摆着是在提醒他，不要在这里撒野，就算有三个董事席位，这里也依旧是 Cherish 的地盘，她是在向他示威，既有胆量也有智谋。他笑笑，掐灭了手里的烟，走了出去。

顾可刚走出去，就被蒋辉叫去。他一只胳膊拄在桌子上，撑着脑袋，另一只手的手指揉着太阳穴，似乎很难受的样子。

顾可轻声呼唤了一句"董事长"，他才抬起头，指了指前面的椅子，让顾可坐了下来。刚才面对蒋文希的愤怒依旧没有褪去，他狠狠地捶打了一下桌子，无奈又失望。

"蒋文希竟然做出这么糊涂的事情，真是气死我了。"说罢，又是一阵痛心疾首。

"董事长，您不要太难过了，船到桥头自然直，事情已经发生了，再追究谁的责任也没用。"顾可劝慰。

"还是你冷静，我果然没有看走眼。"蒋辉欣慰地看向顾可。

"谢谢董事长赏识。"

蒋辉还想说什么，却是一阵剧烈地咳嗽。顾可慌忙打了一杯温水，递给蒋辉，他匆忙喝下。

"顾可，你是个好孩子，既孝顺又聪明，你要是我的女儿该有多好，那样我就不用再为 Cherish 的未来焦急了。"

顾可温婉一笑："董事长，蒋文希其实也很孝顺，能看得出她十分在乎董事长，今天早上上班的时候，我在附近的药店看到了蒋文希，她手里拿着一盒咳特灵，我想应该是买给董事长的吧。"

蒋辉若有所思，失神地望着远方，面色也变得柔和了许多，脸上有一丝愧疚，他重重地叹了口气："蒋文希虽然不是我亲生的，但我一直拿她当亲生闺女一般对待，什么都给她最好的，最好的礼物、最好的衣服、最好的教育，我知道她很孝顺，只是这件事，实在是太让我失望了。"

"我很羡慕蒋文希，有个这么疼她的叔叔，不像我，从小就是孤儿。"顾可看着蒋辉，眸光中夹杂着一丝羡慕和忧伤。

蒋辉一惊，不想让她勾起伤心事，慌忙岔开话题："今天我叫你来，是要给你下发一个艰巨的任务。"

顾可抬眸，严肃而认真地看着他。蒋辉此时的眸光闪烁着些许亮光，他缓缓说道："我决定，今后 Cherish 和冯秋实的合作，由你来负责。"

顾可心里猛地一惊，她是该高兴还是悲伤？高兴的是董事长认可她的能力，给她机会，可是谁不知道这是一个稍有差池便会万劫不复的差事，一旦失手，就会成为 Cherish 的罪人，而蒋辉怎么会把这么冒险的事情交给蒋文希……或许，他刚才讲起对蒋文希的疼爱就是在做伏笔吧，他是要让她去做蒋文希的炮灰，成了，则保住了 Cherish，蒋文希上位，败了，也只牺牲顾可一个人。想到这里，她的心凉到了极点。

蒋辉看出了她的顾虑，说道："你放心，如果你肯接手，我会让你的薪水翻倍，另外还给你公司百分之五的股份。"

这句话更是伤了顾可的心，她一直觉得自己和蒋辉还算投缘，每次靠近蒋辉，都会格外亲近，就像是父亲一样，她以为他们之间是有私人感情的，却没想到，最后，她不过是个随时可以牺牲的棋子而已。

她没有说话，沉默了几分钟，答应了蒋辉，不等蒋辉道谢便走了出去。如今除了她，恐怕 Cherish 集团任何一个人都不会接这个案子。

自己摇身一变竟然成了这件事的主要责任人，顾可嘴角冷笑，这是一场生死较量，她不信找不到力挽狂澜的办法。她的嘴角扬起，眼眸里泛着必胜的亮光。蒋辉暂时撤掉了蒋文希副总的位置，直接提拔顾可为 Cherish 副总，人人都来道喜，只有明眼人看得出，蒋辉无非就是想要保全蒋文希，而把她当炮灰使罢了。

这个消息一出，威廉就打来了电话，骂了顾可一通。不知怎么，此时听到威廉恼怒的语气，听到他骂她傻，她不仅没有生气，反而很开心，因为这证明他对她的关心是真的。

"听我的，咱们不干了，现在就辞职，我养你。"顾可听到这里，眼泪掉了下来，刚才那种情况，心里那么难受，她都忍住了，却在听到"我养你"三个字时，再也抑制不住，泪水就像是断了线的珠子，滚落个不停。从小到大，她都是一个人，一个人走很长很长的路，无论孤独寂寞，还是痛苦挣扎，她都一直在路上，不曾因为任何一个理由停下，没有一个人跑过来跟她说："嗨，你不用那么努力，我替你摆平。"她的声音有些哽咽，再也说不出一句话，只是匆忙说了声"谢谢"，便挂断电话。

　　她走到茶水间，见到她的人，纷纷站直身躯问好。她只是笑笑，泡了一杯茉莉花茶，靠着窗户呆呆地望着。窗外的世界似乎每天都一样，却好像每天又都不一样。她嘴角冷笑，喃喃自语道："熙熙攘攘，皆为利往。"

第三十章 幕后黑手

公司另外给她收拾出了一间办公室，按照副总的规格配置。顾可坐在办公椅上，盯着电脑，惬意地倒了杯咖啡，坐在那里边喝边查找资料。

"哎哟，真不错，升官了。"赵梦婷走了进来。

顾可"嗯"了一声，站了起来，让赵梦婷坐到自己的座位上，体会一下坐老板椅是什么感觉，梦婷乐得屁颠屁颠的："果然比我们那儿的座位舒服多了。"

"那当然了。"

正在顾可美滋滋的时候，梦婷突然正襟危坐："可是，要应付冯秋实，你真的可以吗？"

"有什么不可以的？虽然局势对我们来讲很恶劣，但是也未必就一定会输。我想冯秋实应该会在公司股票交易上动脑筋，早就已经通知了市场部，让他们盯紧 Cherish 的股市动态，任何股份流动的风吹草动，都不能放过。"

梦婷失神地望着顾可，眸子里有种莫名的亮光，顾可惊诧："干吗这种眼神？"

"顾可，你变了，变得更好了。"梦婷失神道。

顾可没有说话，她变了吗？或许人都会变的，曾经以为一成不变的，都会在不知不觉中变得面目全非，就像林启峰。

她召开了紧急会议，各部门领导均有参加。她坐在会议的主席座上，见大家已经全数到齐，站了起来，对着台下浅浅鞠躬。

"今天是我第一次主持这样的会议，我还年轻，缺乏一些经验，以后还请各位同事多多指教。"

台下的人鼓掌庆祝她的荣升，李欣也在其列。她看着他们心口不一的笑，突然眼前有些模糊，看不清楚谁是真心谁是假意。她拿起一叠文件递给张助理，让他分发下去。张助理是蒋辉的心腹，蒋辉美其名曰给她安排一个得力助理，其实不过是在顾可身边安插一双眼睛。她完全理解，商业关系嘛，至亲至爱都会存在明争暗斗，何况她一个外人，蒋辉的担心并不多余。顾可是明眼人，任何工作上的事情都势必让张助理在场，以打消蒋辉对她的疑虑。

各位领导和董事都手执一份文件，顾可双手撑在桌子上，威严的气势和强大的气场让在座的人震惊。她眸里闪着亮光，精明而睿智，带着不容置疑的王者霸气，说道："Cherish 的现状，想必各位董事和领导都很清楚，最近各大媒体都在报道我们 Cherish 融资困难、生产停滞、销量因丑闻而停滞不前的情况，严重影响了公司的声誉和威望，导致公司股价直线下跌，再这样下去，Cherish 将岌岌可危。我们必须立刻召开一场新闻发布会，展示公司的经典之作，转移注意力，扭转负面新闻。"

顾可回到办公室，翻阅市场部反馈的数据，听到有人敲门，她应了一声，抬眸，却看到是林启峰，便问道："有什么事吗？林经理。"

现在的顾可，和以前那个黏在他身边说着傻话的女孩已判若两人，林启峰心里划过一丝伤感："你变了。"

"大家都变了，不是吗？"这句话戳到林启峰的软肋，毕竟，是他背叛在先，有什么资格说别人变了。

他把一份资料放到顾可的桌上："顾总，这是与冯秋实合作的所有工作对接资料，您看一眼吧。"

顾可轻轻"嗯"了一声，继续翻阅文件，不再抬眸看他。林启峰内心一阵复杂，忧心忡忡道："顾可，我不反对你升职，可是你应该明白，这把椅子现在就是一个潘多拉魔盒，谁也不能保证打开之后里面是不是炸弹，你要明白，它也许会把你炸得一无所有。"

顾可放下手中的文件，抬眸看了他一眼，嘴角含笑："我早就知道，谢谢林经理提醒。如果没有别的事，你可以出去了。"

林启峰见劝说不成，知道无论如何她都不会改变主意，他走了出去，眸中尽染无奈和悲痛。他从不想与她为敌，可是要摧垮 Cherish，就必须踩着她的尸体往上爬，他的眸光里满是无奈，狠狠地攥紧拳头。

林启峰走后，顾可心里闷得喘不过气来。她一直强压着对他的情感，不敢让它肆意流露，可面对他的软言蜜语，她依旧是没有丝毫的抵抗力，她以为自己已经潇洒放下，原来却只是自欺欺人。她对待感情不允许有一丁点儿杂质，一旦有了伤害，即使再爱，也会决绝离开。她会狠心把自己打碎，再也无法拼凑，她最恨背叛，一经背叛，永生不得翻身，只因为对待感情，她比任何人都真心。

直到 Cherish 新品发布会那天，她特地戴了四叶草珠宝项链。这款项链早就在业内名气大震，先是在 Cherish 新人设计大赛上赚足眼球，后来经过改进，又在巴黎珠宝展上大展风采。Cherish 一直迟迟不肯将其推向市场，在这期间，它已经吊足了人们的胃口，而现在，正是推出这款项链的最佳时机。顾可嘴角浅笑，轻轻搅动着手里的咖啡，悠闲自得，等十点钟新闻媒体一到场，她就需要登台展示。

突然林启峰走了进来，不由分说把顾可按在墙角，湿润的唇拥吻着她，他的吻热烈而残暴，撕扯着她的心，她拼力挣扎，他的力气很大，始终紧紧扣牢她不肯放手。或许是挣扎得过于激烈，她脖间的项链"啪"的一声掉了下来，摔在了地上。林启峰这才停下，俯身捡起，递给了她。

"滚！"顾可眸光冰冷而决绝。

林启峰轻轻咬了一下嘴唇离去，脸上密布着一丝难以自抑的忧伤。顾可将那串项链紧紧地护在胸前，蹲坐一角，痛苦地抱着脑袋，蜷缩作一团，泪流不止。

听到敲门声，顾可慌忙擦干眼泪，整理了一下衣服，深吸一口气，轻声应了句："进。"

"顾总，媒体这边已经到齐了，发布会随时可以开始。"进来的人是张助理。

"好，十分钟后开始。"顾可吩咐完，他点头离开。

她补画了一下妆容，踩着高跟鞋进入发布会会场，刚才还在喧哗的会场瞬间安静下来。她穿着大红色长裙，脖间戴着那串四叶草的珠宝项链，映衬着光滑透亮、白皙如雪的肌肤。

"好漂亮！"

"快看，多漂亮啊！"

"太美了……"

顾可的手心早已冒出了冷汗，但当听到各种称赞声不绝于耳，紧张的情绪也减轻了不少，对着镜头从容自信地说道："各位媒体朋友及在场的来宾，大家好。首先非常感谢大家百忙之中参加 Cherish 的新品发布会，感谢大家对 Cherish 一路的支持，谢谢！"她大方优雅致谢，微微欠身，不失身份却也尽显诚意。

她顿了顿，继续道："大家也看到了我今天戴的这款四叶草项链，你们可能只知道它光鲜的外表，却并不了解它的真实寓意。"

顾可看着台下的观众，扑闪着那双明眸，眉毛轻扬，浅浅一笑："大家想知道吗？"

台下立刻爆发山洪一般的声音："想！"

顾可像小女孩一样吐了一下舌头，这个动作更是博得在场嘉宾的喜爱，使得她多了一份亲切感，不像是高高在上的副总，也不像一炮走红的设计师，倒更像个邻家小妹妹。

"其实，我是一个孤儿，从小在孤儿院长大，童年不幸，遭受过两次抛弃。我一度觉得自己就是一个失败者，所有的遭遇似乎都很喜欢我，可能，它也觉得我长得漂亮吧。"说到这里，顾可笑出了声，大家都被她乐观的情绪所感染，也纷纷笑起来。

"但是，我从来没有丧失过对生活的信心。如果有时光机的话，你们可能会看到一个小女孩扎着马尾辫，趴在草丛里找四叶草。因为传说，四叶草可以带给人幸福。从那天起，四叶草就成了我心中的信念。四叶草的第一片叶子代表希望，Hope；第二片叶子代表信心，Faith；第三片叶子代表爱情，Love；而多出来的第四片叶子则代表幸运，Luck。我之所以设计这款产品，除了它是我的信念之外，更希望每一个佩戴它的人，都能怀抱希望与信心，拥抱爱情与幸运。"顾可说到这，台下便响起一阵如雷般的掌声。

"Cherish 对久久未能向市场推出四叶草项链深表遗憾，但是可以承诺各位，我脖子上佩戴的这款项链，将在一个月内正式面市。Cherish将拨出大批资金投入到这一期的新品生产中，同时四叶草系列项链也将秉承着既有的设计原则，打造不同款型，希望大家不要听信谣言，随时期待大家的关注。"

就在一切顺利开展的时候，突然人群中有一个声音响起："她脖子上的项链明明是 A 货，Cherish 连真正的珠宝都买不起。"

顾可猛地一惊，只见有从人群中走来，此人正是上次大闹蒋文希婚礼的人。

"又是你？"顾可眉头微皱。

"敢不敢把脖子上的项链摘下来，让大伙瞧瞧。"那人对她冷冷一笑。

顾可嘴角勾起一丝冷笑，张助理立刻叫来了保安。那人却冲到了台上，伸手就要抢她脖子上戴着的珠宝，她死死地护住那串珠宝，他猛地一推，她的脑袋撞在墙上。威廉从远处，穿过人群，向她冲来，带着焦急的眼神、担忧的神色，他在来人的脸上打了一拳，将她护在身后。保安冲了进来，带走了闹事者。

场面乱作一团，一些好事的记者纷纷逼问。

"顾小姐，方便把项链摘下来让大家看看吗？"

"对，Cherish该不会真的有鬼吧……"

逼问声一声比一声高，顾可突然觉得头昏脑涨，脸色发白，嘴唇发黑，"啪"的一声晕倒在地。

有那么一瞬间，什么都听不到了，耳边的嘈杂声也没有了，威廉那张满是担忧的脸，也变得越来越模糊，最后一切都变得无影无踪，消失不见。

突然有一瞬间，顾可感觉周遭又开始纷乱起来。他怀里的温度，他撕心裂肺喊叫120的声音，他微微发抖的双手，她都感觉到了。可是她没有睁开眼睛，她知道有人盯准了Cherish，他说这枚钻石是假的，那就有90%的可信度，否则不会冒险来抢宝石。如果她醒来，那么Cherish就真的该完蛋了。对不起，威廉，顾可在心里向他道歉。

张助理匆忙报了警，威廉抱着她，那样死死地抱着，穿过嘈杂的人群，像一个盖世大英雄，守护着她，生怕有人把她打碎，生怕她会永远消失。从小到大，她就像电影里的紫霞仙子，幻想着有一天一个盖世英雄会出现，他会踏着五彩祥云来接她，她一直认定那个人是林启峰，却从来都不懂得回头看。只是这一刻她才发现，她一直都错了，那个人一直都在她的身边，她的眼角有一滴泪水慢慢滑落脸颊。

顾可被抬上救护车，威廉紧紧握着她的手，等到了医院，医生给她打上吊针，她才睁开了眼睛，冲着威廉笑笑："怎么？这么担心我。"

"以后没有我的允许，不准你有事儿，听到了没有？"威廉语气里满是警告意味。

赵梦婷接到消息匆忙赶来，她的手里提着一袋子水果，看到威廉也在，她笑笑，推说自己有事，便离开了。

他拿起一个苹果，轻轻削了起来，动作温柔。顾可偏着脑袋看着他，阳光透过窗户洒在他的脸上，镀上了一层温暖的颜色。他凤眸低垂，面容俊美不失柔情，薄唇微抿，唇角处流露着难言的甜蜜，眉眼处是说不尽的柔情。那么一瞬间，顾可的眼神直直望着他，仿佛时间和一切都化作了虚无，她听到了自己的心跳。那是她第一次对威廉心跳，那是心动的声音，仿若河边的桃花嗅到了春，撞落了一树的花香。只可惜，她的心动来得太迟了，错过春天的百花、夏天的白裙、秋天的落叶，还有冬天的飘雪，只剩下这一通不可思议的心跳掩埋在时光里。

威廉抬眸看到顾可痴怔的眼神，四目交接的刹那，她慌忙移开眼神，看向别处，脸色微红，不敢再去看他。

他把苹果递给了她："慢慢吃。"

顾可"嗯"了一声接过来，轻轻咬着嘴唇，威廉用手贴上她的额头，她又是一怔，感觉到他手心的温度，像是电流一般激荡全身。

"不舒服吗？"他见她脸色通红，以为是发烧了，轻声问道。

"没……没有。"她摇了摇头。

威廉的嘴角邪魅一笑："那为什么脸这么红？"

她微微低着头，也不说话，只是不断地啃着手里的苹果。

"哦，该不会是害羞吧？"

她的心事被戳穿，脸色变得更红了，用力打了他一拳："胡说！"她气势汹汹地看着威廉，恼羞成怒。

"今天是怎么了，开玩笑都反应这么强烈！"威廉觉得有些莫名其妙。

医生走了进来，检察顾可的病情。医生说顾可能吃了过敏源腰果，所以才会出现昏迷，还好摄入量不算多。

可她从来都没有接触过腰果啊，顾可心里一阵纳闷，拿起手机，给张助理打了过去："张助理，公司那边怎么样了？"

"顾总，您现在好些了吗？不好意思，董事长也住院了，我没能抽时间去看您。"张助理解释道。

"没关系，董事长情况怎么样了？"顾可有些担心。

"现在已经没事儿了，董事长是过敏体质，接触了腰果粉，还好量不大，已经醒过来了。"

又是腰果粉。顾可似乎觉察到了什么："张助理，你帮我调查一下公司的监控，看一下饮水机有没有人动过。"

顾可挂断电话，威廉见她脸色不对，知道是出了事，赶忙问怎么了。顾可将董事长也因为腰果粉住院的事告诉了他，她怀疑是有人故意为之。

威廉刚才一直担心顾可的身体，见她并无大碍，才猛然想起闹事者。

"这条项链究竟是不是真的？"

"十之八九是假的。"顾可冷笑，摘掉那串项链，拿到了阳光处，仔细查看。这条项链是她设计的，也是她和技工师傅一块儿挑选宝石、打磨制作、全程跟踪的。此时她一眼就看出了这个宝石是假的，眸光变得锐利异常，嘴角微微抿起，放下手中的宝石，看向威廉："这块宝石质地虽然和祖母绿极其相似，却并不是祖母绿，不懂宝石的人可能察觉不到，但是真正懂得宝石的人，仔细看来，却是可以识破的。我想那个闹事者一定是受人指使，故意和 Cherish 为敌，制造这么一出丑闻，让Cherish 难堪，除了一个人有这样的手段和动机，我再想不出第二个。"说罢，她嘴边的笑变得更加阴冷。

"你是说冯秋实？"威廉皱眉。顾可笑笑，算是肯定了他的推测。

"现在最关键的就是找回那条项链，我想现在 Cherish 设计的项链亦真亦假的新闻已经满天飞了，很容易引起股价波动。冯秋实已经得到了 Cherish 百分之十五的股份，由于用大笔的资金投入了这个项目，估计一时之间资金不足，所以想方设法打压股价，好趁机买入，一旦股价下跌到某个点，冯秋实很可能全盘买入，借机控股 Cherish。我们资金不足，到时候就只能等死。"

"那你想想，这条项链会是谁动了手脚？"威廉面带忧色。

顾可仔细回想着整个过程，拼命思索："做这款珠宝的师傅姓王，王师傅给我成品的时候，我是验过货的，不会是假。后来我回到了办公室，把它戴在脖子上，没有任何人有机会偷天换日，除非……"顾可说到这里停住，只有一个人有可能做手脚，那就是林启峰，他完全有可能在拥吻她的时候，趁她挣扎着不注意，偷天换日。只是，他为什么要这么做？顾可的拳头紧握，她实在不敢往下想，林启峰最近做的事，一直出乎她的意料，让她难以接受，这件事情，他有极大的嫌疑。

"除非什么？"威廉继续追问。

"没什么。"她慌忙掩饰，他察觉到了她的刻意隐瞒。

威廉走出顾可的病房，去了 Cherish 的监控室，恰好张助理也在，两人相互寒暄了一下，说明了彼此的来意。

威廉看了一眼监控录像，定格在所有的饮水机前，但是一个可疑的人影都没有出现，威廉冷笑一声："看来我们也不用调监控了，那人肯定早就做好了准备，而且对公司的可监控区域了如指掌，一定是你们公司内部混入了奸细。"

威廉突然想起了什么："你们的茶水间是不是没有摄像头？"

"对，一般大家去茶水间都是在喝茶，如果在那里投入腰果粉的话，混入茶叶的味道，一般是觉察不出来的。"张助理也恍然大悟。

两人匆忙赶到茶水间，打了一杯清水，喝在嘴里，果然有一种淡淡的甜味。威廉和张助理立刻打电话，告诉顾可这件事情。茶水间是唯一没有监控摄像头的地方，因此唯一的线索也断了。顾可吩咐这件事情暂时保密，免得引起同事之间的猜忌。挂断电话，她悠悠喝了一杯水，面色淡定，黑的白不了，白的黑不了，这么着急来阴的，有些人看来心急了，她的唇角勾起一个微笑的弧度。

顾可知道不能把怀疑林启峰的事情告诉威廉，不然他一定会为了她把林启峰弄得很难堪，她打电话给了赵梦婷，让赵梦婷帮她调查林启峰的背景。张经理已经将闹事者送进警察局，目前警方已经介入，她知道自己没有喘息的机会，游戏才刚刚开始，前方还有更卑劣的手段等着她。

顾可担心公司状况，提前办了出院手续，她没有回自己的办公室，反而推门走进了林启峰的办公室。

"林经理。"她径直坐在他的面前，林启峰自然知道她一定是为了项链的事，早就想到她出院后一定会来找他，做好了万全的准备。

"顾总有事吩咐吗？"他对她微微一笑。

顾可夺过林启峰手里的笔，拿在手里转了起来："启峰，记得上高中的时候，你转笔的速度永远比不过我，不知道现在有没有长进？"

他以为顾可会跟他提珠宝的事，却没想到她只字不提，反而提起年少时光，他一怔，脸上的冰冷也柔和起来："是啊，那个时候的我们多好啊。"

"你记得就好。"顾可嘴角浅笑，说罢，转身就要离开。

"你明明都知道吧。"林启峰叫住了她。

顾可回眸对他浅浅一笑："知道又怎样，你不会收手，我也没有证据。"她的语气到最后竟有些哽咽，"我们真的要这样吗？"

他没有回答她，只是反问："如果你有证据，会揭穿我吗？"

"会。"她回答得没有一丝迟疑，转身离去。林启峰的心像是针扎般疼痛难忍。

顾可刚回到办公室，便有人敲门，来人是郝萌萌。顾可让她坐下："怎么了？工作上遇到什么问题了吗？"

郝萌萌以前跟顾可的关系一向很好，她看不惯赵欢的所作所为，于是壮大了胆子说："顾总，我知道是谁要害你。"

原来那天赵欢将腰果粉投入公司饮水机之后，便匆忙逃离，结果撞上了路过的郝萌萌。郝萌萌看到赵欢的口袋里掉出一个腰果粉的包装袋，她匆忙捡起离开。当时郝萌萌也没有多想，毕竟腰果粉并不是毒品，一般人吃了对身体还好，可是这对于哮喘病人来讲却是毒药。郝萌萌把这一切告诉了顾可，顾可示意她不要声张出去。郝萌萌走后，顾可立即召来了张助理，让他秘密调查赵欢。

她查看了 Cherish 的股价，并没有继续下跌，才松了一口气，却没有想到还有一场更大的风浪在后面等着她。

第三十一章　身世之谜

次日，网上一组顾可和蒋辉同进同出的照片被刷屏，这篇文章的撰稿人甚至污蔑她与蒋辉的关系不单纯，造谣她依靠蒋辉上位，疑似小三。顾可气得双手攥得咯吱作响。她闭上眼睛，尽可能让自己平静，真没想到冯秋实连这么卑劣的招数都使得出来。

蒋辉也被这则新闻气得将茶杯摔在了地上，此时突然有个人闯了进来。

"是你！"蒋辉大惊。

"对不起董事长，我拦不住。"紧跟着跑进来的张助理一脸抱歉道。

蒋辉并没有责怪张助理，示意他出去，并嘱咐不准任何人打扰。然后一脸优越地俯视着眼前的这个男人："陆刚，这么多年了，你还真是没变啊。"

陆刚冷冷一笑："你也是，还跟当年一样卑鄙无耻。"

"谢谢夸奖了。"蒋辉却也不在意，反而笑笑。

陆刚却猛地攥紧蒋辉的衣领："当年你对罗丽做出那种事情，我饶过了你，但是今天，我绝对不饶你！"说罢，狠狠一拳打在蒋辉的脸上，"这一拳我是为罗丽打的。"他还没站稳，陆刚又是一拳，咬牙切齿道，"这一拳我是为顾可打的。"

蒋辉再次摔在地上，挣扎着站起来，冷笑："陆刚，我是看在罗丽的面子上，今天不跟你一般见识，你马上给我走。"

陆刚却逼近了他，眼神愤怒而冰冷，咬牙切齿："蒋辉，顾可是你的女儿，你还有没有人性，我今天非要杀了你不可！"说罢，抬腿狠狠一脚踹在蒋辉的肚子上。

"你说什么？顾可怎么会是我的女儿？"蒋辉惊诧道。

"你个王八蛋，竟然对自己的亲生女儿做出这种事。"陆刚恨极，又一拳狠狠打去。

"我跟顾可什么都没有，这是有人蓄意陷害。"

陆刚也不听他的解释，两人打了起来。张助理听到里面的动静，也不敢贸然进去，因为蒋辉吩咐了，不准任何人进来。可是他又担心会出事，只有去求助顾可。顾可匆忙冲了进去，却在看到陆刚的一刹那，惊呆了似的站着，浑身开始颤抖。她害怕地后退了几步："怎么会是你？你怎么会在这里？"她望着陆刚那苍老的面容，一时之间，恐惧、委屈、失措笼罩了她的整个心，往事再次浮现眼前，让她心里的那堵墙高高垒起。

"对不起，我……"陆刚注意到她在浑身颤抖，泪水从眼角流下，"对不起，我没有恶意，孩子，我来就是想问问，你跟蒋辉的绯闻到底是不是真的？"

顾可冰冷的脸上没有一丝表情，强压着情绪，故作镇定："不是真的，你可以走了。"

陆刚松了一口气："那就好，那就好。"

顾可抬眸望向了他，疑惑道："你问这个做什么？"

"没……没什么。"陆刚并不想让顾可知道她自己的身世，害怕她会接受不了。

蒋辉依旧愣在原地。二十六年前的一个晚上，当他得知罗丽要嫁给陆刚时，痛苦至极，婚礼前一夜，他喝了很多酒，找到了罗丽，强行霸占了她。这二十年多来，他一直活在愧疚当中，因此，他这一生也都没有娶过妻，他对她的爱从来都是认真的。

难道，她竟为他生下一个女儿……蒋辉冲了过来，仔细打量着顾可。

此刻再看顾可，她的眼睛和鼻子跟自己竟然那么相像，他竟从来没有注意到。他开心得哈哈大笑起来："像，太像了，果然是我的女儿，我有女儿！"

蒋辉笑得有些痴癫，一把抱住了顾可。顾可吓得推开了他："什么女儿，这究竟是怎么回事儿？"

顾可眼睛直直看着陆刚，陆刚无奈，只得将事情的原委告诉了她，她才终于明白当年罗丽为什么抛下她。她感觉自己的整个世界都要崩塌了，冲着他们大吼一声："骗子！"便跑了出去。

她跑到一个安静的地方，坐在那里好久好久，直到晚上都没有回去，静静看着天上的星星，泪水在眼眶里打转。她的亲生父亲当年对她母亲做出那种事情，害得她客死异乡，害得自己无父无母，流落孤儿院，这一切都是因为他，他居然还盘算着让自己做棋子，充当炮灰，他欠她们母女的今生都还不完。她那可笑的童年、屈辱的青春、流离失所的无奈和一次次的抛弃都是拜他所赐。

顾可想到这里，更是恨得咬牙切齿，威廉不知何时竟然走了过来。

"威廉，有时候我真怀疑你是人是鬼，为什么总是能找到我？"

威廉也只是笑笑，还不忘肉麻一句："哥是天使！"

"嘚瑟！"顾可没好气地瞪他一眼。

"怎么样，要不要再来点儿酒？"

"来就来，谁怕谁啊！"

她又喝得醉醺醺的，冲着大马路耍酒疯。他背起她，她脑袋伏在他的脖间，温热的红唇蹭着他的肌肤，他咽了几口唾沫，嘴角勾起一丝无奈："不要趁机挑逗我，我禁不起诱惑的。"她却似乎睡着了，一动不动地趴在他的身上。

威廉把顾可背上了楼，轻轻放到床上，盖好被子出门，伸手摸向脖间那残留的温热，嘴角邪魅一笑："小妖精。"说罢，走了出去。

陆刚焦急地等在大厅，慌忙问道："她怎么样了？"

"没事，喝喝酒排解一下就好了，我相信她，她不会这么脆弱。"

陆刚满是内疚之色："都是我不好。"

"爸，别难过了，这不是你的错，早晚她都要面对的。"威廉安慰道。

陆刚重重地叹了口气，望着威廉："陆哲，听爸一声劝，不要再怨怼你妈了，她已经知错了，每天看着她拿着你的照片流泪，我这心里也不好受。"

威廉的眼角也有一丝湿润，轻声道："知道了，过两天我就去看她。"他声音有些沙哑，到最后竟有了一丝哽咽。

第三十二章　生死较量

顾可离开了 Cherish，蒋辉只得再次启用蒋文希。他恢复了蒋文希副总的职务，但也没有罢免顾可，只是让她好好静一下。

顾可刚离开，威廉就召开了记者发布会，宣告和李欣的恋爱关系结束，两人已经分手，却没想到就要结束的时候，一段录音摧毁了这一切。

来人播放了一段录音，录音便是蒋文希和威廉的约定内容。威廉为了顾可，蒋文希为了商业利益，两人联手制造谎言欺骗群众的事情，终于还是浮出水面。一时之间，群众反应激烈，Cherish 的销量再度下降，股价暴跌，更有合作商纷纷撤资，而威廉也因此遭到了封杀，粉丝谩骂、经纪公司解约、剧组和广告商也都索要赔偿，一时之间，威廉由千万人拥戴的大明星，变成人人喊打的过街老鼠。

威廉为了保护顾可，把她送回孤儿院，刻意让她避开外界的干扰。威廉和顾可坐在长椅上聊天，顾可突然问他："你怎么这么闲啊，不需要拍广告或者电影吗？"

"最近生意不好做，我还想着让你养我呢。"

顾可一脸嫌弃地看着他："装，再装。"

他只是告诉她，他和李欣分手了，却并没有告诉她有关录音的事情。在烽火四起的争斗里，他只想让她远离这些是非。

两人正在说笑着，没想到张助理竟然找来了。他眼角微微泛红，说："顾总，董事长心脏病突发，现在正在医院抢救。昏迷中，他一直都在叫你的名字，我知道你恨董事长，可他毕竟是你的亲生父亲。医生说需要马上手术，风险很大，他现在就躺在手术台上，我希望你可以去看他一眼。"

"怎么会这样？好好的怎么会突然心脏病发作？"顾可眼角有些湿润，张助理将录音曝光的事，还有 Cherish 最近捉襟见肘的状况一五一十地说了出来。Cherish 股价暴跌，冯秋实已经开始买进股票，Cherish 也紧跟其后，可是 Cherish 根本就没有那个资金，不到五天的时间，钱就用完了，冯秋实依旧在买进，这样下去，控股权非冯秋实莫属。蒋辉气得心脏病突发，直接进了医院，蒋文希再次被董事会罢免，林启峰主持大局，一时之间，乱作一锅粥。

顾可跟着张助理去了医院，再怎么说，他也是她的爸爸，她以为她会恨他，可是当看到他躺在病床上奄奄一息的时候，什么怨恨也没有了，只希望他可以平安度过。她眸光里有泪，忧心忡忡。

"顾总，现在不是伤心的时候，Cherish 需要您主持大局，董事长这里我会帮您看着，他一醒来，我会马上告诉你。"张助理劝慰道。

顾可擦干眼泪，恢复了往日的平静，换了一身衣服，踩上高跟鞋，走进 Cherish 会议室。此时林启峰正在主持会议，鼓吹各大股东撤资，以免跟着 Cherish 两败俱伤。一时之间有几个股东跃跃欲试，也有些股东反对，争吵声传了出来。顾可嘴角冷笑，气势浩大地走了进去。

"抱歉，我来晚了。"说罢，顾可将手里的文件狠狠地摔在桌上，对着台下跃跃欲试的股东和林启峰冷冷一笑，"怎么，董事长还在医院抢救，你们就在这里商量着怎么把 Cherish 给卖了？当年你们入股的时候，也就是那么一丁点儿的钱，如今成为百万富豪，是谁成就了你们？现在 Cherish 不过是遇到了一些困难，你们就想着撤资，于情于理都不合适吧！"

台下的股东们立刻消停下来，纷纷低着头，刚才吵闹的股东也瞬间安静了下来，顾可看了林启峰一眼："还有你，你算什么职位，有什么资格说这种话？！"

林启峰不服气道："你不过是个小股东，也就是董事长提携你，让你做了副总，反正赔的也不是你的钱，你当然可以在这里说风凉话。"

顾可冷笑："这个问题问得非常好，梦婷，把董事长的股权转让说明，请林先生看看。"

林启峰翻看着股权声明，满脸惊讶之色："不可能！这不可能，蒋辉怎么会把股权转给你？"

"因为我是他的亲生女儿，我姓蒋。"顾可轻轻一笑，她的话刚说出口，在场所有的股东都是大吃一惊，"各位毋庸置疑，验 DNA 我也不怕。我爸爸为了 Cherish 费尽了心血，我是绝对不允许它中途断送的。"

她振臂一挥："各位，现在正是 Cherish 需要你们的时候，需要你们和我并肩作战的时候，只要我们齐心协力，一定可以闯过这个难关。"

台下的股东纷纷鼓掌，他们那颗动摇不定的心，此刻也像是吃了安心丸一般，毕竟大家都不愿看到，自己辛苦打下的江山毁于一旦。

林启峰面色难堪，顾可装作没有看到，离开了会议室。此时张助理走了进来："董事长，赵欢的底细已经查明白了，以前的客商流失也是她做的，她一直都跟冯秋实有联系，但是，还牵扯到另一个人，还要继续查下去吗？"张助理是个聪明人，知道顾可和林启峰有过一段感情，因此有意看看她的态度，没敢说出他的名字。

顾可轻声道："查，但先不要打草惊蛇，这件事情只能你知我知，绝对要保密。"

她让张助理退下，叫来了赵梦婷，询问林启峰的背景。梦婷告诉她，林启峰是林氏集团董事长的儿子，七年前林氏集团因欠下巨债，被 Cherish 收购，林启峰父母曾上门请求蒋辉宽限几天，不要收购他们的公司，可是蒋辉似乎并没有同意。他派专车送林启峰父母回家，结果中途出了车祸，无一生还，林启峰父母双亡。

顾可听到这里，眉头紧皱，心里隐隐作痛，七年前林启峰突然不辞而别或许就跟这场车祸有关，怪不得他会恨 Cherish 入骨。

她走进林启峰办公室，似是有无数刀剑穿心而过，疼痛难忍，她有些喘不过气，胸口闷闷地酸痛："启峰，我知道你做这一切的原因，收手吧，冤冤相报何时了。"

林启峰冷冷一笑："我真没想到你会是我仇人的女儿。"

她心疼地看着他，伸手拉上他的衣角："仇恨不能解决一切的。"

他甩开了她，恶狠狠道："不，仇恨可以，我会让你和蒋辉看着 Cherish 支离破碎。"

"如果你已经决定了，那我们只有战场上见了，请你不要对我手软，因为我不能对你手软。"顾可伤心欲绝，无奈而绝望，说完最后一句话，眼眶泛红，强忍着眸里的盈盈泪水，转身离开。

他叫住了她，将那串项链递给她，冰冷的脸上没有一丝笑容，透露着难言的绝情："顾可，这个还给你，从今天起，我们互不相欠，恩断义绝。"

"恩断义绝。"她接过项链，喃喃自语，转身，眼泪滑落，滴在冰冷的地板上，寻不到一丝丝温度。

她走了出来，一方面吩咐张助理派心腹秘密盯紧赵欢和林启峰，有情况随时汇报；另一方面开始筹集资金，争取流失的客商资源。可是现在这种情况，根本就不会有人去注资，顾可懊恼万分，一拳捶在靠垫上，将头发撩在后面。

她想过变卖蒋家的收藏品，可是这一定会再次引起媒体关注，Cherish 恐怕会更危险，她只有找一个足够信任的人。当即她便想到了李文龙，自从李文龙把顾可打造的"猎豹"视若珍宝，对顾可也更为欣赏，后来又为顾可求情，两人私下里来往几次便成了朋友。李文龙为人虽然性格孤傲，却高风亮节，颇有几分傲骨，是一个值得信任的人。

次日，顾可便联系了李文龙，让他帮忙变卖文物，李文龙答应为其保守秘密，不让记者知道。不日，李文龙便将钱打到顾可账上，她拿着这笔资金买入股票，却依旧没能抢过冯秋实。市场的股票被抢购一空，冯秋实成了最大的股东，她还是没能保住 Cherish。

股东大会上，冯秋实横冲直撞地闯了进来，罢免了顾可的职务，占领了 Cherish 董事会。

"就算顾可不是公司最大的股东，可依旧是仅次于你的股东，怎么能够说罢免就罢免！"有几位股东不服，仗义执言。冯秋实怎么会怕？他跷着二郎腿，嘴里吸着香烟："好啊，谁不服，跟她一块离开。"

"不要高兴得太早。"顾可冷笑一声，"你已经输了。"

正在此时，一批警察闯了进来，走到冯秋实的面前，义正辞严道："我们怀疑你涉嫌派遣商业间谍盗取 Cherish 公司机密，请跟我们走一趟。"

"警察同志，你们搞错了吧！这里面一定有误会。"他拼命想要解释，可是警察怎么会轻易相信他？顾可走到陆刚面前，浅浅一笑："谢谢叔叔！"

"这是应该的，不谢。"陆刚笑笑。

顾可查到赵欢的所作所为，便顺水推舟，直捣冯秋实老窠。赵欢和冯秋实在酒店的一个房间经常秘密出入，这引起了顾可的怀疑，于是潜入内部安装上了针孔摄像头，并故意向赵欢透露了商业机密，没有想到她真的立刻约冯秋实见面，把这个情报带给了他。顾可当即将录像交给了警察局，所以就有了今天这一幕。

她走出会议室，林启峰跟了上来，狠狠地瞪了顾可一眼："你真卑鄙。"

她停下脚步，回眸望向他："你走吧，警察不会查到你的。"

他愣愣地杵在原地，眸中的惊讶神情一闪而过，随即便又恢复了往日的神色，只是那双眸子里似是有着一丝光亮，却说不清是什么。顾可不再看他，转身刚要离开，被他再次叫住："她是无辜的。"说出这句话的时候，他的嗓音是沙哑的。她再次转身，眉头轻挑，看不出是什么心情，许久才道："我能力有限。"

顾可自然知道，他口中的人便是赵欢。前天赵欢被警察局拘留，却始终不肯配合。顾可知道赵欢是顾及林启峰，后来在拘留所内，和她秘密谈了一个小时，她才将冯秋实和她如何串通盗取 Cherish 机密的事一五一十地交代了。当然，这中间只字不提林启峰，将所有罪责一并揽在自己身上，这便是顾可和赵欢的交易。在林启峰的问题上，她俩是有共同立场的，只要林启峰没事，赵欢是什么都愿意做的。

林启峰不再望着她，嘴角勾动起一丝无奈和悲凉。顾可心里一紧，眸子微热，似有滚烫的泪水要流出，她慌忙控制住，深吸一口气，淡淡道："你好自为之。"

他却像是被抽空了灵魂一般，颓然地走着，每一步都看着乏累至极。她望着他，心里一阵绞痛，眼眶似是不堪重负，泪水溃然决堤。

张助理打来电话，说蒋辉醒来了。顾可赶到医院，父女相认。蒋辉听说顾可保住了 Cherish，更是心情大好，医院里一时之间充满了欢声笑语。

蒋文希躲在门外，偷偷看着这一切。看见蒋辉没事，她的嘴角勾起一丝微笑，松了口气，转身便要离开。他有自己的女儿，那她，也是时候消失了吧。蒋辉恰好看到她的背影，叫道："文希。"

她停下，走了进来："叔叔，我给您丢人了。"

"说什么傻话，我们是一家人。"

"我……我应该离开了。"蒋文希低声说道。

蒋辉脸上闪过一丝悲痛，将蒋文希和顾可的手拉在一起："你们身上流着的都是蒋家的血，你们是血脉相通的姐妹，我们是一家人，一家人就应该在一起，以后不要说这样的傻话。"蒋文希泪流满面，向蒋辉忏悔。

第三十三章　莫忘来路，毋失归途

半月后，北京迎来了第一场秋雨。天气已经转凉，顾可撑着一把油纸伞，走在车水马龙的柏油路上。她穿着一身纯白色连衣裙，V字领，领口处镶嵌着几颗水晶钻，裙摆是蕾丝花边，衬着星星点点的亮片，尊贵而优雅。她是刻意打扮了的，因为威廉约她去看珠宝展会。

顾可刚到展会门口，就看见一个人跑了过来。那人蓬头垢面，竟然是林启峰。后面跟着胡三儿和几个小混混，他们追上他，围成一圈殴打他。

"住手！"顾可推开了他们。

胡三儿嘴角冷笑："这么巧。"

"你们想要怎么样？"

胡三儿步步逼近，她后退了几步。他将烟头狠狠地掷在地上："林启峰这小子出尔反尔、见利忘义。在法国抢走'厄运之星'后，竟然还派杀手想整死我，还好我命大，几经周转总算回了国。这种人，值得你这样？"

"他是很可恶，就请你再给他一次机会吧。"顾可看着胡三儿祈求。

"不可能。"胡三儿冷冷一笑，一把推开了她，狠狠地踹在林启峰的身上。林启峰吐了一口鲜血，奋起反抗，现场一片混乱，顾可也被牵涉其中。

威廉早已到了展会，见顾可迟迟未来，担心会出事，便走了出来，碰巧看到马路对面发生的这一切。顾可此时正捶打着胡三儿，胡三儿也不动手，只是推她，纠缠得急了，他使劲将她往后一推，她一个踉跄没站稳，后退了几步，正好迎面驶来一辆面包车，眼看就要撞上，刺眼的灯光照得她眼睛生疼，她无处可躲，以为自己就要死了。突然，却被一股巨大的力量推倒在一旁，而那个人却倒在了血泊里。手里的水晶球摔得粉碎，她发疯一般地跑了过去，抱着威廉的身体号啕大哭，声嘶力竭。他轻轻拂过她脸颊的泪水，柔声说了句"不哭"，便闭上了眼睛。她拼命地摇晃着他，可是他却怎样都不肯睁开眼睛，柔柔地躺在她的怀里，像是睡着了一样。泪水顺着雨水打湿顾可的脸颊，她绝望地跪在血泊里，鲜血的红浸透了她的白色长裙，那片血红宛若罂粟一般。

威廉被送进医院，医生说，只是伤到了腿，只要好好休养，并没有大碍。她彻夜守在病房，直到陆爸陆妈赶来，她才知道他的真实身份就是陆哲。那一夜，她哭红了眼，一个劲儿地说着对不起。田秀芬叹了口气，眸光里满是愧疚："是我，这都是我当初造的孽。"眼角的泪水流进嘴边。她请求顾可的原谅，母女二人抱头痛哭，尽释前嫌。

梦婷也赶了过来，两人坐在外面的长廊上，她说："我特别羡慕你，陆哲他那么爱你，你知道吗？有多少个深夜你喝醉酒，都是他把你背回家，而他呢？他只能一个人默默地喝酒，一个人回家，你永远都看不到他。"赵梦婷顿了顿，嘴角有一丝嘲讽，说，"顾可，你只知道向前看，从来都不知道回头，你努力地为前面的人撑伞，却不知道，身后的那个人一直在为你撑伞。"

李阿姨也来过，她看着陆哲，只是心疼地抹泪，又回过头来望向顾可，眼神却是异常复杂，欲言又止，最后还是什么也没说就离开了。那是一个秘密，她答应陆哲不能说出的秘密。李阿姨其实就是威廉家里的保姆，由于儿媳生产，她回到了乡下，可后来接到陆哲的消息，她便赶回来，配合他演了这么一出戏，其实那套房子正是陆哲租下的。

第二天，陆哲终于醒了过来。医生说，一个月后就可以出院。顾可看着他，帮他削着苹果。阳光打在她的脸上，她的笑温柔而甜蜜，他躺在床上看着她，嘴角勾起一丝笑意。

林启峰自首了。他一直认为当年他父母的遭遇车祸是因为蒋辉动了手脚，故意害人。冯秋实入狱之后，又有几起案件浮出水面，原来当年根本就不是蒋辉动的手脚。冯秋实当年和蒋辉争着收购林氏集团，眼看林秋岩不肯把公司卖给他，反而要卖给蒋氏，气急败坏，想要害死蒋辉，于是派人在蒋辉的车上动了手脚。可谁知道，那天恰好林氏夫妇去蒋辉家做客，几人相谈甚欢，喝了些酒，于是蒋辉派司机车送他们，没想到，刹车失灵，三人惨死。冯秋实当年找到林启峰，为的就是让他成为扳倒Cherish的棋子，他整整被利用了七年。

顾可将这一切告诉了林启峰，他冷冷一笑："你告诉我这些，无非就是恨我害了威廉，好让我难过，对吗？"

"他不只是威廉，他还是陆哲，是你最要好的朋友陆哲，是你出生入死的哥们儿。"顾可脸色冰冷，一字一顿说道。

林启峰猛地怔住。她转身离去，听到了他沙哑的声音，带着哭腔，他说："他怎么样了？"

她回眸，发现他的眼角有泪，回答道："他很好，没有危险。"

那天的阳光很暖，暖得像要融化一般，她嘴角笑着，迎着清风，大踏步向前。

一个月后，陆哲出院，背着一把吉他开始卖唱。他说，他已经忘记理想很久了，兜兜转转，才突然发现，当年站在马路牙子上弹吉他的时光才是最美好的。现世的功利，让他越走越远，已经忘记了梦想开始的地方。

那是个美丽的夜晚，路灯将他的背影拉得很长很长，他依旧在弹唱，弹唱着一首动听的歌曲，声音里多了一份沧桑和力量，眸子更加明亮坚定。

我在路上

在路上

衣袂飘荡长发飞扬

期待路上遇上

突如其来的那一场

谁在路旁

在路旁

听见我自由放声唱

和我一样背上行囊

脚步丈量远方

梦想开放

顾可走来，停下脚步。他冲着她浅浅一笑："看我这么卖力，你不意思意思一下吗？"

"可是我没有带钱。"她从口袋里掏出一样东西，眸子里满是亮光，她望着他，认真而忐忑，"不知道这个可不可以？"

陆哲看着她手里拿着的一枚钻戒，眼眸一下子红了，激动地竟说不出一句话。他接了过来，戴在手上，紧紧拥抱着她。

还好，他还在等她，纵使错过了春夏秋冬。

还好，她及时转身，没有辜负剩下的年华。

那场婚礼几乎惊动了半个北京城，大牌捧场、豪车云集、场面盛大，媒体记者蜂拥而至。

她明眸皓齿、面若桃花、高贵妩媚、倾国倾城。

她身穿一件欧洲空运来的 Justin Alexander 品牌婚纱——优雅的蕾丝挂脖设计，宝石点缀；高档鱼骨塑形，使腰身显露得更为纤细；裙摆豪华、纹理精致、面料柔滑细腻——仪态万方地走过红毯。婚礼现场高朋满座、欢声笑语，无数双眼睛聚焦在她的身上，或激动，或羡慕，或嫉妒。

她翘首企盼了很久，新郎却一直到最后都没有出现。

她慌了神，四处找他，那一天，她哭得最多，她从不知道，原来自己也会有这么多的泪水要流。

她冲进他家，却发现早已人走楼空，桌子上只留下一封简短的信：

不够喜欢，不必将就。

陆哲

陆哲坐上列车，他也不知道自己会到哪里去，或许去哪里都一样。

次日，Cherish 集团蒋总婚礼上了头条，点进去却是一首表白诗：

我想念的是一阵清风，而你偏偏是一轮明月。

我追逐的是温柔的柳絮，而你偏偏是冬日的飞雪。

后来，终有一天，我也喜欢上了冬日的飞雪，可是你却早已融化在春天的季节。

在那段岁月里，我们遇见了最好的彼此，却错过了珍惜。

倘若上天再给我一次机会，我愿成为那片飞雪，与君共舞，在那最好的岁月。

图书在版编目（CIP）数据

所有被遗忘的，时光会替我们记得：我是水瓶座女孩 / 君熹著. -- 北京：北京联合出版公司，2017.6
ISBN 978-7-5502-9657-2

Ⅰ. ①所⋯ Ⅱ. ①君⋯ Ⅲ. ①长篇小说－中国－当代 Ⅳ. ①I247.5

中国版本图书馆CIP数据核字(2017)第017781号

所有被遗忘的，时光会替我们记得：我是水瓶座女孩

作　　者：君　熹
出版统筹：新华先锋
责任编辑：夏应鹏
特约监制：黎　靖
策划编辑：黎　靖　李玮
ＩＰ运营：覃诗斯
封面设计：王　鑫
版式设计：徐　倩
封面绘图：吴　莹　黄小玉
营销统筹：章艳芬

北京联合出版公司出版
（北京市西城区德外大街83号楼9层　100088）
北京雁林吉兆印刷有限公司　新华书店经销
字数134千字　620毫米×889毫米　1/16　15印张
2017年6月第1版　2017年6月第1次印刷
ISBN 978-7-5502-9657-2
定价：36.00元